有爱的青春陪伴者

听说你暗恋了我十年

阎阎 著

江苏凤凰文艺出版社
JIANGSU PHOENIX LITERATURE AND ART PUBLISHING

图书在版编目（CIP）数据

听说你暗恋了我十年 / 阎阎著. -- 南京 : 江苏凤凰文艺出版社，2021.1
ISBN 978-7-5594-5290-0

Ⅰ. ①听… Ⅱ. ①阎… Ⅲ. ①长篇小说－中国－当代 Ⅳ. ①I247.5

中国版本图书馆CIP数据核字(2020)第198409号

听说你暗恋了我十年

阎阎 著

责任编辑 孙金荣
特约编辑 周丽萍
责任校对 彭 佳
出版统筹 孙小野
版权支持 张晓阳
装帧设计 颜小曼
封面绘画 Cain酱
出版发行 江苏凤凰文艺出版社
南京市中央路165号，邮编：210009
印 刷 长沙鸿发印务实业有限公司（长沙黄花工业园三号 邮编410137）
开 本 880×1230毫米 1/32
字 数 224千字
印 张 9
版 次 2021年1月第1版
印 次 2021年1月第1次印刷
书 号 ISBN 978-7-5594-5290-0
定 价 36.80元

目录

目　录

第1章 回到十年前

1

五彩的霓虹灯光在夜幕下的城市中铺呈开来，酒店门前的音乐喷泉随着乐声喷出绚丽的水柱。水花散落，激起一片涟漪。

结束了这场炫富装腔的同学会，苏小雨终于得以解脱。她期盼的人没来，不期盼的倒一个个跟不要钱似的贴上来，若非她是曾经的班长，还真不想来这种场合。

酒店后方的僻静小巷里，苏小雨刚解锁车门，手机铃声便突然响起。来电者正是前不久刚分开的老同学兼她现在的顶头上司——穆炎阳。

“穆炎阳，你现在更应该跟代驾打电话。今天不是工作日，我不会送你回去的。”她语气中的不耐烦与嫌弃满溢。

没有预想中的颐指气使，对方带着三分醉意的含糊声音从耳机里传来：“苏小雨，你给我听着……”

“嗯，我听着呢。”苏小雨忍不住翻了个白眼。

“我不准备继续暗恋你了，我要正大光明地追你！”

覆在车门上的纤手滞住，伴随着上空突兀的“嗷呜”声，苏小雨一抬头，一只从天而降的二哈在她骤缩的瞳孔中急速放大。“砰”的一声后，

她便不省人事了。

看来，老天也听不下去这荒诞的话了。

“苏小雨，苏小雨你怎么了？苏小雨说话！”手机里焦急的吼声在僻静的小巷中回旋。

肇事者发觉自己闯了祸，惊慌道：“老大老大，我撞到三维生物了，怎么办？”

从黑暗中现身的一只小奶狗当即一爪子挥过去：“笨，救她啊！”

“老大，她的意识误入高维空间了。”

“笨，抓回来啊！”

昏迷中的苏小雨感觉自己飘荡在一条很长很长的黑色隧道中，隧道两旁的点点白光仿佛一幅幅密集的立体影像，展示着她曾经经历的一切。

苏小雨在这条隧道中不断后退，看到了同学会上自己的初恋男友挽着自己的闺密现身的画面，看到了穆炎阳在公司不断压榨和欺负自己的画面，看到了自己穿着学士服拍毕业照的画面……

一幕幕往事，就这么清晰地从她眼前掠过。

在黑暗的隧道中，苏小雨离一个白色的光点越来越近，不待她看清这里演绎着她怎样的过去，便陷入彻底的黑暗。

“苏小雨，你别给我装死！赶紧醒来！”学校操场上，汗流浃背的少年抱着清瘦的少女急急地冲进医务室，不管不顾地大吼，“医生，你快看看她，她被篮球砸到了！”

被刺眼的白光一照，混沌中的苏小雨猛地睁眼挡住光源，就听到先前那熟悉又陌生的声音再次传来：“呼，幸好没死。”

“穆炎阳，你……”瞪向狗嘴里吐不出象牙的人，正欲破口大骂的苏小雨瞬间受到了惊吓，他怎么……

“同学，有没有头晕想吐的感觉？”

苏小雨愣愣地摇头。

在医生问话的间隙，少年已经转身跑出医务室，随即又跑进来一个穿着校服的焦急身影：“小雨，你没事吧？”

“安畅畅？”看清来人后，苏小雨怀疑地唤了一声。

安畅畅就是她在同学会上期待见到的人，但眼前的安畅畅那一头利落的短发、一身蓝白相间的校服和带着些婴儿肥的面庞怎么看都是一副高中生的模样。而她身处的地方，正是高中的校医务室，那个戴着黑框眼镜的胖胖校医，她也似曾相识……

下一秒，苏小雨便被安畅畅紧紧抱住了，头顶传来一阵呜咽：“小雨，你该不是被砸坏脑子了吧？你不认得我了吗？医生，我们把她送去医院检查一下吧？”

在“弦理论”中，科学家们指出，宇宙中的所有粒子都被局限在一个四维的膜宇宙中，而四维的膜宇宙又飘浮在更高维度的体宇宙里。于是理论上就存在一种可能——在更高的维度里有可能无限地穿梭时空，观察低维度的过去和未来……

眼前诡异的一切不禁让苏小雨想到了自己曾经看到过的这么一段话。

低头确认了一下自己校服下干瘪的身体，她立马从床上跳下来，一溜烟地消失在医务室。

2

“小爷我不是警告过你吗？不准欺负她，为什么还拿篮球砸她？”苏小雨找到少年穆炎阳的时候，就见他正挥拳砸向另一个班的胖墩。

“呃……”苏小雨立马捂住即将出口的惊呼，藏身偷偷观察着暴力现

场。

被打的胖墩生气地将篮球一丢，却没有还手，梗着脖子不服气地道："老大，不是你说她总是跟你过不去吗？她害你总是被批评，我帮你教训教训她又怎么了？"

"我的仇我自己会报，用不着别人动手！"少年清冽的嗓音还带着丝变声期的暗哑。

中二的话、桀骜竖起的发梢、半滑落在背的校服……一切的一切都昭示着对方正是十六岁的"班霸"穆炎阳！

"小雨！"

一声呼喊让偷窥的苏小雨一僵，继而苏小雨就见到背对着自己的少年朝她站着的角落看来。

不等她想好该如何应对，迎面奔来的安畅畅就喘着气道："陆老师让你直接去他办公室。他给你妈妈打电话了，阿姨过会儿就来接你。"

妈妈……

听到这两个字，苏小雨眸中闪过一抹怨恨，冷冷地道："不去，我没事。"

"为什么呀，万一有脑震荡什么的可咋办？"安畅畅不由分说地拉着她朝老师办公室走去，经过穆炎阳身边时，安畅畅故意提高了音量，"顺便和陆老师说说，某些人是怎么欺负女同学的。"

苏小雨和穆炎阳的对立关系，大家都心照不宣。

一个是三班的班长兼学霸，一个却是班霸兼学渣；一个努力维护班级秩序，另一个就努力地搞破坏……两人就是水火不容的存在。

发现了苏小雨那若有似无的目光，穆炎阳眼中的关心立马转为不羁的挑衅："一人做事一人当，你除了打小报告还会干什么？"语气中的不屑表露无遗。

“就是，你还会干什么？”一旁被揍的胖墩跟着附和。

闻言，苏小雨止住步伐，淡淡地瞄了眼穆炎阳，开口：“畅畅，你等我一会儿，我有话想单独和他说。”

如果苏小雨没记错，这节课是体育课，自己中途去厕所的时候，被飞来的篮球砸到。当时她没看清罪魁祸首，就一口咬定是穆炎阳，还去班主任那里告状，现在看来，当年自己真是冤枉他了。

“可是……”

“畅畅放心，穆炎阳要是敢欺负我，我们立马去找陆老师告状。”苏小雨安抚好安畅畅。

然后，苏小雨看向一脸傲气的穆炎阳：“聊聊？”

“我和你有什么好聊的？”穆炎阳嘴里虽说着不屑的话，却是无比“口嫌体正直”，亦步亦趋地跟在她身后……

操场外的香樟树下，苏小雨抬头打量着面前的中二少年。才十六岁的年纪，穆炎阳就已经比她高出了一个头。这家伙脾气差归差，但模样生得是真的俊，虽然稚嫩青涩，但脸颊棱角分明、五官立体，可想而知，长大后的他，会成为怎样的芳心纵火犯。

毕竟，苏小雨见过他十年后的样子。

不过，这么个学渣兼班霸，为什么就成了她的顶头上司呢？即便回到十年前，这也依旧是让苏小雨耿耿于怀的心头刺。

轻柔的春风拂过穆炎阳的发梢，再霸气强势的他，也不过是个十六岁的少年，哪受得住苏小雨这般直勾勾地打量，况且对方还是他一直在意的女生……

意识到自己即将失态，穆炎阳干咳一声，佯装凶恶地道：“看够了没有？到底要和小爷我聊什么？”

回过神的苏小雨眨了眨眼，问："你知道昱玮公司吗？"

昱玮公司，苏小雨跳槽的新集团旗下的某分部，她被安排到那里做综合办主任，然后就衰到爆地遇上了身为总经理的穆炎阳。要不是看在公司福利待遇一流的分上，她早就摔桌子走人了。

"什么鬼？"

"你认识杨超越吗？"苏小雨记得，穆炎阳办公室的电脑桌面用的就是新一代幸运女神兼宅男女神杨超越的图。

穆炎阳蹙眉回复："哪个班的？"

苏小雨强忍心底的欢喜，确定最后一件事："今天是哪年哪月哪日？"

穆炎阳用一副看神经病的眼神盯着她："2009年3月24日，周二。"

得到了预料之中的回复，苏小雨的嘴角止不住地上扬，再上扬。所以，她倒霉地被一只二哈砸晕后，真的回到十年前了？

打量着面前的桀骜少年，转念间又想起他在公司里压榨和欺负自己的画面，苏小雨不由得发出一声冷笑。

穆炎阳突然背脊一凉，望着对面勾唇邪笑的女生，顿时有种不祥的预感，该不是……

"喂，你干什么？放开我！"手腕上突然的大力令苏小雨下意识地挣扎起来，只可惜这具身体还是十六岁时的瘦弱，哪里敌得过高大少年的有力。

穆炎阳头也不回地道："快去陆老师办公室，赶紧跟阿姨去医院检查检查。"

"你什么意思？"

"我怀疑你脑子被砸坏了。"

苏小雨一噎，随即暴跳："你脑子才坏了，你全家脑子都坏了！"

穆炎阳加快步伐，他现在更肯定苏小雨脑子被砸坏了，因为以前的她

是绝对不会说这种话的。

“穆炎阳，我警告你赶紧放手，否则你会后悔的！”瞅着充耳不闻的少年，苏小雨一低头，狠狠地朝他手腕咬去……

“嘶……”穆炎阳倏地收回手，看了眼手腕上清晰的牙印，瞪向对方，“苏小雨，你属狗的吗？”

趁对方松手，苏小雨高傲地说了声“以后少招惹姐”，便朝等待着她的闺密奔去：“畅畅，走，我们回教室。”

“教室在这边，”安畅畅把人往另一个方向拽，关心地问，“真的不用去医院吗？”

“没事，我现在精神得能跑个一千米呢。”

“那就好，这么聪明的脑袋万一被砸坏了怎么办？以后谁教我做题目，谁给我抱大腿啊……”

听着耳边那熟悉的絮絮叨叨，走在阔别多年的学校小道上，苏小雨脸上的笑容比春日的阳光还要明媚几分。

当你身处青春的时候，体会到的往往只有繁重的学业压力以及年少时的小烦恼；可当你懂得青春美好的时候，青春已然不在……既然上天让她重回这兵荒马乱却又无限美好的年华，那她一定不会辜负！

十六岁，我苏小雨回来了！

3

然而，不等苏小雨雄心壮志地以半个先知者的身份在此扭转乾坤走上人生巅峰，就被后一节物理课上的单元测验给拍回了血淋淋的现实中。

苏小雨咬着笔，瞅着试卷上各种 v、r、欧米伽的符号就头疼不已。

遥想当年，她上知天文下知地理，算得了三角函数解得出高次方程，记得住气候洋流背得出历史年表……而现在的她，就一文盲：什么平抛

运动什么角速度线速度的通通不知晓，甚至连英文字母都无法认全了。难道曾经的学霸就要这么死在沙滩上了吗？

“真是头疼……”

轻声的呢喃立马被周边的人察觉，不等同桌安畅畅有反应，坐在苏小雨后桌的穆炎阳就举起了手：“报告，苏小雨说她头疼，我申请带她去医务室。”

苏小雨身为一众老师的宠儿，物理老师一听这话，立马走到苏小雨身边，关心地问：“不舒服吗？”

正欲摇头的苏小雨看到桌上的卷子，瞬间虚弱：“嗯，有点儿头晕。”

“赶紧去医务室看看，那个……”

“老师，我陪她去吧。”安畅畅忙说。

看了眼安畅畅，物理老师回了句“你好好考试”，继而转向后方的穆炎阳：“你陪苏小雨去医务室吧。”

“呼……”出了教室的那一刹，苏小雨不禁长舒一口气，问身边的人，“下节课是什么课？”

“你读书读傻了吗？都这时候了还管什么课？”穆炎阳生气地道，“赶紧去医院！”

听出他话里的怒意，苏小雨侧头一看，就对上了少年凌厉的双眸，她不由得一愣：“你这么生气干什么？我去不去医院关你什么事啊？”她兀自绕开他下楼，“别装模作样了，我要是有个三长两短不正中你下怀吗？到时候，就没人和老师告你的状……啊！”

这句话还没说完，一阵天旋地转，苏小雨整个人就跟破麻袋一样被穆炎阳给扛在了肩上，少年带着高傲的清冽嗓音再次传来：“哼，万一你以后有个头疼脑热的都赖上我怎么办？以防万一，我是绝对不会给你机会来找碴儿的，所以，现在就给我去医院！”

“你有病吧？我……”

“有病的是你不是我。”穆炎阳打断对方的话并纠正。

“我不要去医院，你赶紧放我下来！”忍受着颠簸不适的苏小雨很是暴躁，又怕引起围观只能压着嗓子大骂，“长得高了不起啊？力气大了不起啊？在这儿充当哪门子的霸道总裁？你赶紧放我下来，否则我……”

“否则你要干吗？”闻言，穆炎阳不由得新奇地挑了挑眉。

在苏小雨的反抗声中，穆炎阳成功将人带到了目的地。

不知道是因为脑袋充血还是被穆炎阳给气的，苏小雨双颊异常红润，她不好意思地对老班开口道：“陆老师，我还是去医院检查一下吧。”

陆老师二话不说将先前就准备好的请假条拿给她：“嗯，身体第一。”转而看向后方的穆炎阳，“你什么事情？”

守在门口的穆炎阳漫不经心地亮出手腕上一排几乎看不清的牙印，回复：“我也要请假，去打狂犬疫苗。”

听到这话，苏小雨转头恶狠狠地瞪了他一眼。

校门外，苏小雨偷瞄着浑身上下散发出不羁气质的少年，决定做一件她在他手底下工作时一直没机会做的事……

“啊，对不起对不起，我不是故意的。”伴随着头顶的吸气声，踩在对方脚上的苏小雨边道歉边加倍用力地碾压着穆炎阳的脚背：叫你横！叫你剥削我！叫你扣我工资！真可惜自己现在穿的不是高跟鞋。

穆炎阳瞅着无辜地看向自己的女生，咬着后槽牙开口：“你敢把你的脚挪开再道歉吗？”

苏小雨挪脚前还特意加了几成力，而后再次真挚地道歉：“对不起，我不是故意的。”

“我信你的邪！”这要不是故意，他穆炎阳就跟她姓！

苏小雨看着他咬牙切齿的模样，脸上的笑容越来越大：“你说什么？风太大，我听不见。”

对上她无所畏惧的杏眸，穆炎阳不由得蹙眉：“你真的是苏小雨吗？”

第2章 来到十年后

1

2019年3月24日晚，A市第一医院。

穆炎阳抱着不省人事的苏小雨，将她放到前来接应的担架床上，一路跟着护士们急奔。

“这位先生，请在门外等候。”

没一会儿，CT室的大门便打开了，不等他上前问什么，护士和医生们又推着苏小雨辗转各个检查室做全面检查去了。

最终的结果是……

“睡着了而已。”医生反复看了几遍手中的检查结果，确认无误后，对穆炎阳说。

“睡……睡着了？”穆炎阳一脸复杂地望着病床上的苏小雨，“这么大个人总不至于在路边睡得不省人事吧？”

医生将检查报告给他：“脑部CT、脑颅核磁共振、血压、血糖……检查结果显示一切正常，等她醒来再看看吧，或许是疲劳过度。”

听到这话，穆炎阳脸色不自然地一僵，待医生出门后，他握住床上人的小手轻声呢喃：“苏小雨，只要你现在醒来，我保证以后再也不欺

负你了。”眸中的关切与担忧一览无余。

病房外，白色小奶狗蹲在哈士奇背上，正交头接耳中：

“老大，怎么办，我好像找错意识能量体了。”

“什么意思？”

此时，病房里的苏小雨悠悠转醒。

见到苏小雨眼皮动了，穆炎阳立马松开握着她的手，起身对着刚睁眼的人就是一顿怒吼：“苏小雨，你不想做我女友就直说，用得着在这儿给我装死吗？”

被穆炎阳吼得一脸蒙的苏小雨，看着眼前那张熟悉又陌生的俊脸，当即生气地瞪着他：“穆炎阳，你竟然敢拿篮球砸我，我要告老师！”看到他身上的西装时，再次颐指气使地道，“你竟然不穿校服，我要告老师！”

这下轮到穆炎阳蒙了：糟糕，这苏小雨该不是被他的表白吓傻了吧……

“这不是医务室，这是哪儿啊？”苏小雨后知后觉地环顾四周，警惕地看着面前的成熟异性，试探地问，“叔叔，请问您……是穆炎阳的家长吗？”

当听到“叔叔”两个字时，穆炎阳的表情彻底龟裂，惨白着脸按下床头的呼叫铃。

2

“苏女士这样的状况是因为刺激引起的心因性失忆，以至于近十年的记忆暂时消失。你知道她最近受了什么大型的刺激或打击吗？”

听到这话，穆炎阳望着病房里那一脸惊魂未定的人，嘴角抽搐：自己不就是表了个白，至于吗？

穆炎阳没有回答医生的问题，反问道：“那接下来该怎么治疗？”

“我们建议以心理治疗为主，尽量让患者保持愉快的心情，减少焦虑和压力，避免她再次受到刺激，患者或许可以慢慢恢复一些记忆碎片。穆先生暂时不必过于担心。”

听到这话，穆炎阳才勉强放下心来，再三确认苏小雨的健康后，才放医生离开。等重新进入病房，穆炎阳就看到苏小雨几乎大半个身子都探出了窗外，当即紧张地上前一把抱住她：“苏小雨，你干什么！多大点事，你就想轻生吗？你还能再尿一点吗？”

正想确认自己身处何处的苏小雨，伴随着鼻翼边夹杂着酒气的薄荷清香，腰间便环上了两只有力的臂膀，吓得她挣扎起来：“臭流氓，放开我放开我！”

听到她的话，穆炎阳脸色一黑，直接从后面将人抱起放到床上。瞅着裹紧被子缩在墙角，一脸警惕地盯着自己的人，穆炎阳忍不住一阵头秃。

“你要干什么？你要是敢欺负我，小心我告老师！”苏小雨望着阴森森盯着自己的人，虚张声势地威胁道。

“你去告你去告，我倒要看看哪个老师会管我。”穆炎阳哭笑不得。这模样真的和高中时期只会找老师告状的小碎嘴一模一样，以前觉得讨厌，现在看起来竟觉得有点儿可爱。

“你真的是穆炎阳吗？”

“高中三班，年级一哥。因为你，我被没收过一个随身听、两部手机、三本漫画、四本小说……被班主任批评过无数次，被学校通报批评两次、记过一次，而且，我差点儿毕不了业也还是因为你。”

“谁、谁叫你总是违反纪律的？”

听到对方理直气壮的回话，穆炎阳问：“现在相信我就是穆炎阳了吧？不过不要担心，你只是暂时失去了一部分记忆……”

“我才没失忆，我是被你的篮球砸晕的，我要回学校了。”苏小雨说着就欲下床。

穆炎阳无奈地拦下人，掏出手机给她看：“我说这位姐姐，咱一把年纪了就别装嫩了成不？睁大眼睛看清楚，现在是 2019 年 3 月 24 日，你都毕业多少年了？看看这个，华为 Mate X，5G 可折叠手机，没见过吧？十年前正流行翻盖机呢！是盛行 2G 的年代；如今，5G 都开始推广了。再看看你的模样、你的打扮，像高中生吗？”

见对方惊恐的眸中浮起一层水雾，穆炎阳连忙警铃大作地解释：“别哭别哭，我可没凶你，我说这些只是想证明现在是 2019 年。我知道你一定觉得非常不可思议，那……那你就当自己意外来到十年后吧？不要怕，我会一直陪着你，直到你不需要我。”

苏小雨看着眼前成熟版的穆炎阳，又看了看自己早已褪去青涩的面孔，所有的一切都在证明他所言非虚。

“既然我出意外了，那我的爸爸妈妈呢？为什么是你在这里？我和你关系又不好……”

听到她的问话，穆炎阳顿了顿：“伯父伯母正在国外旅游……”

“旅游？”处在崩溃边缘的苏小雨倏地雀跃起来，“这么说他们的感情好起来了？太棒了，我要给他们打电话。”

看到她璀璨的笑颜，穆炎阳不忍心告诉她真相。

“我联系过了，估计在国外换了号码，打不通。”

“好吧，那等他们回来，我再去找他们。他们多久回来呀？”

“我怎么知道？”看对方一脸的求知欲，穆炎阳率先出口，“我去办出院手续，剩下的我们之后再说，OK？”

苏小雨止住问话，点了点头。现在的她，真的有好多好多想问的……

3

站在医院大门外，苏小雨环顾着周围恢宏的楼宇，努力接受自己来到了十年后的事实。小时候她来过A市，那时候的A市没有那么多的高楼大厦，也没有这么现代化的设施。

苏小雨从包里掏出一张名片问穆炎阳："昱玮公司综合办主任，这是我现在的工作职位吗？"

"没错。"

"为什么我没做心理咨询师啊？难道，主任的工资很高吗？"

"年薪近20万。"

听到这话，苏小雨不由得露出得意的笑容："那我还真是成功人士了，有车有房工资又高。"感觉未来的自己棒棒哒！就是有些小遗憾，没有从事她一直梦想的职业。

"你呢？你还没回答为什么你会在这里。"

不等穆炎阳回话，一辆黑色的轿车停在他们跟前，驾驶位上的中年男人朝他们打招呼："穆总，苏主任也在这儿啊？"

"穆总？"

接收到身边人惊愕的视线，穆炎阳邪笑着扬起一边嘴角："啊，忘记告诉你了，我是你的领导，也是第一个发现你昏迷的人，于情于理，我都不能坐视不管啊。"

此话一出，苏小雨瞬间一个晴天霹雳："你？是我领导？"

"没想到吧，人生就是这么不可思议，风水轮流转哟，我的班长大人。"穆炎阳望着备受打击的人，不由自主地勾起薄唇，她这个表情就和她初入公司见到自己时一模一样。

"上车，送你回家。"

直到车子行驶了一段路程，震惊的苏小雨才回过神来：“我不信，我怎么会愿意在你手底下工作，我肯定干不下去的。”忆起高中时她和他的针锋相对、有你没我的局势，他如果真是自己的领导，还不得公报私仇狠狠折磨她？

“怎么不可能！你要知道，十年，可以改变很多东西，”穆炎阳瞅着备受打击的人，眼珠一转，再次抛下一记重磅炸弹，“更何况，你是我女朋友，和我一个公司工作很正常啊。”

“女朋友？”苏小雨再一次惊呼，“你开什么国际玩笑呢？”

穆炎阳发现，只要把她当作高中时期的小屁孩，他的脑袋也不会总是疼了，说不定还能趁这失忆的机会骗到个女朋友呢。

“你不信？”穆炎阳脸不红心不跳地说，“不信你自己问李叔，他是我们公司的老司机了。”

驾驶位上被点名的李叔笑呵呵地开口：“苏主任天天和穆总同进同出的，要说你们没点关系恐怕才没人相信哪。”模棱两可的话，没有明说什么，却处处让人想歪。

此时的苏小雨是崩溃的，但她依旧斩钉截铁地否认：“不可能！绝对不可能！”

她听说他是因为打架斗殴被另一所学校开除才转来C高的，因为家庭背景，学校领导对他格外纵容。在对方没来之前，三班的风气还好好的；他一来，曾经的模范班级因为他屡屡被扣分，甚至还被学校点名批评，穆炎阳简直就是三班的毒瘤！

听到她的话，穆炎阳心里微微失落。他知道，苏小雨喜欢的是和她势均力敌的学霸兼副班长，那个高二时出现的讨厌鬼……

掩去眸中的情绪，穆炎阳再次恢复吊儿郎当的模样，戳着她的脑袋开口：“注意你的态度和措辞，在这里，除了我谁会管你？”

苏小雨嫌恶地挥开他的手，问：“安畅畅呢？为什么我找不到她的联系方式？”

“我怎么知道，”穆炎阳回复，“况且她也有自己的工作和生活，还能时刻守在你身边不成？”

苏小雨撇撇嘴，却无法反驳，两人一时间相对无言。

路边昏黄的灯光夹杂着五彩的霓虹，明明暗暗地跳跃在苏小雨脸上，绞动的双手昭示着主人的局促与不安。

半晌，苏小雨别扭地开口：“谢谢你哦，虽然我很讨厌以前的你，但现在都是你在帮我。”

在陌生的城市、陌生的时空里，穆炎阳是唯一一个在她身边的人，关心她，陪伴她，苏小雨的心里不由自主地对他产生了一丝依赖；现在，他不是那个处处和她作对的班霸，而是成年版的穆炎阳，她权把他当作大叔看待，心平气和地与之相处。

车子驶进花园小区，停在一幢单元楼前，穆炎阳示意身边的女人下车，笑着说：“不客气，谁叫你是我女朋友呢？”

“不可能！”一声斩钉截铁的女音在夜空中响起，随之回应她的是一阵磁性爽朗的笑声……

4

“到了，你自己好好熟悉一下。”穆炎阳掏出她包里的钥匙开门，随她一起进去。托她失忆的福，他第一次踏足她住的地方。

看了一圈这陌生的环境后，苏小雨逐渐相信这是自己的小公寓：绿色系的装潢色调，是她喜欢的舒适宁和的颜色；书架上有很多心理学的书籍，是她的钟爱；茶几上的小甜品，也是她的口味……

“哇，这才是我男朋友吧？”看到墙上的海报，苏小雨惊喜地问。

穆炎阳顺着她手指的方向一看，紧张的心情瞬间变为嫌弃："小朋友，请去百度一下白敬亭好吗？他是现在的当红明星，下辈子也不可能成为你男朋友。"

不理会他的话，苏小雨定定地站在海报前花痴："真帅，以后我找男友就要找这样的。"

此话一出，穆炎阳不由得想起她的前男友也是这种类型，冷哼一声，开口道："呵，劝你赶紧放弃这个想法。嘴上没毛，办事不牢，你的第一任男友都劈腿你闺密了！要找既这么帅，也像我这么靠谱的！"

"呵呵，我就说你在骗我嘛，我怎么可能会喜欢你这种人？"苏小雨一副"被我抓到了吧"的表情看向跟在身后的男人。

不想，穆炎阳毫不心虚地道："就是因为你被这种小白脸伤到了，才发现我这种真汉子才是靠谱的，所谓铁汉柔情，所以我就成了你的第二任男友喽！"

"我信你个鬼。"糟老头子坏得很。

"行了，早点休息，今天折腾得够久了，"穆炎阳将她包里的手机拿出来，"我教你怎么用这个，有事情打我电……"一句话还没说完，见到拨出自己的号码后，手机上显示"周扒皮"三字时，穆炎阳不由得一噎。

看来某人对自己的成见的确够大，要不趁着这个机会，改变一下她对自己的印象？

突然，一阵门铃声响起，在寂静的夜里显得格外突兀。

"有人来了。"苏小雨看向不知道在想什么的人，出声提醒。

瞅见她明显不准备开门的样儿，穆炎阳无语地问："我去开门？"说完，他自觉地朝门边迈步。

透过猫眼，看到门外的人时，穆炎阳的脸色很不好。

苏小雨感觉到了穆炎阳情绪的变化，不禁害怕地问："是、是谁啊？"

“小雨，是我！”门铃响了半天，门依旧没开，门外的男人忍不住伸手拍门。

穆炎阳阴沉着脸打开大门，门外的男人见到他时明显一怔：“你怎么在这里？”看到他身后好奇地盯着自己的人时，关心地问，“小雨，我听说你昏倒了，没事吧？”说着就欲进门，却被穆炎阳拦下。

“你干什么？”

穆炎阳冷冷地反问：“这句话该我问你才对，你来这儿干什么？”

“我是来看望小雨的……”

“你已经没有关心她的资格了。”穆炎阳将人往外一推，就狠狠地关上大门，看到无动于衷站在原地的人，沉声问，“认识他吗？”

苏小雨摇头：“不认识，他是谁啊？”

听到她的回话，穆炎阳的表情瞬间由阴转晴，勾起嘴角回复：“没事，一个无关紧要的人。”

“小雨，当初真的不是我要和你分手的，是我母亲知道你家的状况后，逼着我和你分手的！”门外的男人依旧不死心地拍打着门，朝里面吼，“我爱你，我一直爱着你。我以为我能够放下，但是今天在聚会上重新见到你，我的心便不受控制地乱跳，我这才知道原来我根本就没放下过你。听说你昏迷入院，我一下就慌了……”

对方每吼一句话，穆炎阳的脸色就沉了一分。相对的，被陌生男人告白的苏小雨却听得津津有味，捧着脸羞涩地问：“那是我的追求者之一吗？看来我的桃花还蛮不错的嘛！”可惜老师家长不让早恋。

“小雨，我们重新开始好吗？我会和纪雨桐分手，我会努力说服我妈妈，让她不要介意你父亲的……”

“砰！”后续的话在穆炎阳的一记拳头下消失殆尽。

“嘶……”看着门外被打得踉跄的人，苏小雨不禁瞪大了双眸，“穆炎阳，你干什么！”

她跑出门要去查看对方的伤势，却被穆炎阳眼疾手快地拽回屋，他霸道地命令：“给我老实待着。”语毕直接揪着温智宇的衣领将他带下楼梯。

“喂,穆炎阳……”苏小雨抬步想追过去,就被对方凌厉的双眸震慑住。

“别跟来，这是我们男人间的事情。”

苏小雨只是弱弱地说了句“不要打架哦”，便听话地待在原地。

其实她一直有点儿害怕穆炎阳，要不是碍于自己是班长的身份有责任维护班级秩序，她才不会和这种人有交集；现下的他，虽然少了些年少桀骜的痞气，却多了分不怒自威的霸气，让她不自觉地去服从他的命令。

星空下，花园小区无人的空地上，穆炎阳甩开手中的男人，隐忍着怒气道：“温智宇，我警告过你的，不要再来纠缠她！”

被甩得趔趄的温智宇整整衣襟站好，同样带着愠怒地看向眼前一言不合就动手的人：“穆炎阳，你现在是以什么身份和我说话呢？小雨她有权选择自己的幸福，同样，你也没权利干涉我的人身自由。我爱小雨，我要重新追求她，轮得着你管吗？”

“呵，是谁给你的勇气还能有脸说出这些话？你忘了自己当初是怎么伤她的？一个连自己未来都无法做主的人，跟我谈什么人身自由？你还是乖乖听妈妈的话，别来祸害她了！”穆炎阳扬起一边嘴角讽刺地道，“至于我的身份，我告诉你，我是苏小雨未来的丈夫，是会和她携手到老的人！有我在，什么温智宇热智宇的，都别想靠近她！”

“她喜欢你吗？你就自作多情地在这儿定义自己？”即便再愤怒，温智宇依旧保持着绅士风度，“小雨很优秀，喜欢她的人很多，我们可以公平竞争。”言语中还带着些施舍的味道。

穆炎阳威胁似的将拳头捏得“咔嚓”响，痞痞地开口：“我不是文化人，公平竞争什么的不存在。我只知道，那些扰人的蜜蜂蝴蝶，来一个我揍一个，来两个我揍一双！”

“现在是法治社会。”看到对方捏着拳头一步步朝自己逼近，温智宇强忍住后退的欲望，挺着腰板理直气壮地道，“打人是犯法的……”

“在我还能控制住自己的拳头前，给我滚！”穆炎阳一声大吼，成功地呵退了温智宇。离开前，对方还不忘回头挑衅：“我绝对不会把小雨让给你这种混混的！”

“我需要你让？”穆炎阳看着那离去的背影，不屑地道，“屄蛋一个。”

他就是觉得自己当年不够混，才会让自己在意的女孩为这种窝囊废伤心。这一次，他绝对不会再放手了！

5

“苏小雨，开门！”

“来了来了！”正在卫生间倒腾化妆品的苏小雨，听到那压抑着怒气的声音，立刻跑去开门，生怕自己被殃及鱼池。

“你……噗，你在干什么？”前一刻因为温智宇现身而暴躁的穆炎阳，见到眼前冲击人视觉的面容后，满腔的怒意瞬间消散得一干二净。他伸手抹了把苏小雨脸上厚厚的粉底，挑眉问，“鬼片特效装？”

只见平日那张清丽姣好的容颜，被厚厚的妆容掩去了灵气：一张涂得比墙壁还白的脸，和脖子形成了鲜明的对比；而棱角分明的红唇则被画成了血盆大口，配上歪曲得很有艺术感的浓黑长眉，一个旦角生生被化成了丑角……

闻言，苏小雨立马捂脸跑去卫生间卸妆：“笑什么笑！”

跟着来到卫生间，看到那个背对着自己慌乱搓脸的小身影，穆炎阳带

笑的眉眼露出一丝宠溺，顺手拿起镜柜上的卸妆水给她："用这个。"

苏小雨一把接过，不自在地转移话题："那个人是谁啊？他怎么提到了我爸爸？"

"哼，他知道个屁！"穆炎阳不屑地回复，"他就是你那没品的前任，和你闺密搞在一起，所以你们大二的时候就分手了。"

听到这话，苏小雨一愣："安畅畅？"

"纪雨桐。"

"不认识，"苏小雨继续洗脸，"男的叫什么？感觉有点儿眼熟。"

穆炎阳抿抿唇，还是回答："温智宇，他和纪雨桐高二转到的我们班。"

"噢，他好像是隔壁班的班长，开会的时候有过照面，"苏小雨继续说，"等我回去以后，我得离他们远一点儿。"渣男。

听到她的自言自语，穆炎阳表示很满意，拍拍她的脑袋："觉悟不错，好了，你早点儿休息，我先回去……"

"等等！"苏小雨立马转身拉住他的衣角，在对方的注视下，带着些犹豫地开口，"我能不能去你家……"

"能啊，当然能啊！"听到对方的话，穆炎阳迫不及待地打断对方，激动应允，"你是不是一个人住在这里害怕？你直说啊，我还会拒绝不成？走，我带你上我家去，我家的房间又多又宽敞，我家的床又大又舒服。"活脱脱一副怪蜀黍拐卖小萝莉的口吻。

"不……"

"照顾员工兼老同学是我义不容辞的责任，不要见外哈。"穆炎阳自说自话地拽着抗拒的苏小雨就往门外走。

"我不是……"

"啊，要是你不习惯住我那儿，我搬来你这儿也行，等着我！"根本不给对方拒绝的机会，穆炎阳顺手捎上桌上的钥匙就闪身离开。

“砰”的一声响，苏小雨呆滞地看着紧闭的大门：她只是想问能不能去他家拿高中的课本而已啊。

不到二十分钟，公寓的门再次被推开，就见到先前风风火火离去的身影拎着一个大箱子进来，笑容满面地道：“在你恢复前，我就当一次护花使者，看在老同学的面子上，我就做一回免费劳动力。”边说，他边自来熟地将箱子里的家当取出丢在沙发上。

“身为男人，应该绅士一点，我就把床让给你了，我在沙发上将就将就。你赶紧去休息，早睡早起身体好。”他面上绷得和正人君子一样，心底早已激动得咆哮开：吼吼吼，真是天助我也啊，这么快就能和心上人共居一室了！夜黑风高孤男寡女的，想想就好刺激啊。

蒙在原地的苏小雨，见对方起身朝自己卧室走去，她立马上前拦住他：“你……你要干吗？”

“找床被子。”

“谁允许你住在这里了？”

“你呀。”穆炎阳一副理所当然的语气，轻松越过娇小的人，径自打开衣柜翻找被褥，“同学一场，不要不好意思嘛。我又不是温智宇那种衣冠禽兽，虽然我看着放荡不羁，但我的内心是很正派的……”

苏小雨气急，拉着他往外走：“你这个人怎么这样？不经别人同意就留宿，强盗吗？”

穆炎阳一扭身，轻易地将她困在自己和衣柜之间，瞅着局促不安推拒着自己的人，痞痞一笑：“我怎么样，你还不知道？”

灼热的呼吸喷吐在她脸颊，苏小雨不知是羞的还是气的，脸色红红地怒斥：“讨厌鬼！你要住就住，我自己去外面住。”

“行，你去，”穆炎阳好说话地放手，盯着她愤愤离去的背影悠悠

开口，“我记得前天才出了个社会新闻，深夜，女白领回家时遭人尾随，第二天被发现曝尸荒野……”

见到对方僵住的背影，穆炎阳再接再厉：“昨天有个女孩在这一带夜跑，结果被人拉到草丛里给糟蹋了……啧啧，世风日下，世态炎凉啊，大晚上的，女孩子家家的还真是危险啊。”

最终，苏小雨没有出门，也没能赶走穆炎阳。

瞅着躺在沙发上和自己道晚安的人，那欠扁的样儿和少年时期一模一样，苏小雨拿起桌子上的笔记本电脑就欲回房，却被对方唤住：“拿电脑干什么？睡觉去。”好似身份倒转，他成了班长管束着贪玩的她。

“我查点资料，万一醒来我就回去了，那不白来一趟了吗？”一旦接受了这个设定，素来乐观的苏小雨也淡定了许多，权当一场奇遇，指不定睡一觉就恢复如常了。

穆炎阳起身拦住她：“查什么？”

苏小雨干咳一声，不好意思地说：“2009 年大乐透、双色球中奖号码，我随便记两个就好，不贪心……”

听到她认真的话，穆炎阳努力憋笑：“查好就睡觉？”

“嗯。”

没收了她手中的电脑，穆炎阳打开手机随便找了两注中奖号码给她：“记牢了，你这是想一夜暴富？”

“才不是，”苏小雨一边将号码记在纸上，一边说，“虽然我爸妈现在和好了，但十年前爸爸为了赚钱经常不回家，要是能中奖的话，爸爸就能多陪陪妈妈了，他们俩也不会总吵架了……”

听到她的话，穆炎阳望着她的眸色不禁深了几分。

高中时期的她，就是幸运女神的代名词：长得好、成绩好、人缘好、家世也好，整一幸福的小公主。展现于人前的永远都是开朗上进的一面，看起来没有烦恼。

“好了。”

看到她抬头，穆炎阳立马敛起眸中情绪，慵懒地打了个哈欠：“睡觉去。”

“最后一个问题，”苏小雨好奇地打量着眼前已经出落成帅大叔的穆炎阳，问，“你可以告诉我，为什么以前你总是和我不对付吗？”

听到她的问题，穆炎阳嗤笑一声：“告诉你干吗？别想了，我不会说的。”还真当自己是十六岁呢？筹划着回去驯服他？

“不说就不说，谁稀罕似的。”苏小雨起身回屋。

凝望着她的背影，已经离校多年的穆炎阳，也不禁回忆起那些张狂的青葱岁月：身为学渣的他想引起她的注意，就只能用这种笨方法啊，虽然事实证明此方法非常不可行，还害得两人在“敌对”的路上渐行渐远……

紧闭的大门外，一对组合奇特的狗狗再次现身。

“老大，怎么办？再让那个三维生物晕一次？”

二哈身边的小奶狗当即暴躁地一爪子挥过去：“你别乱来！不要再影响这个时空的轨迹了，我可不想被禁足。”随即长叹一声，无奈开口，“我已经把这边的时间调慢了十倍，等那边和这边的时间线重合，一切就好办了。”

最坏的结果无非就是在这儿耗上一年，运气好的话还可以提前修复错位的时空。

“谢谢老大！”

“现在，你给我去十年前的时空盯着。”

“什么意思……啊！”话未完，只见小奶狗身边的二哈“嗖”的一下变成了天边一颗遥远的星。

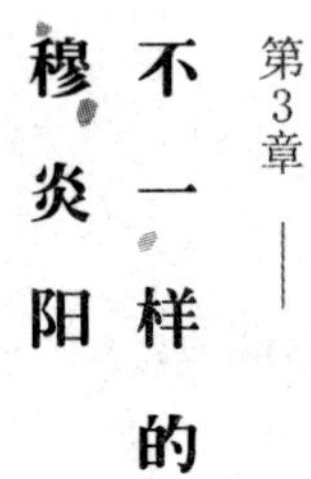

第3章——不一样的穆炎阳

1

2009年，3月24日晚，C市第一医院。

“OK，完好无损，”穿着校服的苏小雨弹了弹新鲜出炉的体检化验单，对一直跟在她身后的少年说，“这下可以回去了吧？”

确认她的各项指标都正常后，穆炎阳没再多说。

回校途中，经过街边的彩票店，苏小雨不由得一阵懊悔。如果知道有今天，她一定会提前记几组中奖号码，成个小富婆，也不至于大学毕业后为五斗米折腰，在“周扒皮”手下工作……

所以，无论是十年前的苏小雨，还是十年后的苏小雨，在中奖这件事上，几乎达成了一种超时空的默契。

接收到对方敌视的目光，穆炎阳昂着头拽拽地问：“看什么看？小爷我翘课带你来检查还不乐意？”

瞅着用鼻孔怼自己的人，苏小雨同样环着双臂拽拽地回：“你的小弟拿篮球砸我，你替他埋单天经地义。不过，看在你帮我摆脱考试的分上，我也透露一个消息给你——回校之后稍微克制点，否则你明天就要被学校通报批评了。”

对方那针锋相对的模样令穆炎阳再一次问道：“你真的是苏小雨吗？”

之前的苏小雨每次面对他时，虽然永远是一副高高在上颐指气使的模样，但眸中的忐忑根本掩不住；但现在的她眼中不见丝毫怯懦，反而有种不怒自威的气场。

“我不是苏小雨是谁？”苏小雨一边倒退走，一边说，“是不是觉得姐瞬间威武起来了？没错，因为姐发现对付你们这种中二少年，就不能一直退让，以暴制暴才是正道。”要想压制住一个自以为是的小屁孩，就得变成比他更拽更威武的大姐大。

“呵,以暴制暴？”穆炎阳居高临下地审视着她瘦弱的小身板,嗤笑道，“就凭你？我捏死你比捏死一只蚂蚁都容易。”

苏小雨丝毫不被他的狠话吓到，正欲开口，忽然间一道熟悉的“嗷呜”声令其警铃大作。她仰头朝上一看，果不其然又见到一只二哈从天而降，迅速朝她砸来。苏小雨当即往前躲避，却忘了近在咫尺的少年，竟直直地撞进他的胸膛。

伴随着一阵扑鼻而来的馨香，少女娇软的身躯撞了上来，穆炎阳瞳孔骤缩，整个人紧张到不行。

而稳稳地落在苏小雨身后的二哈，幽怨地看了她一眼，便“嗷呜”着伤心跑开：它想和老大去浪漫的土耳其、去东京和巴黎……不想把时间浪费在低维生物身上，嘤嘤嘤。

警报解除，苏小雨松了口气。

从少年僵硬的怀里退出，她一抬头就发现对方一副受了极大惊吓的模样，大睁着眼一动不动地盯着她，双耳红得滴血，连带着古铜色的脸颊也泛起一丝不起眼的红晕。

苏小雨意外地惊呼道：“天哪，我们的班霸同学竟然脸红了？”

“胡、胡说什么？”穆炎阳的脸似乎又红了一分，佯装凶恶地挥舞着拳头，“再敢瞎说，让你尝尝我的厉害！”语毕，他做贼心虚般地避开对方的目光，一个劲地往前走。

“走错了，是这边。”苏小雨出声提醒。

前方僵硬的身影一个顿步，转而火急火燎地闷头朝正确的方向行去。

第一次见到不可一世的班霸少年这般局促的模样，苏小雨稀奇地挑挑眉，不由得忆起成年穆炎阳那带着三分醉意的话。他说他暗恋她？还要追她？那时候她来不及细想就失去了意识，现在看来得重新审视这话的可信度了……

2

夕阳逐渐西下，橘色的光辉将小巷里一前一后走着的两个身着校服的年轻身影包裹其间，成了一帧温柔唯美的画卷。

瞅着不远处的校门，苏小雨看到眼前少年那衣衫不整有碍观瞻的痞子样，觉得自己还是得尽一下班长的责任。然而不等她开口提醒，对方突然问：“中二是什么意思？”

穆炎阳双手插兜，低头看着自己影子边那矮小一截的影子，不自觉地放慢步伐，似乎不想那么快结束两人同行的时光。

“嗯？”苏小雨忆起这个词是近两年才突然在网络上流行起来的，遂嗤笑着解释，“中二啊，就是你们这衣衫不整当帅气、自以为是当酷拽、目中无人、永远觉得自己天下第一的样儿，很好理解吧？”

此话一出，少年穆炎阳眸中些微的柔软瞬间化为凌厉，回头恶狠狠地对满脸讽刺笑容的人说：“苏小雨，我发现你不仅比别人三八，还三八得特别欠揍。”

苏小雨耸耸肩不以为意地道：“那我不介意更三八一点，你知道一般什么样的人会是你这种打扮吗？电视古装剧看过吧？怡红院的姑娘们为了揽客，衣裳半滑，袒肩露背，魅惑无边。你瞅瞅你，硬生生把校服给穿出了红尘样儿，还自我感觉帅气，不是中二是什么？”

听到她的话，穆炎阳不知道想到了什么，脸色铁青。瞄了眼滑落在肩头的校服，他僵硬地将其穿好，咬牙切齿地说：“我是觉得冷才穿起来的，才不是因为……”

此地无银的话戛然而止，苏小雨挑眉问：“因为什么？”果真对付这种叛逆期的小屁孩就该以毒攻毒。

对方没有回答，忽然满脸严肃地命令道：“别说话！”他歪头仔细倾听左边巷子里的声音，而后抬步向里面走去。

“怎……”苏小雨刚问出一个字，也隐隐听到了巷子深处的对话声。随即，一个同样穿着C高校服的身影被推搡得不断后退，正好落入他们的视线。

“不是叫你带三百出来吗？怎么只有一百，这么不给我们面子？”对面并排走来三个杀马特装扮的小年轻，分不清是大学生还是高中生。

前几天刷抖音还刷到各种怀旧风格的视频，看到眼前那正宗的非主流装扮，苏小雨心底忍不住感慨一句：葬爱家族的封印终究还是解除了啊。

“住手！”路见不平一声吼，苏小雨身边的少年如猎豹一般迅猛地冲过去，二话不说利落地一挥拳，就狠狠砸在中央为首的红毛杀马特脸上。

“老大！”身边小弟立马扶住被打得站立不稳的人，转头凶神恶煞地瞪着那个不速之客。看清来人后，他忽然嘲讽地扬起嘴角，“哟，这不是咱们的穆大英雄吗，先前英雄救美不够，现在又来行侠仗义了？”

听到他们讽刺的话，记起之前令人恼火的回忆，暴脾气穆炎阳人狠话不多地再次出手，公平公正地让另外两人也吃了一拳头。

“呸！”被打的一人满脸凶相地道，“穆炎阳，看在同学一场的分上，

我们不想出手，但既然你不给面子，那就别怪我们心狠手辣了。”

“上！”

看到那三个杀马特男生纷纷朝穆炎阳围去，苏小雨连忙对那个被吓得不知作何反应的瘦弱男生喊：“喂，戴眼镜那个，别傻站着了，快去学校叫保安！”

“哦哦哦，好好。”回神的男生扶了扶镜框，连忙撤离危险的“战场”，颤颤巍巍地朝巷子外跑。

伴随着阵阵肉搏声，苏小雨焦急地看着那方缠斗在一起的四人，扫视了一眼周围，俯身挖起地上的一捧细沙，喊：“穆炎阳，让开！”

听到喊声的穆炎阳默契地打倒一个相对瘦小的男生后便退出战圈，苏小雨上前一甩手，将沙子往另外两个杀马特少年的眼睛挥去。

“哪儿来的臭女人！”被迷了一眼的两人暂时止住了攻击，用手揉着眼睛。

已经负伤的穆炎阳听到这话，眉眼一凛，再次狠狠地朝出言不逊的人横飞去一脚，惹得苏小雨着急地拽着他就往巷子外跑：“赶紧跑啊，你当自己是超人啊，还一对三？”她边跑边喊，“保安大叔，这里有人抢劫打架啦！救命啊！”

跟随在杀猪般尖叫的人身后，穆炎阳低头看着拉住自己大掌的小手，不知是被打的还是羞的，面颊再次泛起不正常的红晕，感觉身上的疼痛都消失殆尽了……

跑到巷子口，眼看后方怒气冲冲的杀马特少年就快追上他们，幸好保安大叔及时赶来，挥着警棍喊：“敢欺负我们C高的学生，站住！”

见到应援者，后方的三个杀马特少年立马转身逃走，还不忘放狠话：“穆炎阳，你给我等着！”

3

夜幕中，C高的教学楼却灯火通明，莘莘学子伏案桌前奋笔疾书。

身为学习楷模的苏小雨没有动笔写作业，而是时不时地转头瞄向身后空空如也的座位。上节自习课，穆炎阳就被老班唤走，到现在都没有回来，也不知道是什么情况。

“小雨，你怎么还不动笔？都快下课啦。”安畅畅见到苏小雨一片空白的作业本，忍不住提醒。

苏小雨不甚在意地轻声回复：“上节课没听，不会做啊。”

“我不都把笔记借你了，你看上学期的化学书干什么？”

“哦，总体回顾一下……”

安畅畅疑惑地瞄了眼自己的学霸同桌兼闺密，总觉得她被篮球砸了后就有点怪怪的……

直到晚自习结束，苏小雨竟然已经和学渣沦为一窝，一本作业都没有上交。

围绕着她的三尊课代表大佛不由得对其一阵痛心疾首地申讨。

“班长，你怎么能不交作业呢？我的心好痛好痛。”

“你要我们怎么和老师交代？”

“说吧，公了私了？”

苏小雨瞅着耍宝的三人，笑着回复：“要作业没有，要命一条。再说了不交作业的肯定不止我一个，你们咋就盯着我呢？”

“你是班长啊！”三人异口同声。

“得得得，那我跟你们去和老师解释下，行吧？”

不等他们回复，身后就传来一道不耐烦的声音：“叽叽歪歪个什么劲儿，吵死了。”

班霸一开口，就知有没有。这不，围在苏小雨身边的三个课代表当即

腹诽着走人，不爽归不爽，但他们还是不敢和说动手就动手的混混对上。这一点，他们不得不佩服敢于和“恶势力”斗争到底的班长大人。

苏小雨见此无奈地摇摇头，以前也是这样，有时候她这个班长的话，还不如这个班霸来得有用。回头看到嘴角带伤的少年扒拉着凌乱的桌面，她忍不住问道：“伤怎么样？”

穆炎阳淡淡地瞟了苏小雨一眼，留下一句“死不了”，便酷拽地和等他的同学一起离开了。直到走出教室，一直绷着冷酷面庞的穆炎阳一把勾过身边的同学，带着希冀地问：“喂，刚刚班长问我伤势，她是在关心我吗？”

一直对穆炎阳阿谀奉承的包立轩，知道他和苏小雨互看不顺眼，当即奚落：“她怎么可能关心你，不落井下石去老师那里添油加醋就好了，哪会这么好心关心你？只有我才是真正……”

说着说着，包立轩忽然感觉周围的温度越来越低，一侧头，就接收到对方的死亡凝视，当即磕巴地问：“老……老大，我说错什么了吗？”

穆炎阳不爽地开口：“滚一边去！”

“得令。”

4

翌日课间操时间，在分列式进行曲中，全校学生在操场上集合。

待大家入场完毕，早已等候在台上的教导主任拿着话筒开口：“各位同学，在做操前先公布一则通报。”说着举起手中的红头文件，严肃地念，“3月24日下午，本校学生高一三班穆炎阳上课期间在校外与外校学生打架斗殴，其行为已经违反了学校管理制度，在全校造成了恶劣影响！现经研究决定，给予穆炎阳通报批评一次，以观后效。希望其他同学能引以为戒，认真学习，严格遵守学校各项规章制度……”

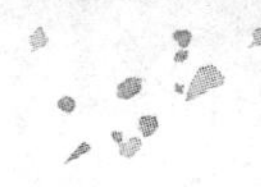

听到这熟悉的通报，苏小雨忍不住转头看了眼队伍最后站没站姿的少年。对方依旧跟没事人儿似的立在原位，仿佛被通报的不是他。

曾经的她听到这则通报的时候，还在幸灾乐祸：叫他拿篮球砸自己，报应来了吧？

但是这次，知道前因后果的苏小雨不禁蹙眉疑惑：明明他是见义勇为，为什么学校还要批评他？以反抗为乐趣的他对于这莫须有的罪名为何都不反抗一下？

怀揣着满腹的疑问，课间操一结束，苏小雨就忍不住跑到穆炎阳身边："穆炎阳，你为什么不和老师解释，你明明是去……"帮助同学的。

"你烦不烦啊？"穆炎阳看到突然凑到身边的人，开口打断她的话，"小爷我不就揍几个人，这事还没完了是吧？"语毕，加快步伐甩开对方。

苏小雨有些苦恼，安畅畅见状立马挽着她安慰："小雨，你和他废什么话呀，就算你再苦口婆心也改不了他的恶习，我劝你还是睁一只眼闭一只眼的好，省得总是生气。"

"不是这样的……"

听完苏小雨的解释，安畅畅明显不相信："就他还见义勇为？据说那几个人是他以前的同学，指不定他们是一伙的呢！碍于你在身边，他只能装装样子和他们划清界限。"

回忆起昨日的场景，苏小雨摇摇头："不像。"

不知道是不是因为她实际的心理年龄，让她能更客观更理智地看待事物，不再和以前一样偏执，觉得这个一无是处的班霸少年连呼吸都是错误的。

"好了好了，管他那么多干什么，赶紧回教室，下节课语文要抽背呢。"

"背什么？"

上课铃响，教语文的老班陆老师准时进教室，喊了声："上课。"

台下安静一片，直到众人的视线都聚焦到自己身上，苏小雨才反应过来，连忙喊了声：“起立！”而后便是老师同学们互相鞠躬问好。

好像也就他们的班主任最注重仪式感，每节课都要“上课起立”一番才进入正题，害得她差点儿出糗。不过这个糗早出晚出总归是要出的，这不正在快速记忆《寡人之于国也》的苏小雨，一直祈祷着不要叫到自己，然而墨菲定律再次准确地应验。

“苏小雨，你来背一下。”

听到自己的名字，苏小雨顿时一脸生无可恋，快速扫视了眼全文，将自己临时记下的背诵出来：“梁惠王曰，寡人之于国也，尽心焉耳矣……以五十步笑百步，则何如？则何如……”背到这里，她就怎么也想不起后面的内容了。

“不违农时，谷不可胜食也……”同桌安畅畅小声提醒。

前桌也默契地微微竖起课本帮助苏小雨。

最终，在大伙儿的应援下，苏小雨终于磕磕绊绊地将这篇文言文背完。班主任别有深意地望了她一眼，说了声“上课不要走神”便让她坐下。

“呼……”苏小雨长舒一口气，心底不禁泪流满面：她真是太难了。

坐在她身后的穆炎阳，盯着眼前那扎着马尾的背影，再次蹙起眉头……

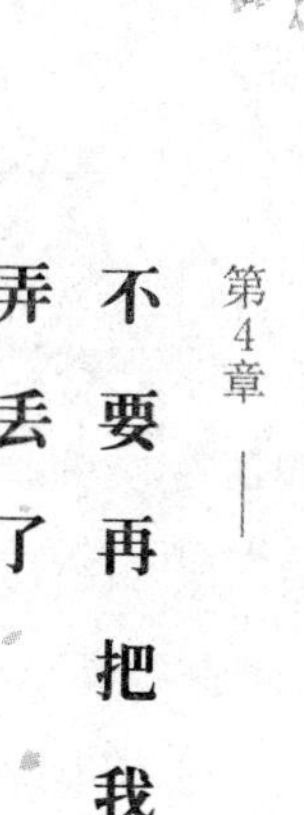

第4章 不要再把我弄丢了

1

2019年，深夜。

刚睡下没多久就听到急促的门铃声，穆炎阳忍不住咒骂着起身：“大晚上的谁啊？”

“苏小雨，苏小雨你在家吗？”

依稀听到呼唤的苏小雨，当即激动地冲出卧室：“畅畅！”

果不其然，门外站着的就是风尘仆仆的安畅畅。

“畅畅，真的是你！”苏小雨激动地给了她一个熊抱，亲昵地蹭着她的脸颊，看着大变样的人，眸中惊艳满溢，“哇，畅畅你现在变得好淑女啊，我都差点儿认不出你。”

注意到她身后站着的人，苏小雨再次惊呼：“书生？你们果真在一起了！恭喜恭喜啊！”

“书生”那遥远的称呼、眼前人诧异的言行举止，无不让安畅畅蹙起眉头，望向客厅里的另一人，无声地问：她怎么了？

今天的同学会，安畅畅是特别想参加的，终于能有一个体面的借口和苏小雨见面，可飞机晚点，让她错过了这次聚会。没想到一下飞机，

她就看到有人在群里说苏小雨昏迷入院，情况严重。于是，她辗转多人，打听到了苏小雨的住处，找上门来。

即使岁月让她们成了最熟悉的陌生人，可彼此之间仍会默契地从各处关注着对方的一点一滴。你若安好，我便默声守候；你若不好，我会第一时间来到你身边。

接收到对方的目光，穆炎阳无奈地指了指自己的脑袋，又指指苏小雨，用轻松的口吻介绍："Surprise，现在在你们眼前的是十六岁的苏小雨哦。"

"这是个秘密哦，我也不知道什么时候就回去了。"苏小雨凑在安畅畅耳边轻声说，"不过看到你和喜欢的人在一起，我真是太替你开心了！到时候婚礼一定要记得邀请我，你说过要请我当伴娘、亲手给我递捧花的。"

听到这话，安畅畅眸中复杂的情绪瞬间被一层水汽掩住。看着眼前笑颜如花、毫无芥蒂地与自己窃窃私语的人，两人曾经一起手牵手去厕所、一起躲在被窝里说悄悄话、一起跟踪喜欢男生的一幕幕赫然浮现眼前……

安畅畅哽咽开口："如果你真的是十六岁的苏小雨，请你记住，不要再把我弄丢了。"

对上她蕴含着无限情愫的双眸，苏小雨怔怔地问："什么意思，我们难道不再是最好的朋友了吗？"

"啊，我知道了！"下一秒，苏小雨便返身奔回卧室，翻找着手机。

"她怎么了？"趁着苏小雨不在，安畅畅连忙问。

穆炎阳将医生的诊断转述："其他没问题，就是突然失忆。放心，这段时间我会照顾她的。"

"纪雨桐有没有去同学会？是不是她刺激小雨了？"即便她和小雨的友情因为纪雨桐割裂，但她绝不允许对方对小雨造成二次伤害！

穆炎阳摇摇头："不至于。"同学会他全程都在苏小雨身边，就是怕

她被那对狗男女欺负。

“找到了，这个怎么用来着？”苏小雨举起手机跑到穆炎阳跟前。

穆炎阳握住她的大拇指按在手机的 Home 键上解锁：“好了。”

苏小雨立马将手机递给安畅畅：“估计是我不小心把你的号码搞丢了，你再输一遍，我会提醒未来的我不要再把你弄丢了。”

“好，”安畅畅接过手机输入自己的号码，“记住你的话。”

2

另一方时空。

“小雨，陪我去吃夜宵呀！”晚自习一结束，安畅畅就卖萌求陪伴。

不想素来争分夺秒学习的苏小雨立马答应：“走呀。”

过于利落的回复反而令安畅畅一惊，她忍不住伸手探了探苏小雨的额头：“小雨，你没事吧？你竟然没有拒绝我？”

“人生在世不能光只有学习吧，那也太无趣了。”苏小雨反客为主地拉起安畅畅出教室，“快走，看看今晚食堂有什么好吃的。”

坐在位置上佯装看书的穆炎阳，见到前方的人离开，当即招呼一声包立轩：“喂，去食堂。”

“是，老大！”

感受到身旁灼热的视线，正津津有味吃着炸酱面的苏小雨忍不住瞥了对方一眼：“看我干什么？不是你叫我来吃夜宵的？”食堂的夜宵，虽比不上顶级大厨烧制的，但都是记忆中的风味啊。

安畅畅一边吸溜米线一边疑惑地说：“要是以前，你肯定说快考试了，要多多复习，才不会陪我来呢！”

埋头苦吃的苏小雨一愣：“又有什么考试？”

“期中考试呀，”安畅畅回复，“下周轮到我们班值周，下下周就考试了，

复习时间会少许多，你别告诉我你不知道！”

苏小雨一听，当即尴尬地笑着回复：“啊哈哈哈，当然知道了，这不是一有吃的暂时忘记了嘛。”心底情不自禁地哼唱起熟悉的苦逼旋律：西湖的水，我的泪……为什么她一回来事情就那么多！还能不能让她好好体验青葱岁月了？

“小雨，你怎么了？脸色突然那么难看？”

“没、没事。”苏小雨自我安慰：莫慌莫慌，经历过大学的考试，这些高中的内容算什么？毕竟她可是多次达成考前三天预习加复习还得到成绩 A 的成就。

正在她暗暗思忖之际，大腿忽然被身边的人狠狠捏了把，随后耳边传来安畅畅激动的声音：“小雨，你看你看，又遇到书生了哎。”

顺着安畅畅含羞带怯的视线望去，就见到一张记忆里熟悉但青涩的面庞。苏小雨知道他叫单子墨，现在是十三班的学习委员，文文气气一副娴静书生样儿，所以安畅畅给他取了个绰号或者说爱称“书生”。初中毕业后两人成了邻居，在这情窦初开的年纪，他便成了安畅畅偷偷爱慕的对象。

“你说我真的会和他在一起吗？”

“一定会的，”苏小雨肯定地道，“你们大学毕业后就会领证，第二年就会有个可爱的男宝宝，再过一年你们就会在海边举办一场盛大的婚礼……”

“小雨，我爱死你了！”安畅畅兴奋地亲了口捧场的闺密，“到时候我一定会请你当伴娘，把捧花亲手交给你！”

听到这话，苏小雨的眸色暗了暗。实际情况是，安畅畅都没有邀请自己参加婚礼。

岁月的洪流中，有些人走着走着就散了，留下的只有曾经。苏小雨也曾坚定地以为会和自己最好的闺密携手一辈子——有福同享有难同当，

见证对方每一个重要的时刻，成为对方孩子的干妈。直到她们雪鬓霜鬟之际，还能手牵手拄着拐杖，一起讨论哪个医生假牙做得好、哪块墓地风水好……可终究她还是弄丢了她。

幸好老天还算眷顾她，让她重新回到十年前，让她来得及好好珍惜这份纯粹又珍贵的友情……

“他过来了，他过来了！”安畅畅激动地拍着苏小雨的大腿，而后一脸谄媚地拜托，“小雨，你能不能先回去，让我和书生独处独处，增进感情？”

“……”那啥，友情什么的能吃吗？再见了您嘞。

3

不等苏小雨挪位，单子墨率先发现了她们，径自走到安畅畅跟前入座：“你们也来吃夜宵哪？”

前一刻还在吸溜出声豪放吃着米线的安畅畅，瞬间化身淑女，一边将短发往耳后别，一边回答：“是啊，晚饭吃得少，现在有点儿饿。”

“那多吃点，省得饿瘦了，”单子墨转身朝窗口刷好卡的另外一人挥手，“小宇，这里！”

听到这熟悉的昵称，苏小雨一滞，转头朝窗口望去，就见到学生时代的温智宇朝他们这边走来，一时间心底百味杂陈。

温智宇是高二文理科分班时才转到三班的，他在现在的班级也是班长，遂分班后老班让他担任了副班长；加上两人成绩同是班里的佼佼者，一同探讨难题、一起参加竞赛更是让他们的交集多起来。他的名字有个“宇”字，和她的“雨”同音，有人若是唤他们的昵称，一时间还分不清是叫谁，当时惹来许多同学的打趣。这番打趣，却是令当时的她窃喜不已……

他们在高考结束后正式确立了恋爱关系，约定着考同一个大学。因着

他的失常发挥，最终去了一所北方的重点大学，而她则入了自己一直梦想的A大。从校服到婚纱的爱情，是她一直期盼的，只可惜这美好的童话终究没有发生在她身上。

注意到凝视着自己的视线，端着餐盘的温智宇看到苏小雨，温润地朝她一笑："请问这里有人吗？"

苏小雨摇摇头。

温智宇自然地在其对面入座，笑着道："你是三班班长吧？之前开会有过照面，我叫温智宇。"

"嗯。"苏小雨低头淡淡地回应。她当然知道他是谁了，她的初恋，永远梗在心中的一根刺……

见对方没什么和自己搭话的意向，温智宇也不再找她说话，反倒和单子墨、安畅畅他们聊起来。

"我去，那小子是谁？"和苏小雨坐在同排但是离她远远的穆炎阳，见到坐在她对面的男生，当即不爽地皱眉。

包立轩顺着他的视线望去，当即回复："噢，那个啊，是十三班的班长，温智宇。"

包立轩消息一向灵通，哪个班谁被抓早恋啦、新一届校花花落谁家啊等等八卦消息一清二楚。

"老大，他是不是惹到你了？我这就叫几个兄弟去收拾他。"

"滚滚滚，那种小白脸能惹到我什么？"穆炎阳嫌弃地道，继续问，"他和苏小雨什么关系？"

"没关系啊，"看到老大紧蹙的双眉，包立轩谨慎地回复，"据我所知是没什么关系，要不我改天打听打听去？"

穆炎阳轻轻"嗯"了一声，算是应允。

就在穆炎阳心不在焉地吃夜宵之际，伴随着一声声“老大”的呼唤，呼啦啦一群人就涌到他身边。为首的四班小胖墩压低声音问：“老大，是不是又是她，让你被学校通报批评了？我把弟兄们都带来了……嗷，老大，你打我干什么？”

穆炎阳恨铁不成钢地拍了下他的脑袋，瞅着身边围着的一群人，个个撸袖子一副要干架的模样，出声训斥：“干什么干什么呢！你们是想学校直接开除我是不是？就没人来使唤你们了是不是？”

小胖墩摸着脑袋讪讪一笑：“怎么会呢，我们对老大你可是忠心耿耿啊。我这不是听说昨天你是和那个人一起出的校门，今儿就被批评了……”看到对方扬起的手，下意识往后一躲。

穆炎阳拄着脑袋，一副大哥看不懂事小弟的模样，无奈开口：“什么事情都是听说听说，你就不能有点准确的消息？我可不是是非不分的恶棍，这事和她没关系，要是你们缺心眼自己犯事别想扯到我身上啊！

“还有，谁再敢私自动她，就给我小心点！”

“不敢不敢。”小胖墩和周围的一群小弟纷纷讨好地摆手。

一旁的包立轩见状，忍不住疑惑：“老大，我怎么觉得你……”

看到对方吞吞吐吐的样儿，穆炎阳骂骂咧咧地道：“有话快说有屁快放，我最烦扭扭捏捏的人了。”

“我怎么觉得你很在乎苏小雨？”不让兄弟们为他出气就算了，为何感觉老大有意无意地在维护对方，嘴上说得凶，也没见他把苏小雨怎么着啊？刚刚还气哼哼地问自己她对面的男生是谁，感觉有点像吃醋？

此话一出，周围的小弟们都不约而同地看向穆炎阳等他表态。

成了视线焦点的人当即一拍桌：“废话，处处和小爷我对着干的人我当然在乎了，只要让我揪到她的小辫子，我一定不会放过她的！”

“走了，回寝室！”穆炎阳不自在地丢下筷子起身离开，似乎为了向

弟兄们明志，经过苏小雨身后时，他还恶劣地一揪她的马尾，嘲讽道，“晚上吃那么多，你是猪吗？”

“猪猪猪，大晚上的就知道吃！”身边小弟们一阵嘲笑着附和。

“嘶……”被揪得猛地抬头的苏小雨，氤氲着水汽的双眸瞪向罪魁祸首时，忽然不受控地落泪。

这一落泪，彻底吓到了身后的一群人，特别是动手的穆炎阳，他呆滞地看了看自己的大掌，自己根本没用力啊。

“穆炎阳，你又欺负小雨！”正和单子墨聊得火热的安畅畅，一回头就见到自己闺密泪流满面的模样，当即气愤声讨，“被学校通报批评还不够吗？又来惹事。”一边安抚着身边的人，“别哭别哭，我们找陆老师去！”

对面的温智宇见状，也不满地开口：“身为男生，怎能欺负女生呢？你这也太不……”

“关你屁事！”穆炎阳不爽地回怼，看向满盈着热泪瞪着自己的人，不自在地嘴硬了句，“爱哭鬼，我又没用多大的力。”而后挥手指着身边的人，“你你你，谁骂了她的，都给我道歉！”

碍于老大的威压，那些出声附和的人不情不愿地向苏小雨说了声“对不起”。

“你呢？”安畅畅质问，“是你动的手！”

穆炎阳瞄着看向自己的一群人，似乎拉不下面子来向苏小雨道歉，脸色憋得青一阵白一阵。

最终还是苏小雨开口打破了尴尬：“畅畅，我累了，我先回去休息了。”

“但是……”看到闺密一副疲倦的模样，安畅畅瞪了眼穆炎阳，扶着苏小雨起身，“我陪你一起回去，一会儿陆老师来查寝我们和他说。”

“嗯。”苏小雨不甚在意地应了声。

少年温智宇的现身，让苏小雨想起了太多太多的事情，家庭的破裂、爱情的消逝、友情的丢失……成年后的辛酸无奈，无不让她产生流泪的冲动。她努力憋回泪水不想被他们看出异样，却被穆炎阳突如其来的举动搞得不受控，借着头皮微微的扯痛，就这么哭了出来。实际上，她不过是碰瓷了他而已。

“老大，她会不会又借题发挥找你麻烦？”

穆炎阳神色复杂地盯着苏小雨的背影，听到小弟的问话，立刻恢复了酷拽的模样：“小爷我会怕她？搞笑，放马过来啊。”

回男寝的途中，穆炎阳忍不住教育身边的小弟们：“知道什么叫‘唯小人与女子难养也’了吧？你们和她不是一个段位的，别去招惹她，省得惹出了麻烦还要我给你们擦屁股，听到没？”

“是！”

“谢谢老大关心。”

“那老大你自己小心。”

穆炎阳不以为意地道：“哼，小爷我才不把她放在眼里呢！”

然而，今晚某个男生寝室中，一个辗转反侧的身影怎么也无法入眠。脑海里浮现的尽是那个泪流满面的女生，苦恼着明天到底要不要向她道歉……

4

周六中午，和前一个班级交接完值周工作回教室后，苏小雨站在讲台上拍了拍手，游刃有余地道：“值周表格和布局图大家都拿到手了吧？不知道自己该在哪个区域的就问问组里的同学，再不知道的来问我，放学可以提前去踩踩点，不要到时候花大把时间找位置……”

“班长，后门在哪里，我不知道啊。”这问话就明显有点没事找事了。

苏小雨看向提问者，也没有恼火，一语双关地回复：“你经常走的不就是后门，你不知道谁知道？”

此话一出，瞬间惹来哄笑一片。大家都知道丁路是个富二代，逢年过节送礼什么的也跑得勤，自然享受一些后门的便利。他和穆炎阳关系不错，所以也是苏小雨的“对抗者”之一。

“笑什么？我又没说错，他家在北边，不每次进出校门都走后门？”苏小雨神色淡淡地回复，不理会对方的菜色继续说，“届时我们自己以身作则，校服袖标穿戴整齐、注意卫生、不要迟到……下下周就要期中考了，恰逢值周和清明节，大家安排好时间抓紧复习。现阶段还是以学习为主，为高考打好基础……”

“说这些有的没的干什么？你爱学习就自己学去呗，管别人那么多？”开口的还是丁路，明显想再扳回一城让对方下不了台。

要是以前的苏小雨的确会气急败坏地红了眼，但是已经在社会历练多年的苏小雨怎会轻易被影响，她目光如炬地说：“等你们进入社会就会发现，如今被我们怨声载道的高考，是唯一也是最后一次不看颜值、不看家世、不看背景的最公平的竞争，是最实实在在能依靠自己的努力逆袭的机会。不是每个人都身披‘二代’光环、可以拼爹的，你不在意这次机会不代表别人不在意。”

“你对我说的这句话我也送还给你，你不爱学就不爱学，不要去影响要抓住这个难得机会的同学！毕竟燕雀安知鸿鹄之志哉。”语气轻柔却满溢着坚定。

苏小雨知道丁路高考后被家里送去国外留学，毕业回国就在自家企业挂个名，天天和狐朋狗友吃喝玩乐混日子。之前的同学聚会也都是他豪放埋单，但不是所有人都可以像他一样无所事事地混吃等死，更多的是需要靠自己去拼搏奋斗的普通人。

“学习虽然不是通向成功唯一的路，但却是最近最稳当的路，我不希望你们以后再来后悔。”从来没想到有一天她也会站在这熟悉的教室，重复着曾经因为老师多次诉说而听得不耐烦的话。她在同学会上听到过在座的许多人后悔曾经的不努力，但她也知道即使自己再苦口婆心，台下的众人依旧不以为意，毕竟南墙只有亲自撞过才会知道滋味。

大家注视着台上瘦瘦弱弱的女生，明明身形样貌没有任何改变，却让人觉得有些陌生。感觉她比以前动不动就气急败坏的班长成熟了许多，气场更是强大了好几倍，这番铿锵有力的话让他们都不禁心生壮志豪情。

“啪！啪！啪！”

伴随着三声有力的鼓掌声，班主任抬步进门，赞赏地看了眼台上的苏小雨，真挚地开口：“说得真好。”

此话一出，台下也跟着响起一片掌声，大家看苏小雨的眼神不约而同地有了些变化。

在班主任说话的间隙，包立轩凑到穆炎阳身边问：“老大，你有没有觉得她变了啊？”

一眨不眨盯着台上人的穆炎阳问：“变什么了？”他感觉此刻的苏小雨周身闪耀着迷人的光芒，耀眼得他都无法挪开视线。

“感觉越来越威武了，有种大哥女人的风范。”

此话一出，穆炎阳不自禁地勾起嘴角，骄傲地道：“那当然了。”也不看看是谁看中的人。

瞅见自家老大扬扬自得的神情，包立轩不由得一阵无语：自己夸的是班长，你在这儿自豪个什么劲儿啊？

第5章 追妻火葬场

1

2019年。

清晨的阳光透过帷幔照在床铺上，同榻而眠的两人正睡得酣甜，“叮咚叮咚”一阵门铃声响打破了清晨的静谧。

“唔，老公你去开门。”迷糊中的安畅畅咕哝了句，忽而想起什么，猛地睁眼，看着睡在身边的人，推了推她，“小雨，小雨醒醒。”

苏小雨翻了个身，回应道：“唔，还没响铃，再睡会儿。”

听到这话，安畅畅就知道对方依旧还是十六岁心智的苏小雨，哄小孩般地拍拍她的脸颊说：“小雨，我得去公司了，下班再来找你，带你去看干儿子啊。”

苏小雨不甚清明地应了句，直到安畅畅穿戴好离开卧室，她才突然从床上惊坐起，恍惚地看看四周又看看自己。她怎么还在这里啊？

安畅畅一开门就见到外面并肩而站的两个男人，火急火燎地道：“老公，帮我和公司打个电话，可能会迟到。”

“打过了。”单子墨心疼地用手梳理她乱蓬蓬的卷发，要不是今天她必须去公司汇报考察结果，他早就帮她请假休息了。

顾不得自己此刻糟糕的形象，安畅畅拉住一旁就欲进门的穆炎阳，开口道："好好照顾她，不准欺负她，下班了我会来找她的。"

单子墨牵着安畅畅离开前，拍了拍穆炎阳的肩，鼓励道："加油！"

目送两人离开，穆炎阳一转身，就见到了一脸萎靡的苏小雨扒拉着卧室大门，瘪着小嘴盯着自己。

第一次见到她这可怜又软萌的小模样，穆炎阳感觉自己的心都快化了，走近她笑着问："怎么了？一大清早这副德行。"

苏小雨咧开嘴哀号："我以为睡一觉就回去了，可是我还在这里。虽然我很开心可以见到未来的畅畅和我干儿子，但我还得回去上课啊！否则要落下好多功课的……"

听到这话，穆炎阳真不知道该忧好还是笑好，某人的学霸因子有够根深蒂固，连这种时候担心的依然还是功课。

已经预约了心理咨询师的穆炎阳只能哄道："难得来未来世界一次，你不抓紧逛逛玩玩反而担忧这些有的没的，你是不是傻？指不定下一秒就回去了，后悔都来不及。"

"但是功课……"

"高中课本、笔记本、作业本我家都有，你想要就去拿。"

听到这话，苏小雨思考了一会儿，而后商量道："那我先把落下的功课看了，你再带我去玩一下呗。"

对未来的世界当然是好奇的，但十六岁的苏小雨始终把学习放在第一位，因为只要取得一个好成绩，爸爸妈妈就会开开心心地在一起为她庆祝。所以她要努力努力再努力，让他们的关系更加和睦……

"没问题。"穆炎阳爽快地应道，反正他早就做好翘班的打算了。

跟着穆炎阳抵达他的住所，看到眼前精致大气的三层别墅时，苏小雨再一次惊愕地瞪大杏眸：“这是你买的？”

“不然我偷的？”穆炎阳好笑地开门，“进来吧。”

两人的小区就隔着一条街，那边是以单身公寓和小套间为主的商品房，专为苏小雨这种白领人士设计；这边就是主打奢华别墅的富人小区了。这一对比，苏小雨忽然觉得自己混得还真差劲，不仅成了这么个差生的下属，买的房子也没他的大……

“没想到你还混得不错嘛。”苏小雨酸酸地开口，一边打量别墅的装潢，一边跟着他上楼。

穆炎阳挑眉问：“喜欢？欢迎随时入住。”反正她迟早会成为这里的女主人。

“谁稀罕，到时候我自己也可以买一套。”

对此，穆炎阳只是笑笑不说话，要是让她知道她的公寓是因为他的原因才能如此优惠地入手，估计又要大受打击了。

“喏，角落那一摞，自己找去吧，”穆炎阳站在书房门口昂昂下巴，“我先做早饭，一会儿下来吃。”

这话一出，苏小雨再次对他刮目相看：“你还会烧饭？”

穆炎阳一撩额顶的发梢，耍帅道：“那当然了，虽然我有财又有貌，但还是得靠内涵俘获未来老婆的心嘛。”

穆炎阳说这话的时候，别有深意地盯着苏小雨，惹得对方甩来一个白眼：“稀罕了，你竟然还有内涵这种东西？”说完，她不屑地越过他进入书房，以掩饰自己的尴尬。

看着蹲在角落的小身影，穆炎阳满足地下楼做早餐。

和她共处一室、看着她清早起来的模样、为她做爱心早餐……是他曾

经无数次幻想过的美梦，没料到却阴错阳差地在这种时候实现。所以当初自己为什么要这么作死地剥削她呢？以至于让她越发讨厌自己。虐妻一时爽，追妻火葬场啊！

忽然，想起什么的穆炎阳脸色一白，迅速关火返身跑回书房，就见到苏小雨坐在干净的木地板上，疑惑地看着一封泛黄的书信，问气喘吁吁跑来的人："我的情书？为什么在你这里？"

写信的同学叫张叶，是个安安静静没有什么存在感的男生。和她为数不多的交集就是主动向自己要了教室前门的钥匙，每天早上第一个去开门，让她能多睡十来分钟。但是没想到他竟然暗恋她啊，甚至还给她写过情书……

穆炎阳当即心虚地夺过她手中的情书，狡辩道："谁说这是写给你的了，这是我当初写给一个同名女生的！别在这儿自作多情……"

"什么乱七八糟的，我又没说你。"

"那你问什……"当看到手中情书的署名时，穆炎阳不禁疑惑地蹙眉，"张叶？他的情书怎么在这儿？"

"这不得问你吗？我可是在你的书架上翻到的。"

穆炎阳抬头看了眼书架角落里一个不起眼的红木小盒，上面依旧积着一层薄薄的灰，明显没有被打开过。穆炎阳拿过盒子转身走人："找好课本就下来吃饭！"语毕，佯装无事发生过地走出书房。

出门后，穆炎阳瞄了眼手中的情书，疑惑蹙眉。张叶也暗恋过苏小雨？他的情书怎么会出现在自己家？

2

2009 年，4 月 2 日，晚自习下课。

看着争分夺秒看书复习的闺密，安畅畅终于感觉那熟悉的苏小雨又回

来了，知道对方很注重每一次考试，便没打搅她率先回了寝室。

今日份的学习任务完成，苏小雨一抬头就见到教室前排还坐着一个人，疑惑地问："咦，张叶，你还没回去啊？"

对方低着头没有回复，察觉到异样的苏小雨上前拍了拍他的肩："张叶？"一俯身竟看到对方正在默默抽泣。

见状，苏小雨立马坐到他身边关心地问："你怎么了？有什么烦心事还是有人欺负你？"

不知道是不是她的口吻太像温柔的长辈还是压在心底的委屈太满，内向的少年捂着脸闷闷地开口："班长，你们是不是都觉得我很没用啊？"

"嗯？为什么会这么说？"苏小雨反问。

她对他的印象不多，学生时代就是个成绩中等没什么槽点也没什么亮点的男生；注意到他的那一刻还是同学聚会上对方说起自己出版的漫画时，那浑身带光的自信模样深深感染着她。在阡陌红尘中，在这浮躁又现实的社会里，多少人初心不再，早已忘却年少时那单纯又美好的梦想。他是为数不多地坚持行进在梦想途中的人……

对方还特意送了一本签名版漫画合集给她，说多亏了她的鼓励才让他有勇气在这条路上砥砺前行。但是相隔多年，她实在记不得当初自己有给过他什么鼓励。

后续的交谈中，苏小雨了解到张叶的父亲因为工伤住院，母亲又要照顾父亲又要操心他的学习，少不了一些打击人的念叨。但他的成绩却怎么也无法取得突破，这令他感觉很挫败。

苏小雨大学学的就是心理学，虽然毕业后因为父亲的原因没有从事相关职业，但宽慰宽慰中学生、帮他们疏导心结什么的还是小意思。更何况她还知道对方未来取得的成就……

近半小时的交谈后，张叶黯淡的双眸终于又重新展现光彩："谢谢班长，谢谢你这么看好我！”被学习楷模如此鼓励，他顿觉心底又充满了力量。

而后，他有点儿难为情地请求道：“那个班长，你能不能不要和别人说我哭过，很丢脸。”

“放心，这是我们的秘密，我不会说的，”苏小雨拍拍他的肩安抚，“还有，哭不丢脸，这只是一种发泄方式而已，无须憋着。以后有什么想不通的可以和身边人说一说，永远不要对自己失去信心，你都不知道自己的潜力有多大。”

“嗯！”少年用力地点点头，眸中满是希望的光。

“这几天我都会早到的，你多睡会儿吧。”

“没事，我、我会来开门的。”张叶深深地看了对方一眼，而后快速离开教室。

看了看表，距离门禁时间还有十来分钟，苏小雨速度地锁好教室跑去后门例行检查。本应四人的岗位此时缺席一人，苏小雨环视了一圈，向目光游移的包立轩走去：“穆炎阳呢？”

“老大他、他有事先回寝室了。”

那明显的心虚样儿换来苏小雨一个白眼：“噢，你们老大还真关心你啊，这是怕更深露重的特意把校服留给你御寒？”

看对方支支吾吾的说不出什么，苏小雨转头问：“丁路，你刚刚就一直朝门外瞄，穆炎阳是不是出校了？”

“没有！”三人异口同声地否认。

苏小雨挑挑眉，佯装思考地开口：“不经老师允许私自出校，好像会被警告处分吧？要是再夜不归宿，这就更严重了？要是因为去网吧夜不归宿，这……”

“老大他是去办正事的，才不是去网吧！”包立轩立马为穆炎阳正名。

话音一落，当即遭遇其他两人一顿鄙视：真是愚蠢！两句话就把老大给卖了。

“哦？说来听听是什么正事，我可以考虑放他一马。”苏小雨看到对方恨不得咬舌的模样，笑着问。

事已至此，包立轩索性将知道的都坦白了。

听完他的话，苏小雨抿抿唇开口：“赶紧给他打个电话，马上就要关门了，要是教导主任来，想进也进不来。”

“谢谢班长开恩！”包立轩掏出手机给穆炎阳打电话，却听到手上的校服里传来振动声，“呃，老大的手机在这儿……”而后想到什么忽然惊悚地看向对方，“班长，你不会告诉老师我们带手机吧？”

C高是禁止学生带手机的，但许多人依旧偷偷私藏，如眼前这几人。对此，老师们也是心照不宣，没发现就当不知道了。

苏小雨白了他一眼：“我去找他。”说完就从后门跑出去。

“班长……”

“闲聊什么呢！关门了。”教导主任一过来就见到松松散散站在这儿的几人，当即严肃开口。

“可是……”

丁路踹了他一脚，示意他不要多话：“班长不也出去了？有她在学校肯定不会重罚的。”

“你们关个门还给我来个左手右手一个慢动作啊？以小见大，怪不得学习效率那么低，时间都浪费在不必要的地方，成绩怎么提升得上去？好好向你们班长学习，早出晚归争分夺秒地用功……”

为了躲避对方的唐僧式教导，三人立马锁好门，说了声“汪主任再见”，便一溜烟消失。默默祈祷门外的两人自求多福。

3

苏小雨找到穆炎阳的时候，对方正从学校附近一家杂货铺里出来。一见到她的身影，穆炎阳迅速将手中的东西藏在身后，用鼻孔对着她拽拽地道："哟，班长大人竟然也无视校纪校规，私自出校啊，这王子犯法是不是与庶民同罪啊？"

那一副吊儿郎当的痞子样配上文绉绉的言语，和古代的浪荡公子哥有得一拼，苏小雨不理会他的冷嘲热讽，开口道："别藏了，你以为我不知道你出来干什么？"

"谁告的秘？"

看对方一副要将其抽筋扒皮的模样，苏小雨没有出卖包立轩，只是说："赶紧回校，要是门关了，我想包庇也包庇不了你。"说完率先走人。

看着她利落转身的背影，穆炎阳愣怔了一下：稀罕了，见到自己私自出校，不仅没有告老师，还反过来帮自己？真是越来越看不懂她了……

站在紧闭的铁栅栏门前，苏小雨沉默了，她果真不该烂好心地多管闲事。

"这几个人是不是傻，叫他们等小爷回来再关门，听不懂人话啊？"穆炎阳骂骂咧咧地道。

"要是老师或者主任监督着，他们能不锁吗？"苏小雨打量着围墙的高度，考虑着翻墙而进的成功率。

"嘁，这点破东西还想阻止我进去？"

苏小雨闻言一转头，就见少年直接将手里的东西丢入围墙，往后退了几步，飞奔向前、跨步起跳、扒住围墙一个引体向上便成功坐上墙头。

这利落潇洒的身姿，看得苏小雨也是一愣一愣的：这是高手，这也太厉害了！

穆炎阳炫耀般地朝下方的人挑挑眉："我就说难不倒小爷我吧？你自

己慢慢想办法进来吧！”不等苏小雨出声，对方已经利落地跳下墙。

苏小雨看着空空如也的墙头忍不住腹诽：就这德行还想追姐？“注孤生”（注定孤独一生）去吧！果然，成年穆炎阳的话也是没啥可信度的。

下一秒，穆炎阳出现在铁门后，望着外面的苏小雨恶劣地道：“你求我呀，你求我我就帮你进来。”

“幼稚。”苏小雨翻了个白眼就欲转身离开，“我从前门正大光明地进去就好，到时候说是为了抓私自出校的某人才被锁在门外，老师肯定不会追究。”

“喂，苏小雨你等等！你给我回来！”

当苏小雨扒着墙踩在穆炎阳肩上的时候，她感觉整个人犹如打通任督二脉般畅快：嘿，小样儿，想不到还有被姐姐踩在脚下的一天吧？

“苏小雨，你磨蹭什么，赶紧上去啊！重得和猪一样。”穆炎阳咬着牙道。

“我翻不上去，你能不能再高一点儿？”苏小雨也不是故意磨蹭，估计学生时代就知道学习，也不注重锻炼，臂力简直弱得不行，根本无法撑起她整个人的重量。

穆炎阳仰头看着努力爬墙的人，鄙视地道：“你太垃圾了，这还上不去？我都已经踮那么高了还想怎么高？”

“不行，我没力气了。我还是走前门……”

“踩我头上！”穆炎阳当机立断地开口，都折腾到这地步了若还让她告自己一状，那就太亏了。看对方没有动静，他又催促了一遍，“快点儿啊！”

“踩、踩你头上啊？这不太好吧？”苏小雨犹豫地问，心下却忍不住有点儿小激动小雀跃，“那我真踩了啊？”

“赶紧的，别磨叽！”

高了一个头的高度，瘦胳膊瘦腿的苏小雨终于成功翻上墙，瞅着下方的少年开始后退蓄力，心底不由得一阵感慨：真是没想到这么一把年纪重回校园，竟然也“疯”了一把，感觉蛮刺激的，嘿嘿……

少年依旧是利落地上墙、下落，没多久，便站在校园内平坦的大地上。他仰头看向墙上的人，苏小雨也低头和他对视。

但见浩瀚星空下，校园静谧的一角，树影憧憧。坐在墙上的少女和墙下仰视她的少年，形成一幅充满青春气息的剪影，令人心神往之。只不过这浪漫的画面后，实际情景是……

看到对方扬起的邪肆嘴角，苏小雨忍不住神色大变：“穆炎阳，你呆站着干吗？赶紧帮我下去啊。”他要是在这时候抛下她，她真的是进退两难了。

穆炎阳环着双臂，一副小人得志的模样问：“你会和老师告状吗？”

“我保证不会和老师说你私自出校买漫画、翻墙进校并且带手机的事情，也不会说你那些小弟包庇你出校并且人手一个违禁物品的事情，可以了吧？”人在墙头坐，不得不低头啊。

“我扯你头发，你也踩了我的头，这事就扯平了？”

苏小雨呆滞了一下，才想起来对方指的是上周三晚上自己碰瓷他流泪的事情，不由得仔细观察着下方神色别扭的少年，没想到他竟然还记着这事啊……

“哑巴了？”

“平平平，”苏小雨连忙点头，“可以帮我下去了没？”

穆炎阳坏笑着说：“求我，我帮你下来。”

“……”

“或者叫声爸爸。”

叛逆期的孩子都这么恶趣味吗？苏小雨无语望天，忍不住动了动略僵硬的身子，结果下方的人便立马上前，不自觉地伸开双臂呈保护之姿。

一见他这模样，苏小雨忽然淡定下来了，也不急着求他帮忙，反而优哉地道："你离远点，我欣赏会儿夜景自己跳下来就成，顶多崴个脚或者断个腿什么的，不严重。"

"喂，你别乱来！"这下轮到有恃无恐的穆炎阳慌了，看到对方跃跃欲试的模样，他又向前挪了两步以便接住对方，"你冷静点啊，不要这么冲动，有事好说……"

这犹如劝慰轻生者般的语气逗笑了苏小雨，她摇晃着双腿问："你这么紧张干什么？该不是……"后续的话在见到穆炎阳身后的一只二哈时，戛然而止。

受到惊吓的苏小雨手一滑，一个重心不稳，整个人不自禁地往前栽去。

"啊！"

"嘶……"

伴随着两声痛呼，苏小雨稳当当地砸在伸手接她的穆炎阳身上。

而那只突然出现的二哈再一次凭空消失：嗷呜，这个三维生物什么时候才能再晕一次啊！

"苏小雨，你这骨头也太硌人了点，能不能多吃点。"穆炎阳嘴里说着嫌弃的话，双手却实诚地环在她的腰上没有放开。

"硌人怎么了？又不要你抱。"成功降落的苏小雨不走心地回复着，抬头却没见到那只二哈的身影。疑惑的间隙，耳边再次传来少年骂骂咧咧的声音："那你给我起来啊，还想把我当人肉垫多久？"

少女的双手按压在自己胸口，整个人也压在他身上，穆炎阳感觉自己的脸色一定和锅里的大虾一样，头顶还冒热气的那种。多亏这黯淡的夜色，掩去他的窘迫。

苏小雨闻言，这才惊觉自己还一直以暧昧的姿势趴在少年身上，当即手脚并用地起身：“失误失误。”环顾四周，却不见任何其他生物的踪影，莫不是自己眼花了？

穆炎阳红着脸起身，看到对方没有任何的异样还有心思看风景，当即心里不平衡了。他捡起地上装着漫画书的袋子，敲了一下她的头警告：“不要忘记你答应的事，说到做到，否则我要你好看！”

“嗷，”苏小雨捂着脑袋瞅着拽拽离去的少年，突然开口问，“穆炎阳，你是不是暗恋我啊？”

“我勒个去，”伴随着一声咒骂，穆炎阳一个趔趄差点儿摔个狗啃屎，回头恶狠狠地瞪了她一眼，“大晚上的不要说这么恐怖的话。”语毕逃也似的飞奔出对方的视线。

苏小雨挑眉望着那狼狈逃离的身影，心下微惊：好像成年穆炎阳说的是真的啊，这反应不就和被戳穿心思的毛头小子一样吗？

4

“苏小雨，你是不是比别人多一个嘴巴？”穆炎阳逮到楼道上的人，粗鲁地将她推搡到墙角，“你除了向老师告状还会干什么？出尔反尔的小人！”

午休前夕，突然被围困在少年身前的苏小雨一时间回不过神来，对方剧烈起伏的胸脯、粗重的喘息都昭示着主人的怒火。此情此景和记忆中的一幕相重合，当初因为自己向老师举报，对方被没收了一本漫画书，第二天他也是在这里围堵的自己。

“要不是看在你是女生的分上，小爷我早就动手了！”连出口的话都是一模一样。

记得曾经的她面对怒气腾腾的少年时，吓得连话都不会说了。但是

现在的苏小雨却能够坦然与他赤红的双眸对视，她淡定地回复：“你该庆幸我是女生，否则又要在你的光荣簿上添加不可抹灭的一笔了。还有，我没有向老师告状，既然答应了的事情我就一定会做到。”

“呵，我再信你的话我就是你孙子！”少年不屑地啐了一口，转身怒气冲冲地上楼回教室。

苏小雨抹了把脸上被溅到的唾沫，默默朝他的背影举了举拳头：小兔崽子，乱冤枉人还那么理直气壮，和成年后的周扒皮真是如出一辙。

“老大，老大，你不要冲动啊！”马后炮包立轩气喘吁吁飞奔上楼的时候，只见到站在此地的苏小雨，上下打量了她一眼，问，“班长，你没事吧？老大他没、没欺负你吧？”

苏小雨昂了昂下巴：“刚抽完风上去，什么情况？”

“我替老大说声对不起，”包立轩双手合十真诚地道，“都怪这个张叶！站岗竟然还带着漫画书，被巡逻的教导主任给发现了，直接没收。”

值周收队的途中，几人撞上一起回来，当张叶支支吾吾说漫画被没收时，穆炎阳想也不想就把账赖到苏小雨身上。这不，张叶还没说完，穆炎阳就直接来拦截苏小雨，发泄愤懑之情了。而听完前因后果的包立轩，想阻止也晚了好几步了。

如今的苏小雨对于班里学生带漫画带手机等等“违禁”物品的态度已经放得很宽了，只要不是上课看或者玩，她就权当不知晓。高中的学习生活忙碌又沉闷，闲暇时间来点娱乐调剂不足为过，劳逸结合才能带来更高效的效率嘛。

特别是知晓穆炎阳昨晚私自出校，是为了买漫画书宽慰心情低落的张叶时，她又一次对他这个班霸刷新了认知，更是亲自出校企图帮助他。

看到后方迈着沉重步伐上楼的张叶，苏小雨出声：“张叶，速度上来，有事情问你。”

似乎愧于面对她，张叶一直低着头走到她跟前，歉疚地道：“班长，对不起……”

“汪主任没收了你的漫画，还做了啥？”

张叶摇摇头：“就教育了我一下就走了。”

昨晚在穆炎阳那浮夸的渲染下，得知这本漫画书成功送到他手上还有班长的一份功劳，甚至不惜冒着被处分的风险翻墙，张叶更是将其视为珍宝随身携带，只是这一珍视就珍视出问题了。

“那就好，没有写检讨或者叫家长的算你运气，下次可长点心，值周站岗怎么能带这些东西？带了好歹藏好呀！”在对方诧异的目光中，苏小雨无奈地耸耸肩，“在主任那儿，我可不敢去要，如果是在老班那里我还能帮你要回来……”

“班、班长？你不怪我吗？”

“又不是我出钱买的，有什么好怪的？”

“谢谢班长……”张叶的声音带了丝哽咽。

“要谢你谢穆炎阳，是他冒着风险将这漫画买来的，”苏小雨公私分明地说，“还有，你们两个一个当事人一个证人，去和那家伙说清楚，我可不喜欢被冤枉。”

“是班长，一定不辱使命！”包立轩敬了个礼郑重开口。

不知道什么时候起，包立轩对曾经讨人厌的班长就讨厌不起来了，有时候面对她和面对老大一样，心底莫名升起一丝敬畏感。

5

从午休结束一直到晚自习结束，苏小雨都有种如芒在背的感觉，每每回头，后方的人就撇开视线装做神游的模样。对方这此地无银的表现，惹得苏小雨止不住地偷笑。

在得知事情的真相后，穆炎阳就备受良心的折磨。回到寝室更是如坐针毡，他烦躁地开始牵连无辜：“我说包立轩，你咋不早点和我说呢？事后诸葛亮又有什么用？还有张叶你，有没有点脑子……唉，算了算了，懒得说你们了，赶紧帮我想想怎么和那个事儿妈道歉，省得她以后拿这事蹬鼻子上脸的。”

“老大要不就算了呗，她以前打小报告的次数还少吗？足够和这次抵消了。”

“不行！一码归一码，小爷我从来不冤枉人！”

一直沉默的张叶开口：“炎阳，要是你不好意思道歉我帮你吧，这样隔着一个人也不会掉面子。而且事情因我而起，我也该出一份力。”

穆炎阳想了想，答应：“行，那就交给你了，到时候给我个反馈。”

“好。”

第二天，早早起来的穆炎阳到达教室的时候，就见到张叶呆站在苏小雨的位置上，不知道在干什么。

“嗨，兄弟，早啊！”被吓了一跳的张叶浑身一抖，手中的信件随之飘落，穆炎阳俯身拾起，好奇地问，“这是什么？”

张叶立马紧张地抢过，磕巴地回答：“不是要给、给班长道歉嘛，我、我专门写了封信给她，我怕当面说不清。”

那明显的心虚模样惹得穆炎阳起疑：“既然是帮我道歉，我正好把把关，给我看看。”说着，他直接从对方手中抢过信件打开看起来。

张叶脸色一白，上前就想去夺回，却被穆炎阳矫捷地避开：“炎阳，这封道歉信有点儿瑕疵，我还是重新写一封好了，这个还给我吧。”

两人一抢一避的间隙，穆炎阳已经一目十行地将信件内容看完。嗯，哪是有点儿瑕疵，简直是有大大的瑕疵啊。

道歉的话就开头那么两句，后面一大段的篇幅都是在表达他对苏小雨的钦佩爱慕之情。主次不分，立意错误，打着道歉信的幌子实则向对方送情书……喊，亏小爷我这么关心他，竟然还觊觎自己看中的人？要不是秉承着关爱弱小的原则，小爷我都忍不住动手了。

深呼一口气，穆炎阳收起信件，转身面对心急如焚的人，努力扬起嘴角："嗯，写得不错。但是我忽然觉得既然道歉还是本人亲自道有诚意点，你觉得呢？"

面对对方那瘆人的笑意，张叶只有点头的分："嗯，你说得很有道理，那、那我这个道歉信也没必要了，还给我吧？"

穆炎阳将手往后一藏，挑眉道："既然没用了这个就给我留做参考好了，没意见吧？"

"咦，你们那么早啊？"苏小雨看到教室里的两人时，不由得惊奇地问，"在干什么呢？"真是太阳打西边出来了，天天踩点进教室早读的班霸竟然那么早来教室。

穆炎阳背过身不让对方见到手中的信件，没好气地回了句"关你屁事"，而后问身边的人："还有事吗？"

"没、没了。"张叶慌张地低着头越过苏小雨走回座位，连看都不敢看她一眼。

这天是清明节，届时会多放一天假，虽然作业随着休假天数成倍增长，但也掩不住大家激动的心情。眼看班主任叮嘱完注意事项就要放学了，最后一排的穆炎阳越发心急。要是再不道歉，就得等假期后了，紧接着又是考试，更不是道歉的好时机。

随着时间一分一秒地流逝，穆炎阳咬咬牙，趁班主任不注意，将一张折叠的字条丢在苏小雨桌上。

“嗯？”苏小雨一边打开字条，一边回头看了身后的人一眼，对方一副“不是我丢的，我什么都不知道，别看我”的表情。

当看到字条上这歪歪扭扭的字时，苏小雨忍不住“扑哧”一声笑出来，惹得安静听班主任讲话的同学纷纷侧目而视。

“苏小雨，放个假这么开心啊？”班主任也笑着打趣，“别高兴得太早，放假回来就考试，继续保持你的第一。”

倒数第一说不定可以试试，苏小雨心里默默地想。一瞄到字条上的内容，她忍不住又笑得咧开嘴——奶奶，孙子我冤枉您了，对不起。

第6章——换我来守护你

1

2019年。

摇曳的灯光、激情的乐声、欢闹的人群逐渐在苏小雨眼前展现，她紧紧拽着身边人的胳膊，怀揣着紧张又激动的心情踏足A市的酒吧。

“畅畅，我没带身份证……”

终于把家里的娃娃哄睡着后，安畅畅抓紧时间带着苏小雨出来逍遥。看到自己闺密那副不适的模样，安畅畅抬高音量大声说：“小雨，记住你已经成年了！别拘束，尽情地放飞自我吧！”

被安畅畅拉到舞池中的苏小雨，一开始还拘谨得不知所措，随后逐渐被这方律动奔放的气氛带动，也跟着畅畅一起在舞池中群魔乱舞起来。学生时期，苏小雨就是典型的乖乖女，除了学习以外基本没什么娱乐活动，网吧酒吧什么的更是她的禁区。

在激荡的乐声中摇摆，所有的不安、顾虑、烦恼都跟着甩走，苏小雨逐渐扬起嘴角，带着忐忑的纯真双眸也逐渐漫起开心的笑意。苏小雨一身朴素的装扮加上本身靓丽的容颜，吸引了不少人的目光，包括酒吧角落某卡座里的某人。

不经意地瞥见舞池中那个突兀的身影，穆炎阳忍不住多看了一眼，这一看不由得神色大变：“她怎么在这里？”

“炎阳老弟，怎么了？”对面拥有一双魅惑桃花眼的男人顺着他的目光望去，而后了然地道，“噢，原来是小雨妹妹啊！不如把她叫来一起……”

不等对方说完，穆炎阳已经率先抬步朝舞池迈去，薄唇紧抿、剑眉紧蹙，俨然一副严父抓叛逆期女儿的神情。

跳得正尽兴的苏小雨感觉胳膊挥到人，转身连忙道歉，却见到一张熟悉紧绷的俊脸。撞进他凛冽的黑眸，她莫名有点儿心虚：“你、你怎么在这儿？”

注意到来人的安畅畅，笑着说：“好巧啊。”

“你带她来这种地方干什么？这是你们能来的地方吗？”穆炎阳蹙眉质问，语气里满是苛责。

“你不也来了吗？”苏小雨见他责怪自己的闺密，当即不满地开口，“干吗搞得和我的监护人似的，我们去哪儿还要你管啊？畅畅，走，我们喝酒去！”

对方那强大的气场令安畅畅瞬间㞞了，不仅没有跟苏小雨走，反而把苏小雨推给穆炎阳：“那啥，既然你在这儿小雨就交给你了哈，我先回家陪儿子去了。下不为例，千万不要和我家那位告状哈。”溜了溜了，现在的穆炎阳今非昔比，惹不起惹不起。

“哎，畅畅……”正欲去追安畅畅的苏小雨后衣领当即被人揪住，一道带着不容置喙的声音传来：“给我老实点儿，一会儿带你回家。”

重新回到卡座，穆炎阳招来侍者：“服务员，给她来杯热牛奶。”

一听这话，苏小雨不由得瞪大双眸：“谁来酒吧喝牛奶啊？不能给我杯鸡尾酒吗？”

听到对方的抗议，穆炎阳凑近她警告：“不要忘记你还未成年！”

耳边痒痒的热气令苏小雨偏了偏头，她拍着胸脯反驳：“但是我这身体是成年的。”

“呵，”穆炎阳上下打量了她一眼，扬起一边嘴角邪肆问，“你这是在暗示我什么吗？”

那带着侵略性的目光使得苏小雨警铃大作，她双手抱胸一副防备姿态地盯着他：“你要干什么？禽兽！”

“未成年就老老实实在未成年的地方待着，以后不准来这里了。”说着，他将侍者送来的牛奶递给她。

庄泽轩暧昧的目光在对面那两人身上逡巡，这亲昵却又带着点诡异的相处模式令他忍不住发问：“这是什么情况，你们在一起了？”

“嘁，谁认识他呀。”苏小雨愤懑地喝着牛奶回复，心下忍不住腹诽那个抛下自己开溜的闺密。

穆炎阳没有回答对方的话，只是说：“继续先前的，仑衡企业还有哪些高管你可以搭线。”

庄泽轩瞄了眼在场的第三人，苏小雨当即体贴地道：“你们要聊事情是吧，那我先……”避一避。

“她听不懂，你说就行，”穆炎阳先一步按住起身的人，在她耳边警告，“别乱跑，这里鱼龙混杂的，万一被迷晕拐卖什么的，我可救不了你。”

听到他的话，苏小雨不由得打了个激灵：“为什么这个时空被你说得到处都是危险一样？那我在哪里最安全？”

穆炎阳扬唇，盯着她质疑的杏眸，缓慢却不容置疑地道：“我身边。”曾经在他最需要的时候，是她守护了他；那么往后，该换他来亲自守护她了，毕竟实践证明，其他人的守护都不靠谱……

“听话点，一会儿就回去。”穆炎阳瞅着身侧气鼓鼓喝牛奶的人，伸

手揉揉她的脑袋，哄小孩般地开口。而后看向对面的男人，示意他继续。

既然当事人不在意，庄泽轩便更不必顾忌了，继续他们先前未完的话。

当听到两人说某某某经常出入什么夜店，谁谁谁有什么癖好之类的小道消息时，苏小雨忍不住嫌弃地瞄了身边的人一眼：这货以前还总是说她三八，成年后的他更三八好不，竟然专门来这地方打听别人隐私……

也不知道过了多久，穆炎阳终于谈好事情，正想拿饮料润润嗓子时，突然发现桌面已经被空盘子堆满。穆炎阳不禁一愣，转头就见到身边的小人儿正满足地打着饱嗝、揉着肚子。

“这些都是你吃的？”穆炎阳打量着她瘦小的身板，不可置信地指着桌子问。

苏小雨抬眸一看，这才发现自己竟然不知不觉吃了那么多，略心虚地回复：“嗯……好像稍微多了点哈。”

穆炎阳忍不住抽了抽嘴角：“你可太谦虚了。”这哪是稍微啊，如果说能吃是福，那她简直就是福如东海了！

2

2009年。

这次放假正好赶上清明节，安畅畅她们一家要去老家扫墓，苏小雨没法和上周一样在她们家留宿，只能不情愿地回了家。

站在承载着满满回忆的房门前，不等她抬手敲门，大门便从里打开。

“小雨回来啦！”白翠琴惊喜地看着门外的人，随即蹙眉心痛地道，“哎呀，这怎么又瘦了啊，是不是在学校太辛苦了？到时候妈妈好好给你补补，我先去给你奶奶外婆送饭啊，马上就回来。”

苏小雨看着越过自己下楼的瘦削身影，一时间不知道该作何反应。

今天还是她回到这个时空后第一次正式和妈妈碰面，熟悉又真切的关

心话语，一下子让尘封的记忆涌来。有她起早贪黑为自己准备早餐送自己上学的画面，有她在困难时刻省吃俭用只为帮自己买新衣新鞋的画面，还有她不断安抚因为考试失利而痛哭的自己的画面……

也不知道从什么时候起，她对妈妈的印象竟然只剩下了怨恨，以至于那些经年累月里妈妈为她付出的点滴都被埋没了。

夜晚，一阵争吵声把苏小雨吵醒，这样的争吵她再熟悉不过。她小心翼翼地打开一条门缝，外面带着克制的声音便清晰入耳，依旧是老生常谈的问题：母亲嫌父亲每天回家晚，连节假日也见不着人，家里什么都不顾；父亲则抱怨自己在外打拼已经够辛苦了，不想回来再听她的念叨，更何况母亲在家不用上班，多付出点又怎么了？

这一次，苏小雨没有再躲在门后，而是推开门站了出来：“爸爸，辛苦了。”

面对惊愕的父母，苏小雨给了他们一人一个大拥抱：“你也辛苦了，妈妈……”多年未出口的称呼在这一刻唤出。

苏小雨讨厌自己曾经的软弱无能，只会躲在门后默默祈祷他们不要再争吵；为了哄他们开心，她压下所有叛逆的小性子，做一个不用他们操心的乖乖女儿角色。等长大后，她就想如果当时她能在纷争中站出、如果当时的她懂得更多、如果她可以做得更好……父母的关系是不是就可以缓和？母亲不会提出离婚，父亲也不会得病入院？如今，这些如果实现了，那一切都还来得及改变吧？

只是这时候的苏小雨依旧不知道，她搞错了一个重要的因果关系，而父亲得病也并不是离婚造成的……

“吵到你了吧？”白翠琴歉疚地抚摸着女儿的脸，而后瞪向一身酒气的人，“你以后早点儿回来！”

一看到父亲蹙眉，苏小雨率先出声：“妈妈的意思是爸爸你也不要太

拼了，该休息就休息，身体第一，毕竟钱是赚不完的，够用就好。”

在场的两人又一次惊愕地看向自己的女儿，似乎不敢相信在家一直默不作声的她会说出这些话。

“看到没，女儿都懂我的意思，也就你不懂！”白翠琴责怪了一番晚归的丈夫，随即便心疼地去厨房给他泡蜂蜜水解酒。

待这方只剩父女两人，苏天磊疲惫地朝女儿招了招手，让她坐到自己身边，慈爱地抚着她的发道：“小雨啊，这次可以多放一天假吧？想去哪里玩，爸爸带你去啊。”

苏小雨靠在父亲宽阔的肩上，看着此时健康英俊的他，紧紧抱着他的胳膊说：“不想去哪里，就想和爸爸妈妈一起待着。明天睡个懒觉，然后我们一起去医院看看奶奶和外婆好不好？爸爸也好久没去看过她们了。”

她记得高一下学期接连办了两场丧事，先是五一节外婆的离世，紧接着便是奶奶，当老人们彻底闭眼的时候，小一辈的才幡然醒悟自己陪伴她们的时间太少太少。她也记得医生宣告奶奶死亡的那一刻，从外面奔回来的父亲是如何在她床前痛哭流涕，责怪自己那一天不该走人，连奶奶最后一眼都没见着……既然知道注定要失去，那就好好珍惜现在她们还在的时光吧。

“好，爸爸答应你。”

3

清明时节雨纷纷，医院大楼外的繁花正茂，若不是穿着病服的病患来来往往穿梭于此，差点就让人忘记这儿是见证无数生死的医院。

瞅着病房里的两个老人因为他们的到来而笑逐颜开的模样，苏小雨忍不住红了眼眶。她真的没有想到有一天还能够重新和她们坐在一起，听她们讲着一遍又一遍重复的往事；曾经被嫌弃的念叨，是现在她最珍惜

的存在。

病房内满是温馨喜悦的氛围，直到苏天磊被一个电话叫走，白翠琴也带着苏小雨告别。

“奶奶，外婆，我们有时间再来看你们啊。”

“快回去吧，功课那么多别落下了。我们这两个老太婆有什么好看的，顾好你们自己就行了。”

“就是，不用管我们，自己注意身体啊。”

“好的。”

她们告别离开的那一刻，苏小雨分明见到了奶奶眸中的不舍。老人垂暮之际，不求儿女多出息，只希望他们健健康康、能够多陪陪自己就好。说什么不用管她们、她们很好之类的，无非是不想让自己成为下一辈的累赘罢了。

离开病房，走在医院的走廊上，苏小雨看着带着疲惫之色的母亲，开口道：“妈妈，要是你觉得太累其实可以请护工或者……”

不等她说完，白翠琴便摇头开口：“不了，还是我自己来照顾照顾她们吧，医生说她们的状况也不是特别好，也许……”话音一顿，转而拍了拍女儿的头，笑着道，“家里的事情你不要操心，好好学习就好，有爸爸妈妈呢！”

“阿姨好，您回去啦？”忽然，一道温润的少年声音传来。苏小雨一侧头就见到迎面而来的温智宇，两人均一愣。

“你们认识？”白翠琴笑着问，“我就说都是一个学校的指不定碰过面呢。”

苏小雨愣愣地看着眼前的少年，今天的他没有穿宽大的校服，换了一身休闲简单的白衬衣和牛仔裤，衬得身形颀长，是她记忆中那个翩翩少年郎的模样。这个年纪他便已透着绅士谦和的风度，一举手一投足尽显

贵族之气，显然家教良好。的确，这样的家庭，又怎会容得下她那有瑕疵的家庭呢？

苏小雨只是面无表情地点点头算是打招呼，怎么感觉到这个时空后，总会遇到他，校园里、食堂里，甚至医院里。直到母亲和他寒暄完毕离去后，苏小雨才问："你们很熟？"

白翠琴回头望了眼少年，感慨地道："这孩子孝顺，我每个星期都会见到他来看他爷爷，就在隔壁的病房。"随即拍了拍女儿的手继续说，"小雨啊，以后找老公还是得找个顾家的，就算条件差点也可以一起拼搏嘛，在一起的日子里有什么两人携手闯不过去的？"

苏小雨问："爸爸那样的呢？当初你和爸爸也是一起拼搏的吧？"

"你爸啊，当初我嫁给你爸的时候他条件是不怎么好，好在俩人齐心，一起创业。"白翠琴带着回忆诉说道，"后来有了孩子，因为劳累流过一次；再后来怀上你，你爸便让我在家休息，久而久之，我的生活重心也就往家庭转移了。创业初期很忙，那时候你爸每天都会抽空来看我，给我带好吃的小零食……"说到这里，白翠琴的脸上露出了幸福的笑。

只是不知道从什么时候开始，两人的感情有了微妙的变化。丈夫各种理由的晚归，忙碌到连电话信息都没时间回复；两人之间的正常沟通也越来越少了，因为一点鸡毛蒜皮的小事都可以吵起来。女人的第六感有时候真的准到吓人，但她还是下意识地逃避自己的直觉……

"妈妈，谢谢你，为这个家付出那么多，"苏小雨真挚道，"等以后你有时间了，去做自己喜欢的事情吧，我已经长大了，可以自己照顾自己的，不用因为我而浪费了你的天赋。"

苏小雨不太记得母亲是从什么时候开始摆脱家庭主妇的身份重新进入职场的，她只是依稀记得母亲在和父亲离婚后的日子里，越发地容光焕发，还一度成了中年妇女界的设计新星，上过杂志的专访。

显然，白翠琴为了不让女儿担心，没有将自己的忧虑一一诉说，但现在的苏小雨自然能感觉到父母之间感情的问题：父亲正处于志得意满的事业上升期，而母亲被缚于家长里短的琐事中，与父亲的距离越拉越大，相应地，两人之间的共同语言也越来越少。

震惊于女儿的话，白翠琴对上她真挚的双眸，忽而紧紧抱住她，感动地道："小雨真的长大了，会为妈妈着想了……"甚至比丈夫还懂得自己需要什么。这么好的女儿、这么懂事的女儿，让她怎么忍心离婚啊！

回去的路上，母女两人聊天之际，几个杀马特少年从侧方走来。

中间那个染着红色头发的少年问身边的人："喂，你们看那个人，是不是就是上次跟在穆炎阳身边的那个，拿沙子丢我们的女的？"

"好像是她。"

"走，跟上去看看。"

4

结束了三天紧锣密鼓的期中考试，苏小雨感觉自己快虚脱了。十二天的时间，完成了整整九门课的预习加复习，简直要了她的老命。好在只是高一的内容，她暂且可以临时抱佛脚。至于成绩，随缘吧。

这天晚自习，苏小雨正在神游回血的间隙，包立轩突然凑到她身边，紧张兮兮地求助："班长，救救老大，他好像有危险……"

一听这话，闲散的苏小雨瞬间打起精神，起身直接揪着包立轩的衣领走出教室："怎么回事，说清楚！"

包立轩急切地掏出手机，指着一条最新的信息说："你看，老大刚刚发短信给我，说如果他一小时之内没有回来，就让我报警！怎么办啊，班长？老大他会不会出事啊？"

明知道她和老大属于敌对方，但包立轩还是下意识地找她求助，因为

现在的班长给人的感觉很稳重很可靠。

“去找班主任，你还知道些什么赶紧说，他在哪里惹上了什么人……”苏小雨边下楼边说，回头一看，对方竟还呆站在原地，一脸质疑地盯着自己，惹得苏小雨焦急地吼，“赶紧下来啊！想不想救人！”

听到她的呵斥，包立轩立马跟上她的步伐，为难地道：“可是……”

“现在不是可是的时候！手机被发现就被发现，比得上你老大的安全吗？”苏小雨边呵斥边绞尽脑汁回忆曾经的这一天，到底发生过什么。如果真的闹得大，学校一定有动静，她应该会有印象的……

“我不是这个意思，我只是想说我不知道老大在哪儿。”

考试结束，吃晚饭的时候穆炎阳还和他们有说有笑的，期间突然看了眼手机后，面色就变了。他也没有和他们一起回教室自习，只说出去买点东西就和他们分开了。

班主任听到这个消息的时候，愣了一下，才开口：“我请示一下主任……”

“别请示了！这都已经过了二十分钟了，谁知道穆炎阳现在什么情况？”苏小雨也顾不得其他，没大没小地冲着老班焦急地吼，“我已经让包立轩报警了，陆老师你能不能让学校的保安或者其他老师一起去各个方向找一下人！按照他给的时间限定，距离学校的位置应该也就在千米的范围内，我和包立轩先往西边那一片找一下，其他方位拜托你了，这是包立轩的号码……”

苏小雨快速地将一串号码写在老班桌前的本子上，正欲带着包立轩走人，办公室里又进来一胖一瘦两个身影，主动请缨：“我们也去。”来人是丁路和隔壁四班的小胖。

“你们都给我回教室，这些事情……”我们大人会管。

“那你们去北边，找到了电话联系，自己安全第一！”苏小雨打断了班主任的话，没有拒绝来人的帮助。学校西边僻静的巷子外是一片老城区，被规划着拆迁，只剩零星几户人家，是约架的好地方；北边离学校千米内有一片无人的荒地，也是“抛尸”的好地方。丁路完全可以借助家里的条件，扩大搜索范围，虽然对方不务正业的，但挺讲义气。

“用得着你说！”虽然语气不太好，丁路也没有反驳，转身就和小胖一起往北门跑去，那边的区域他熟悉。

“喂，你们……”

“陆老师，其他交给你了，回来我再负荆请罪！”苏小雨拉着包立轩赶紧走人。

她知道老班是个过于守规矩又不太懂变通的人，所以当初唯他命令是从的自己也是个刻板的班长。要让他同意这各种不合规矩的行动，他们就别想出校门了。

“你再给穆炎阳打个电话看看。”苏小雨一边跑一边吩咐。

她记得穆炎阳闯祸闯得最大的一次闹去了公安局，当时老班还把自己一起叫去给他做证，好让警方从轻发落还是咋的，最终将人领出来了，穆炎阳差一点就被勒令退校，却因为他家长的面子改为记过处分。那时，她不屑地想有后台的就是不一样，就这么大事化小小事化了。之后穆炎阳连着几天没来上学，据说是在家养伤。她不知道是不是就是今天的事情导致……

“还是没人接……”

“嗷呜！”

忽然，一道熟悉的叫声传来，苏小雨侧头一看，就见到右边巷子里那黑白相间的二哈，似乎在故意引起她的注意。

苏小雨下意识地止住步伐看向正盯着自己的二哈，竟鬼使神差地向一

只狗求助：“你是知道穆炎阳在哪儿吗？”

二哈点点头，随即就转身向前跑去，回头见他们没有跟上，又“嗷呜嗷呜”地叫了几声：赶紧跟上，否则那个雄性三维生物就要出事了，这个时空的轨迹会大变……

“跟上它。”虽然很诡异，但苏小雨的直觉告诉她，跟着它走，就可以找到穆炎阳。与其像闷头苍蝇一样乱转，不如碰碰运气。

“啊？”包立轩神色怪异地看着苏小雨，怎么感觉班长一会儿靠谱，一会儿不靠谱的样子。

“你继续往前，我们分头找。”争分夺秒的苏小雨不再和他废话，直接跟着二哈奔去。

5

收到短信只身出校门的穆炎阳，来到约定地点，就被涌出来的几人直接带到一个死胡同——身后没路，前方被一群人围堵。

其中熟悉的红毛一脸小人得志地现身，环着双臂讽刺地道：“看来我们的穆大英雄真是个够格的护花使者啊！先前因为女人被学校开除，这次又为了女人单刀赴会，这气魄实在令在下佩服佩服。”

穆炎阳看不过对方那阴阳怪气的口吻，蹙眉道：“少在那儿叽叽歪歪，既然把小爷我叫出来就干脆点，想怎么着直说。”

“哥哥我就喜欢你这爽快的模样，”红毛昂着头开口，“哥几个也是守信用的人，只要你答应把那女的债一起还了，我们也不会去找她麻烦，怎样？”

“怎么还？”面对一群非善茬，即使独身一人的穆炎阳依旧腰板挺得笔直，不露丝毫怯色。

红毛挑眉开口：“看在我们相识一场的分上，哥也不为难你，上次你

打我踹我的加上我兄弟的份，双倍奉还就好。正好我哥们儿今儿心情不好，你就乖乖站在原地让他们打个一两拳出出气就成，划算吧？”

穆炎阳仔细打量对面那群人，除却上次遇见的三个熟人，其他的明显是社会人士。有一个块头还挺大，要是被他毫不留情地一击，估计不会好受……

穆炎阳目光凌厉地盯着满脸奸笑的红毛，问：“我答应的话，你们确定不会再找她麻烦？”

“哥说到做到，江湖混就讲究诚信嘛！”

“好，我答应。”

听到响动的苏小雨奔到现场的时候，就见到穆炎阳被一群社会人士按在地上摩擦，边上笑嘻嘻围观的三个葬爱家族人士，她有过一面之缘。

“住手！”苏小雨大喝一声奔上前，掏出兜里的瓶子对着回首的领头红毛就是一阵喷。

在一道凄厉的尖叫声中，苏小雨举着瓶子威胁：“浓硫酸，不要命的就过来！”当即吓得另外两个黄毛绿毛光速退散，紧紧扒着巷子的围墙站立，生怕沾到一点这恐怖的东西。

“浓硫酸？啊，我要死了！救命救命！”一听到苏小雨的话，捂着眼睛的红毛发出更尖厉的杀猪叫。

负伤的穆炎阳看到来人，心下一颤，强忍着痛楚大喊：“你来干什么？赶紧离开！”眸中的担忧怎么也掩不住。

趁其他人被唬住停顿的间隙，苏小雨立马朝地上的穆炎阳跑去，牢牢护在他身前，语气不善地回复：“来替我孙子收尸啊！”大傻子，当自己是关羽吗，还单刀赴会，自己有几斤几两不知道？

半跪在地上的穆炎阳，看着那牢牢护在自己身前的瘦削身影，深如幽潭的眸底翻涌着隐忍却澎湃的情绪，印刻在记忆深处的画面再一次涌出。

在他还是胖如球的小学时期，有一次面对其他小朋友的群嘲，穿着小花裙子的她现身了。那时候小小的她，就和今天一样，犹如身披光环的天使，迎着霞光而来，义无反顾地挡在自己身前，用她瘦小的身躯替他挡去所有的恶意与嘲讽……

他人眼中不甚在意的一句话、一个轻蔑的眼神、一个玩笑的举止……不知道会给幼小的心灵留下多大的阴影与创伤，以至于要花一生的时间去治愈。

当时身为“团欺”的他，第一次遇到这么温柔的小女孩，不带任何异样目光地看他，紧紧拉着他的手带领他走出包围圈；真挚地告诉他自己很可爱，不要听别人瞎说；还告诉他被欺负了要告诉老师，要欺负回去，不要独自受委屈……

她那纯净的笑容就如一束暖阳，照亮了他心底深处那日积月累留下的阴影，驱散了他的不安与自卑……

6

苏小雨强装镇定地拿手中盛满不明液体的瓶子当撒手锏，不断变幻方位警惕地对着那群社会青年，狐假虎威地道：“我国《刑法》第二十条规定，对正在进行行凶、杀人……及其他严重危及人身安全的暴力犯罪采取防卫行为，造成不法侵害人伤亡的，不负刑事责任。换言之，就算我泼了你们一脸的硫酸，也属于正当防卫，不会出任何事情；而你们，故意伤害致人重伤的，会被处十年以上有期徒刑、无期徒刑或者死刑。”

看着围在身边无动于衷的几个大块头，苏小雨努力挺直腰板气场十足地说：“听不懂吗？我已经报警了，警察马上就会来，你们是想继续待在这里被请去吃牢饭吗？”

话音刚落，一阵警笛声由远及近地传来，苏小雨惊喜出声：“警察来

了！”

几个社会青年对视一眼，领头的当即大手一挥：“走！”经过那三个杀马特身边时，还不忘恶狠狠地警告，“敢把我们供出来，哼！”

听到警笛声，那几个杀马特少年也慌了：“老大，怎么办？警察来了。”

“赶紧跑啊！赶紧……”送我去医院！

“谢谢老大，您的大恩大德无以回报，我们只有来世做牛做马来报答了。”黄毛绿毛说完，默契地丢下红毛老大一溜烟就跑得没影了，只剩下睁不开眼睛的红毛疾呼——

“喂，人呢？你们这几只白眼狼！叫救护车啊，我要死了！有没有人啊？我的眼睛要瞎了……”

直到那些人彻底离开，苏小雨也被吓得腿软地蹲在了地上。虽然她心智已成年，但是，这种场面她还是第一次经历。

“你怎么样了？还能走吗？”苏小雨回身询问一眨不眨地盯着自己的人，对方却没有任何反应。

“天哪，该不是被打傻了吧？”苏小雨直接掏出他兜里的手机给包立轩打电话求助，而后抽出自己的鞋带将那边还在四处碰壁的红毛给绑起来。

耳边充斥着嘶哑的尖叫声，苏小雨受不了地掏掏耳朵，开口道：“别号了别号了，多读点书不好吗？塑料瓶作为有机高分子材料会被浓硫酸蚀的，你眼睛里的只是辣椒水而已，死不了也毁不了容。”这是她为了防身自制的，没想到还派上了用场。

听到这话，地上的红毛一滞，嘴角扬了几下后又破口大骂：“臭娘们，竟然敢耍我……嗷！”

苏小雨粗暴地一脚踢在他身上：“能不能不要再秀智商下限了，搞不

清楚状况是不是？谁给你的勇气还敢骂我？”年纪轻轻不学好，就知道带人闹事，简直要吓死她了。

当包立轩领着警察叔叔赶到时，见到的就是苏小雨那彪悍的一脚，不由得吓得一个激灵，他磕巴地道：“班、班长。”

见到来人，前一刻还是女战士的苏小雨瞬间化身柔弱林妹妹好不可怜地道：“警察叔叔，你们总算来了，都快吓死我了，那么一堆人围着我们喊打喊杀的，简直太可怕了！”

这变脸看得那些人也是一愣一愣的。

苏小雨搀扶起穆炎阳，继续卖惨：“瞧瞧他们把我同学打成什么模样了？要是有个脾脏破裂内出血什么的，该怎么啊？这么重的伤，怎么也得判那些人个三五年的有期徒刑吧？”

带头的警察上前扶住穆炎阳：“还能走吗？我们先送你去医院。”

“我没事……”

“他有事，先去医院看看。”苏小雨打断穆炎阳逞强的话，一起扶着他出巷子。

“我不想去……”

“不，你想！”

成功将黑脸的穆炎阳送到医院，苏小雨轻声叮嘱：“你给我听着，到时候警察问询就把自己伤势往重里说，要是医院鉴定是轻伤，那就说自己受到了严重的精神创伤，留下了严重的心理阴影。怎么惨怎么说，得把那些个不学好的人都关到牢里去给我反省反省，懂了吗？”

而穆炎阳另一侧的包立轩听到这话，当即嘴角一抽，他一脸崇拜加敬佩地看着她：他决定了，从今往后要认班长做大姐大，比老大地位还高的那种。

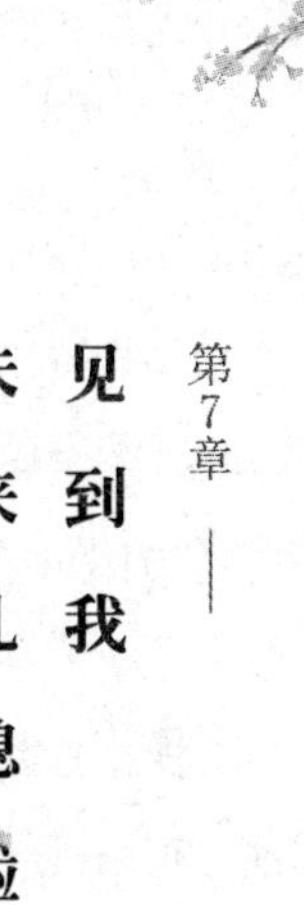

第7章——见到我未来儿媳啦

1

2019年。

十六岁的苏小雨瞅着镜子里穿着干练小西装、脚蹬高跟鞋的自己，真是越看越满意：没想到十年后的自己身材这么好，气场一级棒，换身衣服，随随便便扎个马尾，就是一职场女精英的形象，大赞！

就在她自我欣赏的时候，一阵门铃声准时响起。

“来了来了！”苏小雨立马殷勤地跑去开门，见到门外站着的穆炎阳时，忍不住绽放出一个大大的狗腿笑容，“穆炎阳欧巴，你来了？今天带了些什么？”早已饥肠辘辘的苏小雨盯着他手中的食品包装袋忍不住双眸发亮。

“我刚煎的蛋饼还有寿司，够不够？”看到她那一副讨食的小宠物样儿，穆炎阳宠溺地递给她。

苏小雨接过早餐直接大口吃起来，含混不清地说：“不够吃，我感觉还能再来几份。”

听到这话，穆炎阳忍不住蹙了蹙眉：“那一会儿去公司食堂再吃点？”

他都要摸不清她的胃到底有多大的容量了，前天在酒吧那一副几乎要

把菜单上的主食点心都吃一遍的架势着实惊呆了他。昨儿又恢复了正常，依旧是小猫一样的饭量。今天貌似又化身大胃王模式了啊？

“嗯嗯嗯。”苏小雨连忙点点头，转身将装有高中课本的包背上，就率先出门，“走吧走吧，该去公司了！”第一次体验工作生活，想想还有点儿小激动呢。

穆炎阳跟在她身后下楼，见她摇摇晃晃的身影，立马心惊胆战地扶住她，蹙眉说：“不会穿高跟鞋就别穿，崴脚不算工伤！”

苏小雨振振有词地道：“哪有白领不穿高跟鞋的？既然在这儿当然要好好适应这里的生活了。”她得做好最坏的打算，万一回不去了呢？

穆炎阳瞅着她倔强的模样，抿抿唇没再说什么，只是时刻护在她身边，直到她安全上车。

短短几日相处，两人的关系有了质的变化——对方不再对他横眉冷竖，不再见到他就和见到仇人一样，反而三五不时地依赖着他，这一点甚是令其欣慰。但两人对立关系改变的同时，自己却仿佛成了她的老妈子：衣食住行全全操心不说，还得时刻紧盯着她，省得一不留神对方就尽跑去些不三不四的地方。

这不，今天总部又要带一批市里的领导来公司参观，身为老大的他必须到场。他不放心她一个人待在家，只能把她一起带来了。

“昨天让你看的资料记住了吗？”穆炎阳边开车边问。

“记住了。”苏小雨边吃早餐边撇撇嘴回复。

怎么也想不到有一天竟然会被这个班霸学渣督促着背资料、被他教育，甚至还如此亲近地和他同处一个屋檐下、坐上他车子的副驾。人生果真处处是惊喜啊，要是知道自己也有成为他下属的一天，高中时期她一定会对他态度好一点。

感受到对方的注视，穆炎阳挑眉问：“看什么？是不是被颜如宋玉貌

比潘安才比子建玉树临风英俊潇洒风度翩翩才高八斗的我给迷住了？”

对方那一连串不带喘气的形容词听得苏小雨一愣一愣的，随即翻了个白眼说：“以前是混混，现在倒成自恋狂了。我只是好奇你为什么对我这么好，所谓无事献殷勤，非奸即盗！”

废话，他当然得趁现在加倍对她好了，届时等她想起一切，才能将功抵过不是？穆炎阳心下如是想，嘴上却回复：“所以你知道我是多么的胸襟宽广、虚怀若谷了吧？不念旧恶，以德报怨，亲力亲为地照顾你，这样的绝世好男人上哪里去找哦！”边说边用余光瞄着身边的人，一顿输出疯狂暗示。

“呵呵。”苏小雨干笑一声不作答复，真是油腻的猥琐大叔。

等红灯的间隙，盯着车中悬挂的平安扣，苏小雨终于忍不住问：“这个平安扣你哪里来的？怎么那么像是我的？”

听到她的话，穆炎阳侧头一看，这才发觉自己的车里不知道何时多出这么一个车挂，还结着花哨的编织绳。

“你的？”

“我觉得是我的，”苏小雨伸手撩起挂绳，“我用粉色和黄色编的幸运蝴蝶结，这里编不好还起球了……就是我的！为什么会在你这里？”

穆炎阳盯着平安扣同样陷入沉思中。直到后方车子的鸣笛声响起，穆炎阳这才回神踩下油门……

2

昱玮公司大门外，早已等待着接待的员工。领导一下车便热情地上前迎接，带领他们去厂区参观。

走在最后的一个气质出挑的中年女人，刻意放慢步伐，径自脱离队伍朝办公大楼迈去。

“薛董,在这边……”综合办主管姬海英见到她的动向,迅速朝她奔去。

“不用管我，我就是顺道来看看我儿子的。”

“薛董，穆总他就在厂区里。”

“我去他办公室等他，这里的产品我都看过千百遍了。”

“那我叫人给您备茶。”姬海英对她格外周到。

薛雅茹不耐烦地摆摆手：“说了不用管我了，去接待他们吧。”

“好的，薛董您慢走。”

转身离去的薛雅茹忍不住翻了个白眼：别以为自己不知道她心里的小九九，这么积极地巴结自己，不就是看上自己儿子了吗？

薛雅茹轻车熟路地来到总经理室，一推开门就和办公桌后正吃着零食的苏小雨对个正着，两人均一滞。薛雅茹往后退一步，探头看了看门口的标牌，的确是他儿子办公室没错啊。

反应过来的苏小雨立马紧张地起立：“您好，这里是穆炎……穆总的办公室，请问您找他有什么事吗？”大脑飞速运转，想从资料图册里找寻眼前人的信息，却以失败告终。

打量着眼前素面朝天的女人，薛雅茹蹙眉问：“你是这里的员工吗？之前没见过你啊。”但看着却莫名地眼熟。

“嗯，我是这里的综合办主任苏小雨，今年才上任的。”

“苏小雨？”薛雅茹重复着这个熟悉的名字,忽而双眸一亮,“苏小雨！你是苏小雨！”

瞅着突然上前紧紧攥住自己双手的激动女人，苏小雨一时间不知作何反应：“不好意思，您是……”

“你不认识我啦？我是炎阳妈妈啊，当年我家那浑小子闹进公安局，多亏有你我家儿子才完好无损地出来。家长会上我们也见过几次，我向你讨要茶叶，你专门去班主任那里给我拿来……记得不？”

苏小雨尴尬地回应：“哦，好像记得……”

“果真女大十八变啊，当时就觉得你这女娃娃气质出众，长得又好，现在越发漂亮了，我都差点儿认不出来。没想到你竟然在这儿工作，我听总部说我儿子专门要了一个人来，那一定是你喽？”薛雅茹开心地问，“你现在单身吗？”

薛雅茹早就知道自家儿子对苏小雨的心思，结果得知毕业后她和另一个小子在一起了，还嫌弃了儿子好长一段时间呢！叫他不努力，该用功的时候不用功，媳妇都看不上他跟别人跑了。

对方热情地连番发问，令苏小雨略迷惘地点点头。

这下薛雅茹越发开心了：太好了，自家儿子可算熬出头了，现在可不就近水楼台先得月了？

“您是找他有什么事吗？”

“你在这里做什么？”

两人同时问话。

苏小雨率先回答：“穆总让我在这里等他，说一会儿有事情吩咐我。”她努力编造着符合这个身份的谎言。

“你啊别您啊您的叫我了，随意一点啊，咱坐下聊。”薛雅茹眉眼间有掩不住的喜悦，拉着苏小雨坐在沙发上就开始滔滔不绝起来，“在这儿还习惯不？有没有人欺负你？不过有我儿子在，也不会有人欺负你哈。

“别看我家炎阳中学时期是浑小子一个，但是他可有潜力了，这不高考都冲上一本了。现在更是靠他自己的真才实学坐到这个位置，可没有依靠任何人哦。而且我家炎阳专一，即便他长得帅喜欢他的女孩子多，但他看都不屑看一眼，因为他心里认准了人就不会变喽！”

听到对方的话，苏小雨总觉得哪里怪怪的又说不上来是什么，只能硬着头皮听着。她不敢说太多，免得被对方发现自己的异常。

收到消息的穆炎阳匆匆赶回办公室的时候，就见到自家母亲拉着一脸蒙的苏小雨聊得正欢，一见到他来，苏小雨当即求助地望向自己。

“妈,你怎么到这儿来了？”穆炎阳上前打断母亲的话,向苏小雨介绍，“可能你记不得了，这是我母亲，也是总部的董事之一，叫她薛董就好。”

“薛什么董啊！”薛雅茹不满地反驳,转而笑盈盈地对苏小雨说，“叫我阿姨就好哈。”

苏小雨尴尬地点点头，再次不知所措地看向穆炎阳。

看到母亲对苏小雨那喜欢的样儿，穆炎阳心底暗暗开心，面上不动声色地道：“你该干吗干吗，我和母亲出去一下。”

拉着母亲走出办公室，穆炎阳忍不住开口：“妈，你怎么搞突袭啊？也不怕吓着人。”

薛雅茹看了眼屋里的人，挤眉弄眼道：“不搞突袭我怎么知道我儿子金屋藏娇啊？特地把人拐来昱玮，还把人塞自己办公室，不怕别人看到说什么啊？”

“就你看到,我对外宣称她请病假了。”穆炎阳无奈地解释，“还有妈,她现在情况有点儿特殊，高一之后的事情都记不得，所以综合办主任这个职位她也暂时没法坐……”

“这怎么回事啊？好好一个人怎么失忆了？我说怎么感觉她很多事情都不知道。”

“医生说问题不大，指不定哪天就自己想起来了，也许是之前工作累着了……嗷嗷嗷，妈，你干什么？”

话未完，穆炎阳的耳朵就被薛雅茹狠狠揪起，只听得对方怒声训斥：“好不容易媳妇回来了，你不捧着供着还把她给累着了？怪不得比不过别人家的小子，这次再把人弄丢了，你也别说是我儿子了，丢人！”

“知道了知道了，我这不是正努力补救嘛！”穆炎阳连忙讨饶，“妈，你能不能先放手，被别人看到我面子往哪里放？”

薛雅茹冷哼一声收回手：“你可给我小心点，把我未来儿媳给照顾好喽，否则拿你是问！”

偷偷趴在门口的苏小雨，看到曾经的小霸王吃瘪的模样，忍不住偷笑出声。

听到声音，穆炎阳当即回头一瞪：“笑什么笑……啊，妈，你干吗又打我？”

薛雅茹瞪了一眼自家儿子：“敢凶我家小雨，不打你打谁？”转而笑盈盈地牵着苏小雨回办公室，“不管他，我们继续聊啊。”

“妈，我要工作的好不好？”穆炎阳瞅着自家母上大人一副要霸占自己办公室到底的模样，抗议道。

“一边去！”好不容易见到自己未来儿媳，谁都别想打扰她！

3

2009年。

经鉴定，穆炎阳受的只是皮外伤，拿了些活血化瘀的药也无需什么特殊处理，这让苏小雨和包立轩都松了口气。离开医院，众人再次马不停蹄地前往公安局去做笔录。

收到消息的陆老师和教导主任已经在公安局外等待，穆炎阳的家长也难得现身。一看载着他们的警车行来，一群人当即围过来。

“你在干什么！不想学了就给我退学回家！当初是你自己要求转来C高的，不是让你换个地方打群架！”

这愤怒的吼声骇了正下车的苏小雨一跳，她定睛一看，就见到一浑身透着凌厉气质的中年男人正怒斥着先前下来的穆炎阳，即使对方负伤也

没有激起他任何的同情和怜惜，严厉犹如魔鬼教官；而那个素来桀骜的班霸在他跟前化身病猫，蔫蔫地低着头一声不吭。

“说话啊？怎么不说了？你不是很能耐吗？”气场强大的中年男人说着就欲抬手朝他挥去，被一旁的美妇人连忙拦下：“你干什么呢？没见到我们儿子都已经受伤了？你还想让他新伤添旧伤吗？”

“慈母多败儿，说的就是你这种！”

“叔叔，您先别激动，穆炎阳他一定是有原因才去……”呃，找打的？“和那些人碰面的，不如先搞清楚状况再问责也不迟。”

轻轻柔柔的声音好似一场甘霖，将现场浓郁的火药味消散许多。

“就是，问也不问就动手，万一冤枉了我家儿子呢？”

“哼，你的儿子你还不知道什么德行？”

“反正我在你眼里就没的好呗？”一直沉默的穆炎阳忽然抬头呛声，“既然如此那就结案好了，反正都是我的错！”

“你……”

“穆先生，先别生气，刚刚抓起来的那几个小子都招了，都是他们挑的事，”公安局里走出一个身穿制服的中年警察，显然和穆炎阳的家长相熟，劝慰道，“先别对孩子发火了，了解清楚情况再说。”边说边将人迎进门。

基本情况警方已经从那几个杀马特口中得知，在医院时，苏小雨和包立轩也将他们知晓的情况诉说了。只是这个当事人兼受害人不知道是和他父亲犟还是怎么的，始终不愿多说一句话。

看着那方僵持不下的几人，苏小雨忽然摸到兜中的手机，愣了一下才想起这是穆炎阳的手机，自己打了电话后忘记还给他了。先前包立轩说穆炎阳是因为看到短信才匆匆离校，那这也属于证据之一了吧。

苏小雨打开手机，当看到最新一条短信时，瞳孔骤缩：“穆炎阳，不想让哥几个找上她，就单独到老地方见，否则你懂的。”短信的后面还附带一张像素不甚清晰的照片，但是那模糊的背影苏小雨一眼就认出是自己。

所以他是因为自己才只身出去犯险的？意识到这点，苏小雨脑袋轰然作响，一时间不知道该作何反应。定了定神，看到围绕着穆炎阳不断给他做思想工作的人，苏小雨上前拨开他们，真挚地道：“穆炎阳，谢谢你。”

此话一出，惹得其他人一头雾水，却令死守着闭口不言的穆炎阳猛地抬头。见她递来的手机，他一把抢过：“你不要自作多情以为我是为了你才出去的，小爷我只是看不惯那些人在外面为虎作伥，就算是别人我也会去的！”方寸大乱的辩解似乎急欲撇清什么。

“能不能好好说话！”虎父穆光赫不满地拍了一下他的脑袋。

穆炎阳的母亲薛雅茹拉开自己丈夫：“你就不能少说几句？”摸着自家儿子被打的地方，温柔地问，“炎阳，把事情经过说出来，配合警方做好笔录，那么多人都等着你呢！”

“我又不要他们等。”

穆光赫双眸一瞪就欲训斥，苏小雨在他之前开口问：“所以说你算是为民除害，才去和他们会面的？”

“没错。”

“但是他们以多欺少，让你受了伤是吗？”

“才不是，明明是他主动让我们揍的，不是我们主动打他的！”一旁戴着手铐眼睛红肿的红毛忍不住出声，指着身边同样被铐起来的绿毛黄毛，“不信你们问他们，他们都可以做证。”

“安静点，没叫你说话！”

听到这话，苏小雨已然猜到了些什么，心下不禁再次泛起点点涟漪。看向周围等着穆炎阳出声求证的人，她主动提议：“汪主任、陆老师，

叔叔阿姨，我们不如去外面等他吧，给他点安静的空间，捋捋思路怎么说。”

“这还用得着……”想吗？

“好，炎阳我们在外面等你啊！”薛雅茹急忙推着丈夫出去，有他这样的人在，别说儿子了，自个儿都不愿多说。

苏小雨看了眼一直盯着自己的少年，难得柔声道：“我们外面等你啊，不要让我们等太久。”说完便跟着老师们一起出去。

时隔多年再见那温柔明媚的笑颜，眼前少女的身影和曾经的女孩相重合，穆炎阳不禁一阵恍惚……

4

在穆炎阳的配合下，笔录顺利完成，前因后果也都明晰了。那三个杀马特被拘留，警方会按照他们提供的信息继续逮捕动手的几个社会人士。

知道自己冤枉了儿子后，穆光赫的脸上也有一丝别扭，但依旧端着架子，态度还算平和地对穆炎阳进行一番教育。

一旁的薛雅茹看着和警察不知道在说些什么的苏小雨，忍不住暗暗打量起她来：穿着宽宽大大的普通校服，却掩不住精致的五官；明明一副青涩的面孔，却时时透露着不符合年纪的成熟稳重；面对夸赞宠辱不惊，面对质疑有条不紊地一一作答，逻辑、表述能力满分；游刃有余地周旋在他们一众大人之间……光这气度绝非池中物啊！最关键的是，竟然还能让自家那令人头疼的儿子乖乖听话，简直稀罕了。

薛雅茹越看苏小雨越觉得顺眼，待她和警察交流好后，忍不住凑到她身边搭话：“这位同学，你叫苏小雨是吗？”

“嗯，是的。”苏小雨看向来人，这才有心思细细打量穆炎阳的母亲。

对方身着改良版的蓝色旗袍，衬托出婀娜的身材；手里拎着Dior小包，乌黑的长发用簪子盘于脑后，是个具有古典气质的优雅美妇人。她的面孔也令苏小雨产生一丝熟悉感，总感觉在哪里见过她，却想不起来。

“你和我儿子一个班啊？是C市本地人？”

“嗯，对。”

“家里就你一个孩子吗？父母做什么的呀？”看到对方有一瞬间的愣怔，薛雅茹觉察到自己的问题过于突兀，当即笑着解释，“我就是好奇究竟是什么样的家庭能培养出你这么优秀的孩子而已，有机会真想见见你父母，向他们讨讨经验。我那儿子啊，真的是太折磨人了，要不是我定力强，也要和丈夫一样化身咆哮教主了呢。”

“扑哧！”苏小雨忍不住被对方的话逗笑。

这一笑，让薛雅茹觉得更加惊艳了。巧笑倩兮美目盼兮，形容的就是眼前这孩子吧！注意到自家儿子偷偷瞄着这方，薛雅茹立马替他洗白：“不过我家炎阳虽然叛逆了些，但心思绝对不坏，是个正直的孩子。只不过青春期难免冲动了些，脾气随他爸急躁了点，但是他爸对我可是很好很温柔的，千万不要被他们那性子吓到啊。以后炎阳麻烦你多多关照关照啊。”

这话怎么听着像在给她儿子说媒似的？苏小雨狐疑地看了眼对方，一时不知道怎么接话。关照是肯定关照不起的，他不找她麻烦就已经阿弥陀佛了。

“听说你们班的班长总是碎嘴和老师告状说他坏话，害得他总是被批评是不是？让大家以为他有多作恶多端似的。男孩子嘛，总归是皮一些，不是原则性的事情也没必要太计较，其实我们炎阳还是有很多优点的，你说是吧？”

苏小雨面对对面人期盼的眼神，抿了抿唇开口：“我……就是那个碎嘴的班长。”

薛雅茹一滞，随即尴尬地笑出声：“哦吼吼吼，那一定是那臭小子颠倒黑白是非不分，我这就和他爸回去好好揍他一顿哈。”

“雅茹，回家了。”穆光赫喊道。

“来了，”薛雅茹应了声，慈爱地朝苏小雨挥手，“再见啊，有机会来我们家玩。”

听到她那热情的话，苏小雨忍不住满头黑线：她们有这么熟吗？

“干什么呢？等你老半天了。”穆光赫问道。

薛雅茹不满地嗔视了眼自己丈夫：“催什么催啊，我提前物色一下未来儿媳不行？”回头又和蔼地朝苏小雨招招手，喜爱之情满溢。

听到母亲的话，正偷瞄苏小雨的穆炎阳浑身一震，抬头对上苏小雨的目光，做贼心虚般地连忙撇开，耳根开始泛起淡淡的红……

“胡说八道些什么？他们还都是孩子啊。”严肃的穆光赫训斥了她一下，转而又对自己儿子说，“回去，这几天好好在家给我反省反省。别以为有我这层关系你就可以为所欲为，不顾后果的逞英雄不过是莽夫之勇。我和主任说了，该怎样处分就怎样，这是最后一次机会，下次再犯直接退学吧！”说完率先进入驾驶位。

看他们要离开，苏小雨犹豫了一下还是上前，不等她开口，薛雅茹率先热情地问：“小雨，有什么事情吗？”

“那个，我有话和他说……”

“好好好，你们说你们说。”薛雅茹眉开眼笑地上车，将空间留给他们。

面对来人，穆炎阳目光游移就是不看苏小雨，但依旧昂着头拽拽地道：“找小爷干什么？要道谢就算了，我说过其他阿猫阿狗我也会出面的。”

苏小雨仰头看着别扭的人，如长辈般夸赞道：“你很有正义心，又有勇气，我感谢你的同时也很敬佩你。”在对方诧异的眸色中，继续说，“但是希望下次你再见义勇为的时候，先保证自己的安全好吗？不要忘了还有那么多关心你、担忧你的亲朋好友。”

对上她真挚的双眸，穆炎阳动了动唇，差点儿就要问出“你是不是也会关心我”这般矫情的话。好在最终还是收住了，没有多说什么转身上车。

直到车子行驶出老远，穆炎阳依旧回头看着后方那越来越小的身影，如墨的黑眸盛满了不知名的暗芒。

见到自家儿子的举动，薛雅茹偷笑着问：“她就是你口中讨人厌的班长？”

“嗯。”

“成绩很好的那个？”

“嗯。”

“那你可得加油喽，学霸可都是喜欢学霸的。”

“瞎嘀咕什么呢？有你这么教育孩子的吗？”穆光赫不赞同道。

“我让我儿子上进有错啊？好好开你的车去！”薛雅茹白了驾驶位上的人一眼，轻声和儿子说，“别理他，老古董一个。不过妈妈可不是提倡早恋，咱这是有先见之明的找准目标，待时机成熟一举拿下啊！懂我的意思不？”

“不懂，我和她又没怎么样。”穆炎阳不自在地撇开头不去理会没个正经的母亲，但是耳根越发鲜红的颜色，实诚地昭示了他的内心……

5

和班主任、教导主任回校后，苏小雨被好好教育了一番，无非是批评她不听老师的话擅做主张、万一遇到危险怎么办之类的，还有其他几个一起出校的人一起与之挨训。不过都是变相关心他们的话，苏小雨也谦虚受训，并保证下不为例。

穆炎阳跟着父母回家，这几天都没来学校，依然被记过处分，和她记忆中的结局一样。问询老班他是为了保护自己才被揍，为何还要被处分？老班说一来他擅自出校、约见外校人士已经违规了，二来这也是他父亲

的要求，给予穆炎阳最后的警告。

“老师虽然欣慰你班级事务处理得越来越好了，但现在还是以学业为主啊，”解答完对方的疑惑后，班主任话题一转，拿着这次新鲜出炉的期中考排名又开始做思想工作了，“这次退步有点大，怎么回事？是不是花了太多心思在别的地方？”

正好撞枪口的苏小雨看了看自己的名次：“第十啊！”

还真是远远超出她的预期了，自己果然宝刀未老啊。

“怎么感觉你还很高兴的样子？这是班级第十不是年级第十！”陆老师难得严肃地瞪了她一眼，“好几个任课老师都和我提过你这次发挥失常啊，不该错的题都错，连基本功都不扎实了……”

忽而忆起什么，苏小雨的脸色变了变：曾经自己高中某次考试因为父母的争吵影响心情导致大退步，老班还专门叫了家长，那次的排名刚好就是班级第十！

为什么感觉这个时空的轨迹虽和曾经经历的有所不同，但最终结果却又总是诡异地重合：无论是穆炎阳接连两次被处分，还是自己因为漫画书被拦截、期中考试的名次……一桩桩事件最终都走向一样的结局……

“苏小雨？苏小雨！”

“啊？啊！”

陆老师蹙眉问：“脸色怎么这么差？是不是身体不舒服还是家里有什么事情？要不叫你家长来一趟……”

“不用！”苏小雨立马激动地反驳，“不用叫家长，家里没什么事情，我就是考前没休息好，所以发挥失常而已。”

“就这样？”

“嗯，下次保证恢复正常水平。”不管能不能实现，先过了这一关再说。

“报告！”陆老师还想再说些什么，就被一声嘹亮的报告声给打断。

只见好几日未见的穆炎阳回学校了，脸上的伤痕虽淡却许多，但看着还是有些惨兮兮的。他上前朝班主任标准地九十度鞠个躬："陆老师，我回来上课了，给你们添麻烦了，不好意思。"

瞅着虚心认错的人，苏小雨不由得稀奇地挑挑眉：果真这熊孩子就得揍一顿才老实啊，这礼貌得就和衣冠禽兽似的。

陆老师将排名表给苏小雨便放她走人，转而看向穆炎阳问："身体怎么样了？"

"没事了，谢谢老师关心。"

走出办公室的苏小雨，发现外面站着的一脸紧绷的中年男人时，这才知道那个拽得二五八万的班霸为什么突然这么老实了。碍于对方那周身自带压迫感的凌厉气场，苏小雨礼貌地打了声招呼便迅速走人。

"叔叔好，叔叔再见。"

不等穆光赫开口和她搭话，她已经溜上了楼。看到她逃也似的背影，穆光赫忍不住摸了摸自己的脸颊，难道自己长得这么凶神恶煞吗？让人如此避之不及……

回到教室，苏小雨将手中的表格贴在后墙上，身边瞬间挤了一群人来看名次，随即打趣声接二连三响起："班长，被篮球砸了一下就退步那么多啊？"

"是啊，这得叫穆炎阳赔偿才行。"

"多谢班长，让我体验了一把第一的宝座！"

围过来的安畅畅忍不住关心地问："小雨，你没事吧？"她考试前这么争分夺秒地复习，结果却是……

苏小雨一侧头，就对上闺密担忧的眼神，当即不以为意地道："没事没事，第一坐久了，偶尔也得下来歇歇嘛！"

正努力挤出包围圈的苏小雨，随即又听到一道嘲讽的声音：“嘁，叫我们好好学习，也不看自己什么样儿。”

轻蔑的话刚落，一旁的包立轩便立马为班长说话：“再没样儿也比你强啊，你哪次进到过前十？还有脸在这儿嫌弃班长。”随即讨好地转向苏小雨，“是吧，班长大大，你只是退步着玩玩而已，谁像他一退就不复返。”

“就是，还好意思说小雨。”安畅畅也立马帮闺密撑腰。

“包立轩，你怎么……”帮她说话啊？

“让开，”一个高大的身影突然现身，撞开戗声苏小雨的男生，警告地斜视他一眼，“你也有资格质疑她？”语毕拽拽地拎着书包回座位。

贾仁路虽然很想说一句身为千年垫底王的你又有什么资格说自己，但被对方那王霸气场给震慑得屁都不敢放一个，只能灰溜溜走人。

挑眉看了眼难得帮自己说话的人，苏小雨将目光移到排名表的最后一行，果不其然依旧是那位时刻体现班级人数的壮士在坚守着底线。

回到座位，苏小雨转头盯着身后少年脸上的瘀青，从兜中掏出一个平安扣挂饰给他：“哪，送你，谢谢你那天为我挺身。还是那句话，以后见义勇为前，先保证自己的安全。”

苏小雨是无意间在家里翻找出这个自己曾经编织的车挂平安扣，记得当初她本来是想把它送给爸爸的，结果对方一直早出晚归都没有机会亲自给他。

“苏小雨你什么意思，小爷我说了才不是因为你出校的！”穆炎阳愤愤地道，却手脚麻利地收起她送给自己的平安扣，拽拽地说，“既然你诚心诚意地孝敬小爷，小爷我就勉为其难收下了。”

瞅着青春期少年那别扭的模样，苏小雨无语地摇摇头，瞄了眼他桌上的试卷，挑眉说了句“加油”便转回头去。

嗯，这个成绩继续保持下去，她就不信对方还能考上一本，还能成为

昱玮公司的总经理，还能成为她的上司……那一定是tan90°，不存在的！

那简简单单的两个字，听在少年耳中却格外讽刺，看着桌面上的试卷分数，穆炎阳不由得攥紧手中的平安扣，眸中燃起一抹斗志的火光……

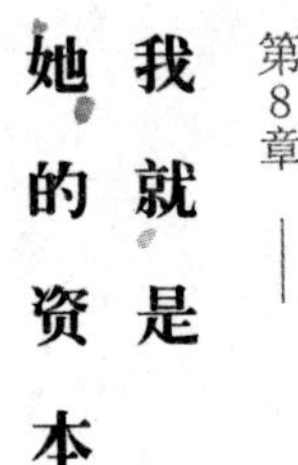

第8章 —— 我就是她的资本

1

2019年。

“好了，你可以回去了。”回到家，苏小雨制止住要跟着自己进门的人，迅速将他关在门外。

“砰”的一声响，见着眼前紧闭的大门，穆炎阳呆滞了一秒，随即敲门喊：“喂，你干什么呢？开门，我给你烧饭啊。”

“不需要！我自己会烧，”苏小雨背靠着门，继续警告，“从现在起，不准你踏入我的屋子！要是你再随便进来，我就报警，说你非法私闯民宅！”

听到对方坚决的话，穆炎阳忍不住蹙眉。早上还好好的，怎么回来就这样了？他又哪里惹到她了？

下午，苏小雨送别穆炎阳母亲之际，对方特地把她拉到角落单独道：“小雨啊，你现在也是单身，不如考虑考虑我家儿子啊？他都喜欢你那么多年了，他也不再是以前就知道冲动莽撞的臭小子了，给他个机会成不？”

当听到这话的时候，苏小雨整个人犹如被雷劈一般，瞪大双眸指着自

己："他？喜欢我？"还好多年？

"你不知道吗？我家炎阳中学就稀罕你了，要不是怕影响你学习，早就和你告白了，结果被别的小子给捷足先登了……"薛雅茹随即长叹一口气，"唉，也怪他不争气，不认真学习底子没打好，最后再努力也比不上你。但是现在反正你们都单身嘛，又一个公司，要不要试着处处？"

当时听到这个消息，苏小雨整个人都惊呆了！这劲爆程度丝毫不亚于得知自己来到十年后的时空。

如果穆炎阳真的喜欢自己，那什么虚怀若谷，什么以德报怨，根本就是对她有所图啊！听到那锲而不舍的敲门声，苏小雨怎么说也不会开门让这危险分子与自己共居一屋了，简直是引狼入室，想想都后怕。

接连吃了几天闭门羹，穆炎阳也真是拿苏小雨没办法，他又不能大庭广众地踹门，太有失斯文了。唉，当初他还是太君子了点，就该直接拿着她的钥匙再配一把，哪至于沦落到现在即使求助安畅畅都无法改变处境的地步。

"喂，我喜欢你怎么了？被我喜欢很恐怖吗？再说了我现在喜欢的可是成年的你，又不是你这未成年，好歹我也是三观端正有道德有底线的祖国五好青年好不好？用得着防色狼一样防着我吗？"这几乎成了穆炎阳每天都要重复的话，他敲了一下门，放下手中装着餐盒的塑料袋，"早饭在门口，出来拿！我去上班了。"

苏小雨请了病假有理由不去公司，身为公司总经理的穆炎阳不可能和她一样整天在家待着，而且综合办必须得由主任才能敲定的事情也得靠他接手帮衬着。

透过猫眼看到对方离开，苏小雨这才开门拿早餐，感觉自己和被投喂的宠物似的，早中晚三餐对方都会准时送达。中午是外卖，早餐、晚餐一般都是他亲手烧制。令她不得不佩服的是，对方的厨艺和他颜值一样

属于顶级配置。

这两天都只在小区附近熟悉环境的苏小雨，今天准备去A市好好逛逛，遂给穆炎阳发了一条微信："中午我外面吃，晚上也外面吃，不要给我送餐了。"

发送键按下没多久，手机叮咚声就迅速响起："你要去哪里？去干什么？就你一个人？明天周六我带你去，你今天还是老实在家待着，一个人出去太危险了……"

"我是十六岁不是六岁，能不能别和我监护人似的，这也管那也管。"苏小雨蹙眉回复完就不再理会对方。什么时候整天把"别叽叽歪歪"挂在嘴边的暴躁班霸竟然也成了这么叽叽歪歪的人？时光啊，果真是太残酷了。

在避开穆炎阳的这几天，苏小雨发现自己总会时不时地偶遇一个人，比如现在……

正坐上公交车的苏小雨，见到坐在自己身边的白衣男人时，排斥之意满溢地靠边挪了挪，继续看着车窗外的风景。

"小雨，休假多久？身体好些了吗？"温智宇转向佯装没有看自己的人，将手中的东西递给她，"你最爱的布丁奶茶和芝士蛋糕，吃点吧？"

"离我远点，渣男！"苏小雨耿直地道。

虽然她对他没有记忆，但是从穆炎阳和安畅畅那里知道对方究竟是怎样的恶劣——在和自己交往期间竟然和她好友勾搭上，想想都生气，更别提未来的自己了。当初真该让穆炎阳多揍他几拳才是。

听到她嫌恶的话，温智宇带着丝悲伤地开口："小雨，我承认是我负了你，当时的我太没主见，一味地唯母亲的话是从，代价就是让我痛失所爱。但是人非圣贤孰能无过，你就不能给我一个改过自新的机会吗？"

这恳切的话惹得苏小雨翻了个白眼。她不是这个时空的她，没有经历过和他的爱恨情仇，所以可以毫无心理负担地开怼：“呵呵，也是你母亲让你脚踏两只船、在和我交往的同时又搞上我朋友的吗？”

“小雨，事实不是你想的那样，我们找个安静的地方好好谈一谈好不好？”

“不好。”苏小雨丝毫不给面子地拒绝。看到对方难看的脸色，她的内心毫无波动，甚至有点儿想笑，“你能不能不要坐我边上了，没看到位置那么多吗？”

此话一出，温智宇的脸色越发难看，待公交车在站点停下之际，说了句“小雨我会再来找你的”，便起身下车，再次惹来苏小雨一个白眼。

唉，自己找男人的眼光有待提高啊，与其找这种金玉其外败絮其中的，还不如穆炎阳那种言行如一的，虽然脾气急躁了些、人霸道了些……

“咳咳咳……”当意识到自己在想什么后，苏小雨吓得被自己的口水呛到。她一定是走火入魔了，才会有这种想法吧？太可怕了！

2

在穆炎阳一天的不堪其扰下，苏小雨总算达成了在这个时空自主用餐、自主消费、自主游玩的成就。回去的途中，手机微信依旧响个不停：“晚上我有个应酬得晚点回来，你自己在外面吃记得选大餐厅，干净卫生的那种。”

“钱有没有？不够我微信给你转一些，会用扫码支付了吗？不要随便扫陌生人的二维码，小心中病毒。”

“不要给别人你的联系方式，居心叵测的人太多……”

看着对方那无微不至的老父亲式关心，苏小雨差点儿就要控制不住自己的手打出“爸爸”两个字了。学生时代，她的父亲忙于工作，上学生

活什么的基本都是老妈管，结果在这个时空竟然从曾经的死对头那儿感受到了浓浓的父爱……

享受着晚风的吹拂，吃饱喝足的苏小雨慢慢散步回自己公寓的时候，就见到门外站着一个陌生的女人，她上前礼貌地问："请问你找谁？"

听到响动，纪雨桐一转身，就见到苏小雨一脸疑惑地看着自己，当即笑着开口："小雨你回来了，当初听说你住院我应该早点儿来看你的，但是一直忙到现在才有空，希望你不要介意啊。"

苏小雨打量着眼前打扮时尚的女人，问："你是……"

"你真不记得我啦？"纪雨桐的眸色闪了闪，继续亲昵地上前说，"智宇和我说你失忆不记得他了，看来是真的啊？"

退后一步和她保持距离，苏小雨问："难道你就是纪雨桐？"

"是啊。"说出这两个字后，纪雨桐见到对方眸中赤裸裸的嫌弃，也不生气继续笑里藏刀地说，"我看智宇这几天和我在一起总是心不在焉的，今天偶然见到他和你在一辆公交车上，我就觉得该来见见你了……"

"你要说什么直说吧，我一会儿还有约。"苏小雨蹙眉不耐烦地道，对方那虚伪的笑容、佯装的亲昵让她很抵触。

"我们好歹也是朋友一场，我只是给你善意地提个醒而已，你不记得一些事情但不代表它没发生过，当初智宇的家庭在意些什么、他又是为何与你分的手……"

"纪雨桐，你来这里干什么？"一道咆哮的男声打断了对方后续的话，而后就见提着公文包的穆炎阳迅速上楼挡在苏小雨身前，蹙眉瞪着来者不善的人。

纪雨桐依旧笑盈盈地道："穆总，大家都是同学，我又不会对小雨怎么着，不必这么紧张吧？"

"这里不欢迎你。"

“哎哟，瞧瞧你们，恋爱什么的分分合合不是很正常吗？用得着这么把我当敌人吗？况且智宇只要和我继续在一起，你不就少一个情敌了？我们的立场是一致的呀！”

“哼，那种人还配不上做我的情敌。”

纪雨桐说出一个事实：“但是他的确是小雨的前任呀。”看到对方黑下来的脸色，纪雨桐立马娇笑着道，“别气别气，所以我也是为了避免小雨再次受伤，特意来提醒她坚守阵地，别被智宇三言两语的好话给哄骗回去喽，毕竟现在她失忆记不得伤疤的疼……”

穆炎阳已经开始不自觉地握紧双拳。纪雨桐仿佛感受不到他的戾气似的，继续和毫无波澜的苏小雨说：“如果你想知道当初他为何和你分手，可以来找我……”

“我不对女生动手，你不要逼我破坏原则。”穆炎阳再也忍不住地出声打断她，墨色的眸底满是警告的意味。

苏小雨拍了拍跟前男人紧绷的身躯当作安抚，耿直地回复：“你不就是怕我和温智宇死灰复燃吗？放心，我不爱吃回头草，况且能看上你的男人我也不屑要。还有我挺讨厌你的，请你不要再来找我了，我更不会去找你。”

“你！”听到这丝毫不留情面的话，一直保持着笑容的纪雨桐终于维持不下去了，露出真面目讽刺地开口，“哼，真不知道你现在还有什么高傲的资本。”

穆炎阳将身后的人拉到自己怀中，紧紧搂住她的肩，不容置喙地道：“我就是她的资本，她自然可以高傲一辈子。”

当这铿锵有力的话从头顶传来，苏小雨忍不住望向紧紧圈着自己的男人，温暖宽阔的怀抱传递给她无尽的安全感。有那么一刹那，她真的被他这霸道总裁的气场给“苏”到了，连带着看他那俊逸的容颜都自带柔光

效果。恍如他就是身披金衣战甲踏云而来的天神，只为护她一世安好……

“那就祝贺你们早日喜结良缘了！”纪雨桐咬牙说下这句话，便愤愤转身走人。

“多谢祝福！”穆炎阳挑眉回复，巴不得对方一语成谶。

低头，瞅着怀里的小人儿依旧一眨不眨地盯着自己，穆炎阳显然十分享受她这带着迷恋的凝视，继续抱着她问：“是不是终于发现我的帅气了？比那些不靠谱的小白脸靠谱多了？”

听到他戏谑的话语，苏小雨这才反应过来自己竟然一直花痴地盯着他看，连忙耳根发烫地退出他的怀抱，尴尬开口：“那个，谢谢你啊，工作一天累了吧？赶紧回去休息休息……”边说边迅速拿钥匙开门。

只是一只大掌先一步按在门上，阻止她溜进屋。

“躲什么躲，我还能吃了你不成？”穆炎阳居高临下地看着躲避自己的人，没好气地道，“我只给你请了一周的病假，下周准时去上班！”果然还是不能让她脱离视线，什么阿猫阿狗的都找上门来。

“知道了。”苏小雨匆匆回应，现在她只想赶紧进屋，不想让他看到自己的窘状。

“还有……”

“还有什么？”苏小雨不耐烦地问。

穆炎阳扳过她的肩，盯着她的双眼认真地说：“你一定要记住，你是一个很优秀很优秀的人，你值得最好的，谁都不能改变这一点。”

望进他承载满自己身影的深邃眸底，苏小雨感觉周身被璀璨星光包裹，那温暖的星光是他毋庸置疑的信任与坚定的鼓励，驱散了她所有的惴惴，几度令她沦陷其间无法自拔……

苏小雨的心跳在这一刻不受控起来，正想启唇说话，忽然一阵“咕噜噜”的不和谐声瞬间打破这方隐隐的小粉红。

苏小雨当即尴尬地捂住肚子，却惹得穆炎阳戏谑一笑：“没吃饱？”说着，他昂了昂下巴，一副小人得志的模样，指指她身后的大门，“还赶不赶我出去？”

苏小雨嘀咕了一句“我可以去外面买吃的”，身体却实诚地让开。话说他的厨艺的确是不错，可自己明明刚吃饱回来的啊，怎么饿得这么快？

穆炎阳轻笑一声，就和攻占城池成功的将军一般，大摇大摆地重新登堂入室，披上战袍围裙，去厨房起锅烧油……

瞄着身边眼巴巴等吃的小人儿，穆炎阳的嘴角忍不住上扬：“拿盘子来，马上出锅。”

“好的，欧巴！”苏小雨立马听话地充当起跑腿的小厮，他需要什么就拿什么。

没多久，简单美味的四菜一汤就上桌了。

穆炎阳盯着一碗饭接着一碗饭吃得欢的人，忍不住蹙起眉头：虽然很欣慰她对自己厨艺的捧场，但这足够五人份的量，怎么感觉她吃一顿都不够的？这么吃会不会出问题？

就在他担忧的时候，忽然见到她执筷的胳膊开始变得透明，穆炎阳当即大惊失色地拽住她的手腕：“你的……”话未完，又发现一切如常。

“干吗？”被突然拽住的苏小雨一惊，看着神色凝重的人，讪讪地问，“是不是我吃太多了？”

“没事，你继续。”穆炎阳松手，盯着好端端坐在自己身边的人，刚刚应该是自己眼花了。只是瞅着仿佛怎么都吃不饱的人，穆炎阳忍不住再次眉头紧锁……

屋外，一只奶狗注视着屋里的两人，忍不住焦急地转圈圈。这样下去不行啊，要是那个三维生物再企图改变历史，这个时空的她就算吃再多也无法补足能量啊！最终只能走向消失的结局……

3

2009年。

时空的轨迹依旧按照苏小雨记忆中的行进着，外婆、奶奶相继离世，父亲懊悔地奔进医院痛哭的画面重现，在这之前即使自己再怎么努力也无法挽回父亲没见到奶奶最后一面的遗憾。好在经过时间的治愈，父母逐渐从悲恸中振作起来……

“大家检查下自己的桌椅，摇晃的、桌面不平的就全部搬出去，留下三十张好的……”托高考学姐学长的福，能让他们多放四天的假。正处于兴奋中的学生们闹哄哄地收拾着书包，台上人的声音瞬间淹没于嘈杂中。

苏小雨忍不住深吸一口气，对最后一排的某人施令：“穆炎阳，上，盘他们！”

突然被点名的穆炎阳不禁蹙眉，他每次听到这话就和听到“旺财，上，咬他们”一样的感觉，但依旧中气十足地出声：“都给我安静点！没听到班长在讲话吗？”

悄无声息中，水火不容的班长和班霸莫名地和谐相处起来，甚至还配合默契。就如此刻，在班霸的一声大吼下，大伙儿迅速安静下来，让苏小雨得以顺畅地把学校的通知传达完毕。

“好了，那大家把桌子里的东西都收拾好，座位上的卫生搞好就撤了，作业不要忘记带。”

对于班长和班霸的握手言和，众人好奇咋舌却又不敢多问，毕竟班霸态度的改变只是对班长而已。如果非要形容，那好比穆炎阳对苏小雨的耐心是弱水三千，对他们那是连一瓢都算不上，顶多就是附在指尖的一滴。

“小雨啊，那我不等你喽，我家阿姨来接我了，”安畅畅抱歉地对回到位置的苏小雨说，“回来给你带我妈做的布丁吃啊！”

“去吧去吧，我自己搞得定。”

直到教室的桌子该搬的搬了、人该走的走了，正准备布置考场的苏小雨忽然发现身后的人竟然还在，讶异地问：“你怎么还没走啊？”

“等人，”穆炎阳胡诌了个借口，佯装不耐烦地道，“无聊死了，有没有点事情做？”他边说，边起身将教室里剩余的桌子胡乱推一通，“是不是这么放？”

“不是，五排六列！你别乱推，一会儿我又要重新整！”

午后的阳光从教室的窗户倾泻进来，摇曳的风扇下，讲台上扎着马尾的女生伸手做指挥，下面的男生任劳任怨地根据她的指示将课桌重新排位。两人默契得仿佛是多年的老友，不消一会儿，杂乱的课桌瞬间呈方阵排列。

“再左边一点，不对不对，再右一点点。过了，还是再左一点……”

额头已经沁出一丝薄汗的穆炎阳终于爆发了：“苏小雨，你怎么这么鸡婆？我看都已经够整齐的了，你非得精确到纳米不成？”

面对对方的怒火，苏小雨眸中闪过一丝得逞，挑眉道：“精益求精而已，到时来检查的人肯定比我还仔细！还有，穆炎阳同学，现在知道被反反复复找碴儿有多恼火了吧？记住现在的感受哦，已所不欲勿施于人。”

“你神经病吧？”穆炎阳没好气地甩手走人了。哼，真是不知好歹，亏他特意留下帮她整理考场！

“这样就生气了？”当初她刚到昱玮公司，被他折腾得怎一个惨字了得。既然自己能有机会重回过去，必须得提前教育教育这个臭小子，让他知道没事找事地剥削人是很没人道的。

“苏小雨，请问我可以进来吗？”

忽然，一道熟悉的温润嗓音传来，站在讲台上的苏小雨一转头，就见到门口那迎光而站的身影。愣了几秒，他才抬步走向他：“有什么事

情吗？”

温智宇瞅着跟前对他总有种莫名疏离感的女生，关心地问：“你没事吧？我早前看到隔壁病房都换了人，这才知道……一直没有找到和你说话的机会，希望你节哀。”

望着少年盛着暖阳的棕色双眸，苏小雨歪头问：“是不是你对每个人都会这么关心？我们好像也不是很熟吧？”到目前为止，最多就是开会时近距离见过几面、医院偶遇几次的交情罢了。

记忆里，这个少年的确是文质彬彬、对谁都有礼有度的样子，有人请他帮忙只要能做到就一定会答应。在和他分手后，苏小雨回忆两人在一起的点滴时，一度怀疑对方是不是因为不太会拒绝，所以答应了自己的告白，才和她在一起。所以，他发完分手短信的时候，还能云淡风轻地说一通他绝对没有要歧视她父亲的病，都是他母亲的极力反对，他不能不孝之类的辩解……

对方的耿直令温智宇有一霎的不自然，随即开口：“大家都是同学，而且我又知道你家的状况，我觉得关心一下是有必要的。”

对此，苏小雨只是无所谓地笑着耸耸肩：“谢谢你的关心，顺便我也给你一个小小的建议，把关心多多留给重要的人，比雨露均沾当个中央空调要好，特别是在你找了女友后，这样处处对他人不必要的关心小心让你的女友误解哦。”

带笑的话却透着一丝酸楚，年少的温智宇没有察觉到对方那掩盖的情绪，而是被她露骨的话搞得面红耳赤：“如果打扰到你了我抱歉。还、还有，现在还是学生，女朋友什么的还太、太早了点。”他吞吞吐吐地说完，便转身离开。

看到对方匆匆离去的背影，苏小雨被逗笑：“又是一个害羞的小少年啊。”她又没说什么过分的，和那班霸一样爱脸红……

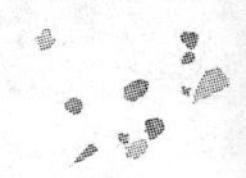

返身回来的穆炎阳，就见到倚在门口的苏小雨对着一个男生的背影笑得一脸温柔，心底瞬间升腾起一股无名火。他上前，没好气地道："傻笑什么呢，怕大家不知道你花痴男人啊？"

回神的苏小雨见到来人，那扑面而来的酸味令其笑得更灿烂，她丝毫没有心理负担地问："怎么，你吃醋啊？"

果不其然，此话一出，班霸少年的耳尖便以肉眼可见的速度染起一层红，耍横地道："吃个屁的醋，不要让我抓到你小辫子，否则我一定会揭发的！"说完，他背过身朝走廊上堆积的书桌行去，佯装找东西的样子避开对方的打量。

"你怎么回来了？"

"忘拿作业了不行？"

对方那窘迫的模样，加之这段时日的观察，苏小雨越发确信了成年穆炎阳那酒后的告白。没想到，这个顽劣的家伙这时候就开始对她有意思了，叛逆少年的脑回路也是与众不同啊，怎么也想不通他到底喜欢自己什么，难不成和那些"女人你成功引起了我的注意"的霸总一样，就喜欢和他对着干、唱反调的？

4

直到班主任和校领导检查完考场后，苏小雨终于可以功成身退了。一出门，她就见到走廊上站着的少年，忍不住讶异："你怎么还在这儿啊？"

"要你管！"穆炎阳没好气地回复。直到对方背着书包离开后，他才终于慢悠悠地抬步跟在她身后。

远远见到校门口一道熟悉的身影，苏小雨一喜，激动地挥手："爸爸！"

"哎。"身后突然传来一吊儿郎当的应答声。

苏小雨转头瞪了眼笑得一脸餍足的少年，而后拔腿朝门口跑去，开心

地拉着父亲道：“爸爸，今天怎么有空来接我了？”

苏天磊慈爱地道：“今天公司事情少，顺便和同事一起来学校了。”转而向女儿介绍身边的女人，“来小雨，叫阿姨，她可是爸爸的得力助手啊。”

经提醒，苏小雨这才注意到一直站在父亲身边打扮干练的女人，精致的容颜加上精致的妆容，无不给人惊艳感。但是她的模样……

“我女儿也来了，”女人突然开口，朝后面的女生招招手，向苏小雨介绍，“我的女儿叫纪雨桐，你们认识吗？”

看到来人，苏小雨的笑容逐渐收敛，怪不得觉得这个女人的容貌眼熟，原来她就是纪雨桐的母亲。她竟然现在才知道纪雨桐的母亲竟然和父亲是同事，世界还真是小……却也因着是她们，苏小雨就更没什么好脸色了。

“爸爸，赶紧回去吧，妈妈肯定在家等我们了。”苏小雨拽着父亲就离开，不想和这对母女多说什么。

回家的途中，苏天磊问女儿：“小雨啊，你之前见过她们？怎么感觉你不是很喜欢她们？”

“没见过啊，所以为什么要喜欢陌生人？”苏小雨理所当然地回复，不想把话题浪费在无关的人身上，转而问，“爸爸，这几天有乖乖早点回家陪妈妈吗？”

“有有有，女儿吩咐的我能不照做吗？”苏天磊宠溺地回复，随即想到什么蹙眉说，“就是她这段时间都在忙着找工作，搞得怪紧张的。回去你也劝劝你妈，反正都已经在家这么多年了，我又不是养不起你们，别那么折腾了。”

如今的苏小雨不再是只会听父母话、不敢发表自己见解的小女生了，她大胆地说出自己的想法：“我支持妈妈出去做自己喜欢的事情，而不是被家长里短束缚着。爸爸，你没发现书房里有妈妈很多的绘画作品吗？但她却为了我们，放弃了自己曾经的喜爱。”

“女人嘛，都已经结婚有孩子了，重心在家又没什么错。外面打拼有我们男人，也不差她那一份工资。”

听到父亲的话，苏小雨第一次发现对方原来也是有些大男子主义的：“这不是工资不工资的问题，是个人自我价值的实现！我们应该多站在妈妈的角度为她考虑考虑……”

察觉到自己过于批判的口吻，苏小雨随即带着撒娇地说：“爸爸，我知道你心疼妈妈，但是我觉得可以做自己喜欢的事情很棒呢。现在不都讲男女平等嘛，如果我未来的老公不顾我的意愿，一定要让我做家庭主妇，爸爸你会同意不？”

如果她未来的丈夫敢这么不尊重自己，苏小雨觉得她一定会和他闹翻。不过她也绝对不会和这种人在一起，互相扶持、互相尊重、互相平等的爱情才是她所追求的。

看到父亲蹙眉依旧不敢苟同的模样，苏小雨出主意道：“要是爸爸你不放心，不如你在公司给妈妈一个合适的职位呀。反正妈妈也是公司的创办者之一，对公司也熟悉，以后你们就可以一起上下班了。”

此话一出，苏天磊的神色立马变了，连忙摇头：“不合适不合适……”

“为什么？”

“现在不比当初创业，公司各部门都正规起来了。翠琴擅长的是广告设计，我们公司勉强搭边的也只是室内装潢设计而已……”他在女儿出声前继续说，“你妈如果坚持要找工作，我会给她物色合适的靠谱的公司。”

“说到做到哦！”苏小雨开心地说。

“嗯。”

5

连日的大雨停歇，进入夏至的C市温度也逐渐高起来。一栋栋教学

楼像热锅上的蒸笼般，里面的人堪比一个个冒着肉香的狗不理。窗外的知了声、风扇的呼呼声、老师的讲课声恍若催眠三重奏，台下的学生一个个困倦不已，却又不得不强打起精神。

“好困好困，小雨快来掐我一把，我为什么这么想睡觉？”安畅畅撑着自己的眼皮向同桌求助。

“因为学校是梦开始的地方啊。”春困夏乏，同样双眼发蒙的苏小雨努力睁大眼睛回答。好怀念有空调的日子啊，可惜学校在她们高二结束之际才安装空调，让她们搭上福利的末班车。

“畅畅，你看黑板上那个溴苯，像不像小店里的冰棒？”

安畅畅点点头：“像八喜冰激凌。”

“我觉得更像小布丁。”

“扑哧……”在最后一排打盹的穆炎阳被前方人的嘀咕给逗笑，抹了把嘴角苏醒过来。

讲台上的化学老师正恼火于死气沉沉的氛围，直接点名发笑的人：“穆炎阳，睡饱了吧？上来把这个化学式写出来。”

看着慢悠悠上台拿起粉笔画六边形和圈圈的人，苏小雨也精神了，饶有兴趣地盯着那个高大的背影看……

鬼画符了几笔，穆炎阳终于撑不下去了：“报告，我能求助外援吗？”

“我刚刚才讲过你就不会，上课都在听什么？”化学老师恨铁不成钢地道，“你叫个人替你写吧，写不出就都站在这里听课好了。”

穆炎阳一转身就目标明确地看向某人，和对方对视个正着的苏小雨心里“咯噔”一下，刚升起不祥的预感对方就伸手指着她，扬唇道：“我要向班长求助。”

“哇！”此话一出，台下立马哗然一片，大伙儿也瞬间精神倍儿爽，纷纷炯炯有神地看向被点名的苏小雨。最近觉得班长和班霸的 CP 有点好

嗑，如果说一个是随时爆发的活火山，一个便是表面平静实际拥有无限底蕴力量的深海，轻轻柔柔就能压制住对方的躁动。两人从以前的水火不容到如今的相得益彰，简直配一脸。

在众目睽睽中，苏小雨上台接过穆炎阳手中的粉笔，轻松写出甲醛和苯酚通过缩聚反应生成酚醛树脂的化学方程式，而后酷酷地对一直痴汉般盯着自己的人说："这种题简直太降我的格调了，以后求助来点高深的好吗？"而后将粉笔一丢，高昂着头颅下台，犹如凯旋的将军，惹来一片"帅啊""漂亮"的赞叹声。

根本就没看方程式书写的过程，全程都将视线聚焦在苏小雨身上的穆炎阳不自觉地扬起嘴角，颇有种称赞在她身荣誉在我心之感，直到对方入座后才转头问："老师，那我能下去了吗？"

"给我站在这里，等下道题写对再回去！"

"那要不你直接把班长也留在这儿吧，我估计还得求助她。"

"哈哈哈哈！"

此话一出，台下瞬间哄笑一片，课堂氛围无与伦比的活跃。

化学老师拿书本打了一下嘻嘻哈哈的穆炎阳的脑袋："看你把大家都搞精神了的分上，放你一马。好好听讲，男子汉大丈夫还要女人帮忙，好意思吗？"

"好意思吗？"包立轩对下来的穆炎阳挤眉弄眼地重复，眸中满是调侃。

"好好听讲！"穆炎阳同样将老师的话重复给他，回到座位后，拿笔戳了戳前方人的背脊，"喂，下课请你吃小布丁当报答啊。"

苏小雨嫌弃地扭扭身躲开对方："不要。"

下课铃声响起，化学老师拖了两分钟的堂，待老师一走，安畅畅就立

马拉着苏小雨奔往学校小店："走走走，我请你去降降温。"

快抵达小店大门时，一直被拽着跑的苏小雨就被从里面出来的一对身影吸引了目光。安畅畅也随之变奔为走，窃喜地道："小雨小雨，你看，书生！"

"嗯，你们真有缘。"苏小雨不太走心地回应，目光锁在单子墨前方的两人身上。

"班长，谢谢你，回去我就把钱还你，"纪雨桐将手中的碎碎冰一分为二，将其中一半递给温智宇，甜甜地笑着道，"这个当利息了。"

"不用了，你……"

"小雨，你也来买东西啊？"不等温智宇说完，看到苏小雨的纪雨桐当即笑着朝她打招呼，亲昵的称呼、熟稔的姿态仿佛两人是相识许久的好友。

"你们也认识？"温智宇看着面无表情的苏小雨问，似乎还有丝尴尬。

纪雨桐歪头问："也？"

"都不熟。"苏小雨淡淡地回复，正欲去拉安畅畅，对方不知何时已经凑到了单子墨跟前。

纪雨桐笑容僵了僵，而后佯装颇了解对方的模样对温智宇说："小雨她比较文静内向，所以对人也有些冷淡。"

温智宇赞同地点点头，除了冷淡似乎还有些别的情绪，他看不懂，却也因此对她多了分好奇与打探。

看到那两人亲密交谈的模样，苏小雨心下的不爽刚滋生，脖子边的一阵冰凉瞬间拉回她的注意力："穆炎阳，你神经病啊！"她下意识地缩肩夹住放在肩头的物什。

"给你的，不要就丢了。"穆炎阳收回手，拿着棒冰边吃边走人。向来不喜欢这种奶味浓重甜品的人，忽然觉得小布丁的味道也还不错。

拿下肩窝处的小布丁，苏小雨对着穆炎阳浪荡的背影喊：“不准游食！要是班里被扣分，信不信我找人揍你！”

当刚被认定为“文静内向”的人吼出这话时，对面的温智宇和纪雨桐不由得吞咽了口唾沫：不好意思，是他们眼拙了……

6

万里无云的空中骄阳高挂，即将迎来长假的同学们的心情也如这盛夏般激情似火。

“期末考试结束，等到4号再回校拿成绩单，这几天大家先放松一下。到时候文理科分班，回执单没交的一并交了，那是最后的期限，和家长好好商量一下。”班主任陆老师说着突然朝大家鞠个躬，令台下因为暑假而兴奋的学生瞬间寂静下来，一眨不眨地盯着台上的人。

“谢谢这一学年来大家的配合，有不足之处多多担待。你们是我带的第一届学生，之后不知道我还会不会继续担任班主任，会不会再成为你们的任课老师，届时有缘再见……”

苏小雨看着年轻的老班在讲台上诉说着肺腑之言，前一刻沸腾的氛围逐渐漫上一层离别的伤感，一些感性的学生不禁红了眼眶。她知道老班是因为凑上C高大力培养启用新教师的新政策才得以担任他们的班主任，但是后续两年他依旧会是他们的老班，依旧会敲着后门训斥“整个走廊就听到你们的声音”，还会说“你们是我带过最差的一届”来打脸……所以苏小雨对此刻带着点小小离别的悲伤氛围没什么感触，甚至还有点想笑。

“大家等一等其他任课老师，等他们交代完了就放学。”

班主任一离开，教室里的分贝再次上升。

安畅畅熊抱住苏小雨哀号：“小雨，要是以后我们不在一个班了怎么办？我舍不得你，我还想和你坐同桌和你一个寝室。”声音里带上了丝

哭腔。

对方那铁汉柔情的一面惹得苏小雨怜爱地摸摸她的脑袋："放心，以后我们还会一个班，直到毕业，而且书生也会来哦。"

"书生"两字令安畅畅的双眸一亮，她枕在苏小雨肩头撒娇说："小雨你可真会安慰人，如果一定要二选一，我还是选择继续跟你一个班。"

听到这话，苏小雨颇感羞愧，当初自己竟然会因为温智宇、纪雨桐单方面的告密和畅畅吵得不可开交，碍于年少那毫无意义的自尊与面子，和自己最好的闺密当了足足六年的陌生人；以至于随着年岁的增长，谁都不愿先低头。苏小雨伸手紧紧回抱住对方，感慨又坚定地道："畅畅，我们不会再分开的！"

这一幕堪比苦命鸳鸯的情景剧惹得穆炎阳大翻白眼："光天化日，搂搂抱抱，成何体统。"而后戳了戳前方人的背继续问，"喂，你是选理科吧？"

此话一出，淡淡的愁云瞬间消散，苏小雨头也不回地道："废话。"而后突然想到什么，转身问，"你准备选什么？文科吗？"

"关你屁事！"

"那你还问小雨，多管闲事。"安畅畅当即帮着自己的闺密说话。

"没事没事啊，"苏小雨安抚安畅畅，"你去问问苗苗她们暑假什么打算啊，没计划我们一起组团去旅游呀！"

"好嘞！"

支开安畅畅，苏小雨转身准备和身后的人来谈谈心："你以后准备做什么？"

"以后的事情，我怎么知道？"

苏小雨干咳了一下，一副过来人的语气开口："你没听说过方向比努力更重要吗？比如你这么喜欢看小说，以后当个作家也不错，说不定还能成为辰东二代呢！当作家文字基础要强，文科适合你。或者你体育好，

要不要往体育特长生方向发展发展？说不定还能为国争光。很多体育生都选了文科，你可以和他们做伴。还有……”

“怎么着，我选理科碍着你了？”听对方一个劲地游说自己选文科，穆炎阳心底的不爽滋生。

“我这不是根据你自身基础考虑嘛，”苏小雨心虚地摸摸鼻子，“你以后准备在哪个行业发展啊？”

“搬砖。”穆炎阳没好气地回复。

搬砖！苏小雨脑中警铃大作，搬砖可不是和建筑搭边，要是历史重现他再次成了自己顶头上司咋办？苏小雨再次忽悠起来：“等你毕业了你还以为砖这么好搬吗？以后国家都在提倡建筑工业化，装配式建筑将会取代传统建筑……”

“什么是装配式建筑？”

当苏小雨大谈特谈绿色建筑、预制部品部件、装配作业等等专业高深的内容时，穆炎阳眸中的兴味之光大甚：“你是说以后的建筑部件会在车间里完成，然后和拼积木一样拼出完整的房屋？”

“没错，所以原始现浇作业大大减少，搬砖你都会没地去呢！”

穆炎阳的眸中透出一丝崇拜：“你怎么知道这些？”

因为昱玮公司就是做这些的呀！苏小雨享受着对方崇拜的眼神，傲娇地道：“废话，你读书少当然不知道了，像我可是时刻关心国家方针政策，以便制定最佳计划。所以我觉得你就别想着搬砖了……”当作家在屋里敲敲键盘就能赚钱多好啊。

“我决定了，我以后就报建筑专业，我也要学习装配式建筑！”穆炎阳坚定地道。

“咳咳咳……”苏小雨被自己的口水呛到。见鬼，她干什么多此一举地来和他谈心。

第9章——缭乱的心意

1

2019年。

苏醒的苏小雨起身环顾这间陌生的冷色调卧室，忍不住疑惑地问："这是哪里啊？"

"醒了？"

"啊！"突如其来的声音吓了苏小雨一跳，她转头就见到门口西装革履的穆炎阳朝自己走来。看到他的模样，苏小雨滞了一滞，问，"又是你这大叔啊？所以我这是又到2019年了？"

发现不对劲的穆炎阳眉头一蹙："'又'是什么意思？"

苏小雨回答："今天高二开学，结果一睁眼就在这儿了，真是奇怪。不过这里是哪里？又不是我家。"

"我家。"

"你家！"苏小雨大惊，看到穆炎阳不断向自己逼近，她当即拉起被子裹紧自己，只露出一个脑袋，睁着大眼警惕地问，"我为什么在你家？你想对我做什么？猥琐大叔！"

呵，等饭吃的时候一口一个"欧巴"，现在自己就成猥琐大叔了？那

他不猥琐一下还真对不起这个称号了。

穆炎阳如是想着，一把拽住不断向后缩的人，坏笑着说：“这里是我家，我想对你做些什么你以为你逃得掉？对了，我家的窗户和门都是隔音的，你想喊，别人也听不到哦。”

正想开口尖叫的苏小雨一噎，瞅着近在咫尺的放大俊脸，瘪着嘴可怜兮兮地道：“我还小，你不能这么禽兽……”

看到她那一副快要吓哭的模样，穆炎阳强忍着笑，严肃地问：“现在我问一句你回答一句，不准撒谎！”

裹成蚕宝宝样儿的苏小雨立马点点头，那模样要多呆萌有多呆萌。

“还记不记得为什么在我家？”

苏小雨回忆了下，而后想起来：“记起来了，我在你家吃东西，吃着吃着困了，就……”越说音量越低，原来是自己为了蹭饭主动跑到他家来的。

瞅见她心虚的小模样，穆炎阳轻笑一声继续问：“现在高二了？”

苏小雨再次点点头。

“怎么来这儿的？”

苏小雨一脸迷惘：“我也不知道，第一次是因为被篮球砸了，醒来就在这个时空了。这一次，一觉睡醒就在这儿了。”

穆炎阳顿了顿，继续问：“饿不饿？有没有不舒服？”

“没有不舒服，就是有点儿饿。”

“那就起来吃饭，吃好学习去，”穆炎阳就和监督孩子学习的家长般开口，“清明之后和我去公司。”

“噢，那你……”

不等苏小雨说完，穆炎阳就已经起身消失在卧室门口。他现在急需一个人静一静，理一理这不可思议的一切……

清明假期过后，一切又恢复如常。穆炎阳依旧如事事操劳的大家长般，天天带着只有高中记忆的苏小雨去公司。好在公司没有什么大事情，在他的帮衬下，苏小雨安然度过，没有被穿帮。

某天晚上，穆炎阳喂饱了又一次化身大胃王的苏小雨后，回到自己的别墅，果不其然再一次在自己家的书桌里发现了一张记忆中没有的“奖状”。

那是一张带着C高校徽的老旧奖状，不是学校正式颁发的那种，是小卖部卖的用于娱乐的那种。奖状用水晶玻璃框完好地保存着，上面用黑色签字笔写着：恭喜穆炎阳同学在三千米长跑中荣获第一，为班级争光。

下方还有一行小字：今欠穆炎阳同学一个要求，可随时兑现。

落款的名字是苏小雨，上面还有一个红色的指印。落款的时间是2009年10月30日。

那上面的字迹，是穆炎阳再熟悉不过的二十六岁的苏小雨的字迹！

这下子，穆炎阳可以彻底确定了，在这个时空的苏小雨真的是十年前的她，而二十六岁的苏小雨却回到了2009年的时空！每一次身边的苏小雨化身大胃王，身边都会出现一些记忆中没有的东西，这一定是二十六岁的苏小雨在过去的时空造成的！

忽然间，穆炎阳想到什么，脸色不禁大变。

现在只是这么细枝末节的变化，都已经让这里的苏小雨各种状况。如果二十六岁的苏小雨知道未来的一切，想要扭转历史，不知道会发生什么恐怖的事情！他一定得想办法阻止她，让二十六的苏小雨能平安回来，也让十六岁的苏小雨能安全回去。

可是他得怎么联系上另一个时空的她呢？

突然，“咚”的一声，一个东西掉落在他脚边。穆炎阳俯身拾起一看：

这不是自己高中时期一直用的诺基亚手机吗？怎么会出现在这儿？

疑惑间，穆炎阳抬头就见到窗外一只小奶狗正摇着尾巴、一脸殷切地盯着自己。忆起苏小雨晕倒后，这只小奶狗就总是在他们的社区出现，穆炎阳灵机一动，翻找出这部旧手机的 SIM 卡，尝试着用它拨出自己高中时期的手机号，也就是这部旧手机本身的号码……

意外的是，电话竟然通了！

2

2009 年。

苏小雨顶着酷暑和畅畅、苗苗她们组团旅游归来，面对空无一人的家时，无聊至极地瘫在沙发上。初来乍到这个时空还是新鲜的，但是习惯了时刻与智能手机相伴的日子后，再回到这儿就堪比原始社会。家里为了她专心学习没有装电脑，她的第一部翻盖机也是高考后买的，每天看报看书逛公园的，让她仿佛预见了以后的退休生活。

不过令人欣慰的是，妈妈有了工作后，整个人的精气神都变了，不会再因为一些鸡毛蒜皮的琐事而生气；爸爸工作结束后也会赶回家和她们团聚、时不时地制造一些小惊喜……两人不再和以前那样争吵不断，家庭感情越发和睦。

照这个趋势发展，他们也不会走到离婚那一步了吧？他们依旧是有爱的一家人，温智宇的家庭也不会嫌弃自己，她和他之间的感情更不会被纪雨桐有机可乘……

不知道出于什么心理，苏小雨竟然期待起高二开学和初恋的会面。明明对他还有怨言，可心下却总是控制不住地猜测着重来一次是否可以有不一样的结局。果然，初恋就是一道魔咒，哪怕过了几年、十几年真真切切地放下了，却依旧留存着不可磨灭的烙印……

睡梦中，苏小雨仿佛又一次经历了展示着她曾经回忆的黑色隧道，将她从梦里拉回现实的是母亲的催促声："小雨快点起床，要迟到了。"

睡得正香的苏小雨被母亲晃醒后，不情不愿地咕哝："妈妈，我不吃早饭了，你去上班吧。我再睡会儿……"

"暑假还没过过瘾哪？今天该去报到了，"白翠琴将短袖丢到床上，轻轻拍着女儿的脸催促，"快起来，马上七点了，等送你去学校我和爸爸再去上班。"

听到母亲的话，苏小雨腾地坐起身："开学了？"这到底是谁在做梦啊？

当苏小雨背着书包站在公布栏的分班表前，看着高二（三）班那张表格上位列第一的温智宇的名字及紧随其后的自己名字时，这才相信今天真的是高二报到的日子。

"哟，还在三班，还是那个陆老师，老熟人好说话啊，"白翠琴看着分班表开心地道，"走，小雨，去看看分到哪个寝室，我和爸爸帮你收拾好再走。"

苏天磊拉着大箱子招呼还在愣神的女儿："小雨走了，这暑假过得魂都没了。"

"来了！"

和班级号一样的203寝室，门口粘贴的名单依旧和记忆里的一样，有畅畅有纪雨桐，还有其他五个女生……

苏小雨来得还算早，到教室的时候没有几个人在。

吊儿郎当坐在最后一排桌子上的穆炎阳，见到后门进来的人时，眸中瞬间迸发一道喜悦之光，而后又硬生生被他压下。他跳下桌走到她跟前，拽拽地问："苏小雨，又和爸爸我一个班了，开心不？"

听到他的话，苏小雨当即一个白眼："当然开心了，奶奶我又能教孙子如何做人了。"一场"奶奶"和"爸爸"的拉锯战再次开始。

路过穆炎阳身边的时候，苏小雨正想来个不小心踩他脚的行动，结果一个激动的身影率先出现并搂住他们的脖子："老大，班长大大，我们又一个班了？开心吗？"

因为对方忽然的施力，本就挨得近的两人直接撞到一块儿。苏小雨几乎整个人嵌在穆炎阳怀中，少年的体温透过单薄的衣物传递到她身上，令其不适地蹙眉呵斥："包立轩，你抽什么风，赶紧放手！"

正暗自窃喜某人的投怀送抱，但是见到包立轩搂在对方脖颈上的胳膊时，穆炎阳还是放弃了自己的福利，甩开那只碍眼的胳膊。

包立轩也不介意，干脆整个人扑到穆炎阳身上，对其上下其手，开始浮夸地称赞："老大，两个月不见，你的身材又好了，这满身的肌肉真是让人流口水啊！"

已经知道了老大对班长的心思，身为两人忠实粉丝的包立轩自是不遗余力地撮合他们："班长，你看我们老大是不是又英俊帅气了？和四大天王比都不差呢！瞧瞧这腹肌，是不是很完美？"

瞅见穆炎阳忽然被掀起的上衣，苏小雨立马青涩小女生似的撇开了头，余光却是偷偷瞄去：嗯，巧克力腹肌，的确挺有料。顺便也瞄到了穆炎阳一个劲地朝对方使眼色，努嘴指向自己胳膊的场景。

包立轩立马会意，撩起穆炎阳的短袖再一次浮夸地抚摸："天啦，这线条也太完美了吧？老大你是怎么练的啊？这么有力的臂膀不用来公主抱真是太可惜了。"似乎为了配合对方，穆炎阳手臂暗暗发力，令自己的肱二头肌看起来越发饱满。

苏小雨憋着笑，将视线再次集中在穆炎阳身上，而包立轩还在不遗余力地夸着："而且，班长，你不知道我们老大现在可是文武双全，不仅

学了散打和跆拳道，还报班把高一……”的课都补了一遍呢！

“嗯咳！”一声干咳打断对方后续的话，穆炎阳显然不想让自己补课的事情被她知道。

“班长，听说你们暑假去海边了啊？”包立轩当即眼力见十足地转移话题，“下次叫上我们啊，人多热闹，还能免费欣赏我们老大完美的身材呢！”

苏小雨上上下下打量着的确健壮许多的人，摩挲着下颚评价：“这么好的身材不用来搬砖实在太可惜了。走吧，你们叫些人跟我去把书本和校服搬来。”

“……”

瞅着杵在原地动也不动的人，苏小雨挑眉挑衅地问：“怎么，难不成这身肌肉中看不中用？”

之后为了证明自己中看又中用，穆炎阳格外积极。

几个来回后，穆炎阳放下手中的一摞书再次健步如飞地走出教室，包立轩已经瘫在位置上哀号，愤愤不平地指着中央一个惹眼的白色身影：“班长不公平，为什么你都不叫他搬东西，就知道欺负我这等柔弱的美男子！”

听到他的话，苏小雨不禁满头黑线，纠正道：“第一，你不柔弱；第二，你和美男子也不搭边；第三，你很闲……”

“需要帮忙吗？”不等她说完，温智宇就放下手中的笔朝他们看来。

“要，你去帮忙把剩下的书搬完吧。”包立轩立马回答。

“好的，”温智宇微笑点头，而后转向苏小雨，“你能带我去吗？我不知道地点。”

再次面对温润如玉的少年，苏小雨压下满心复杂的情绪，扭头一言不

发地往外走。

直到行至行政楼前的宽敞大道上，避开杂乱的人群后，温智宇看着前方大步向前的人，开口道："苏小雨，我们以后是一个班的同学了，请多多指教。"

"嗯。"

漠然的回复没有让温智宇闭口，他反而虚心求教道："我能问一下之前我哪里得罪过你吗？为什么感觉你对我有意见？"

"废话，当然有意见了，我盯了你好久了才过来搬书，一点儿也不自觉！"不等苏小雨回复，穆炎阳不知道从哪里冒出来，直接将手中的两摞书强塞到对方手中，催促道，"赶紧拿回去，剩下的我能搬完。"看对方不走，直接伸手将他往回推。

苏小雨被忽然窜出来的人吓了一跳，在这炎热的天气里来来回回搬了几趟书，穆炎阳整个人就像从水里淌出来的似的。黑色的短袖被汗水浸透，紧紧贴在身上显露出均匀的肌理；额间的汗珠，顺着棱角分明的脸庞一直滑落至脖颈落入衣领深处，这挥洒汗水的模样真的很有男人味……

穆炎阳不拘小节地直接掀起上衣抹了把脸上的汗，指着行政楼门口："就那一小叠了，不用叫人来了。"

大幅度的举止再一次令衣下的好身材暴露于苏小雨眸中，尴尬了一秒后，她夸赞道："不错，很卖力嘛，果真这一身肌肉不是白练的。"

听到对方的夸奖，穆炎阳瞬间充满能量，傲娇地道："废话，你当我这个暑假白过的啊？现在三五个成年人都无法近我的身，以后……"我可以保护你了。

"怎么，暑假刻苦训练还想着找人约架不成？"不等对方说完，苏小雨当即危险地眯了眯眼。

"不……"

“不要忘记你再惹事就永远退出C高了，”苏小雨瞪了他一眼，转向行政楼门口高二（三）班牌子前的那一堆散落的书，问，“就剩那些了？我带回去就可以了，你先回教室休息吧。”

“喊，男人在，哪儿轮得到女人干活？”穆炎阳说着抢先跑去捧起剩下的书籍，回身看到呆愣的苏小雨，挑眉炫耀，“我可是个好男人。”

滚犊子吧，亏她还被他霸气的宣言感动了那么几秒。

与此同时，在更高维度的空间里，一只二哈焦急地唤着：“老大老大，出事了出事了！”

另一时空的小奶狗现身，明显还没睡醒，用爪子揉了揉眼睛不耐烦地问：“怎么了？”

“那个雌性三维生物的意识自主进入高维空间了！好像是因为我们的出现，导致她周身引力场扭曲的缘故。”

小奶狗的瞌睡霎时被惊走：“她的意识现在在哪儿？”

“还是这条时空轴线，时间点是2009年8月31日，”哈士奇回复，“为了能量守恒，我把此刻她的意识能量转移到你那边的时空了。”

“嗯，做得不错。你继续看着她，别让她的意识往回退就行，我会在这边拦截，如果她的意识到这里，我会让一切归位。”

“是，老大！”

3

高二的生活就此拉开序幕，班里大多都是老熟人。座位的排布也依旧和记忆中无差，苏小雨和畅畅仍然是同桌，可把畅畅高兴坏了。身后是时不时就要踹她凳子一脚的长腿穆炎阳，隔着走道同排的就是温智宇。

高二的课程比高一的难度又上升了一个台阶，对自己的高要求令学生

时期的苏小雨压力很大，当然对于现在的苏小雨来说，压力更多的来自令其纠结的人际关系。

下课铃声一响，台上的数学老师讲解完最后一道例题走人后，温智宇看着黑板上的曲线方程，用笔敲了敲苏小雨的课桌：“苏小雨，你看那题……”是不是还有其他解法？

“不看。”不等对方说完，正在快速抄笔记的苏小雨就没好气地回复，连个眼神都没给问话的人。

这明显的排斥令后桌的穆炎阳幸灾乐祸地露出一口大白牙，好心情地拿起作业本，戳了戳她的背：“喂，这道题……”怎么做？

“不知道！”如果说刚来到学生时代的苏小雨是成熟稳重的邻家大姐姐，那现在的她就整一暴躁更年期大妈，是那种大家宁愿惹班霸都不敢惹她的程度。

“你真不知道？”

“不知道，别来问我。”

“那我教你啊。”穆炎阳丝毫不被对方的横眉冷对吓退，反而一副贱兮兮的模样继续纠缠。

终于抄好笔记的苏小雨朝天花板翻了个白眼，不等她回头出声，另一个烦人精又现身：“小雨，要不要一起去厕所？”女生友谊的神奇表现之一就是结伴去厕所。

“你自己不会去啊？”苏小雨冷淡地回了纪雨桐，转而却拉起身边的畅畅往外走，“陪我去厕所。”

瞅着一个两个被苏小雨炮轰得呆滞在原地的人，穆炎阳颇有兴趣地拄着脑袋看戏：“啧啧啧，一定是亲戚来了，这么暴躁。”而后幸灾乐祸地指点，“你们干吗就喜欢往枪口上撞？有啥不会的问我呗。”

温智宇看了眼班级老末如此自信地对自己说出这话，默默转头和同桌

单子墨讨论题目。

穆炎阳继续望向一脸委屈却时不时瞟着某人的纪雨桐，笑嘻嘻地邀约：“美女，我也要去厕所，一起不？”

偷偷打量温智宇的纪雨桐一听这话，当即吓得连连摇头，逃回座位。对方的威名在高一听得可不少，她才不想和这种人扯上关系……

看他们都不理自己，穆炎阳不以为意地招呼一声包立轩，起身浪荡地朝教室外行去。

安畅畅知道自己的闺密一临近考试情绪就格外敏感，更何况曾经十三班的第一名兼班长撞上三班的第一名兼班长，少不得旁人的比较。

安畅畅只当苏小雨对温智宇的排斥是因为威胁到她的名次，遂宽慰道：“小雨，压力不要太大啊，班级名次不算什么，年级名次才重要嘛。更何况三班又来了一个尖子，你就多一个人探讨难题啦。”又伸手揉着她的脸颊，做鬼脸，“来，小美人，给爷笑一个嘛。等放假来我家，我妈给你烤月饼吃。”

九月底迎来高二第一次月考，之后便是国庆碰上中秋的八天小长假，算是先苦后甜了。

见到安畅畅鼓脸眯眼故意扮丑的模样，苏小雨终于笑出声：“好啊，那我要吃蛋黄馅的。”

“没问题。”

重新回到教室，看着左边座位里近在咫尺的人，苏小雨长叹一口气。现在的她对名次什么的没那么看重，反正以前大多数考试，她的名次都是排在温智宇后面，除了最重要的高考。

她烦恼的只是不知道该以怎样的心态重新面对那个和自己渊源颇深的人罢了。她虽然盼望着改变曾经已知的结局，但又不可能毫无芥蒂地

和他谈笑风生，毕竟重来不代表一切都没发生。

她也想过给自己出口气，在对方渣自己之前，自己先渣了他。以她现在的段位，想要撩个小男生那是不在话下；撩完就走，让她成为他永远得不到的白月光，让对方体验体验自己曾经的心碎。

当然，她还想过彻底改变过去的轨迹，和他划清界限，让他彻底变成自己生命中的路人甲。但是现在的她，家庭关系已经和睦，曾经的那一切也不会重现了吧？说到底，还是她的不甘心在作祟。

正当苏小雨趴在桌上神游之际，一个盒子突然从后方丢到她眼前，少年漫不经心的声音跟着传来："不要太感动。"

苏小雨疑惑地拿起盒子，看到上面"红糖姜茶冲剂"几个字时，眼角不由得一抽，他这是以为自己怎么了？转头望向后面一副"我是活雷锋不求表扬"的表情的人，实际周身满满透着"快来感谢我快来表扬我"，苏小雨忍不住笑出声，晃了晃手中的盒子，开口道："谢谢孙子的孝敬。"忽然间觉得这个班霸少年真可爱。

火红的枫树和金黄的杏树点缀在校园的香樟树间，在这硕果累累的季节里，苏小雨也迎来了新学期第一次的丰收。

"小雨你好厉害啊，英语都快满分了！这次肯定第一。"小长假过后，月考的试卷陆续下发，只差最后的总排名了。

苏小雨也很高兴，反复翻看着六门课的试卷，却不是因为这次出彩的成绩。

她发现了一个大秘密，无论是高一暑假一觉醒来到达高二开学，还是这次一觉醒来就到了月考结束的时间，都证明了她不仅仅是简简单单地重回校园时代，还拥有了穿越时间线的能力！只是可惜她只能沿着时间线前行不能后退，开学当天特地去彩票店记的开奖号码也就无用了。但

能借此逃过考试的荼毒，足够让她开心整个学生时代了！

是的，她没有经历这次月考。在考试的前一天晚上，她期盼着时间快进，睡梦中熟悉的黑色隧道再现，再次苏醒便是十日后的今天。试卷上的分数和错题与曾经自己考的一模一样，因为她记得很清楚，一道有关带电粒子在匀强磁场中运动的物理大题在最后步骤出错，错失了好多分，令当时的她遗憾好久。

如果记忆无差，一会儿老班就会拿着名次表进来，宣布她和温智宇是班里的并列第一，年级并列第三。

果不其然，没多久，老班就笑眯眯地夹着文件夹进门，上台拍了拍手让大家安静："今天下雨，课间操取消啊，我占点时间说一下这次月考。班里整体成绩还是不错的，理科十二个班，年级前十光我们班就占了三个。苏小雨和温智宇班里并列第一，年级第三；单子墨班级第二，年级第十……"

年少的小欢喜很简单，和喜欢的人名字一起挨着，作业一上一下放着，心底便生无限的欣喜。但是如今，不知道是不是年纪大了，再次听到自己的名字和温智宇的被并列提及，还是如此有缘的同分，却再也没了曾经悸动的感觉……

"小雨你好厉害啊，你还是第一名！"安畅畅开心地道，视线不经意地朝同排的单子墨瞄去，一脸崇拜，"书生也好厉害，现在我们三班真是藏龙卧虎了。"嘿嘿，也更方便她找书生帮自己补课了。

"再特别表扬一下穆炎阳，"老班笑着调侃，"近朱者赤，看来坐在学霸后面也是有成效的嘛。这次班里第二十二名，差一点就进年级前两百了，进步很大，再接再厉啊。"

当听到老班这话时，苏小雨整个人一震，转头朝身后正在桌上画小人的少年望去："喂，你试卷给我看看。"

曾经的她根本不会关注对方成绩有什么变化，反正再如何变也都在自己之下，所以在她印象里对方一直是个不折不扣的学渣。直到她成了他的下属，发现他竟然从一本学校毕业，还为公司研发出许多技术专利时，她依旧恍恍惚惚和做梦一样。现下看来，对方从高二开始就一步步走上逆袭之路了？

“看什么看，怀疑小爷我作弊啊？”穆炎阳蹙眉不耐烦地回应，将下发的试卷一股脑枕在脑下。

“你既然没作弊，干吗不肯给我看？心虚什么？”

果然，穆炎阳就吃这套激将法，将试卷全部丢给她：“拿去拿去，找到我作弊的证据，小爷我就把这些都吃了。”

苏小雨憋着笑将他的试卷拿来仔细查看：语文、英语、生物三门课的成绩依旧惨不忍睹，进步最迅速的当属数理化三门。而且令她诧异的是，对方最后的大题难题都做出来了！虽然因为偷懒缺少步骤分没得全，但核心全对。错的题目很多还是因为粗心扣分……这么看来他的确是个潜力股啊，而且潜力在她之上。

“没看出来你还文武双全嘛！”苏小雨转身将试卷还给他，真心夸赞。

“又没你高。”带着点负气的口吻。

苏小雨分析：“你仔细点，成绩还能上升许多。不过这位同学，你偏科有点严重啊，这是为什么呢？”

穆炎阳趴在桌上慵懒地回复：“我查过，建筑专业数理化部分内容都得用上，我这是集中精力定向努力。”

“但是要考上好大学其他科也不能太差啊，否则拉低你总分……”看对方一副不以为意的模样，苏小雨停止了叨叨，直接单刀直入，“穆炎阳，你可得给我记住，是我启发了你，让你知道自己努力的目标，以后可得感恩啊。”要是再那么恩将仇报地剥削她，她一定……呸，苏小雨你个

没志气的，给你开挂重来一次的机会，还想着当对方下属不成？

看到对方变幻莫测的表情，穆炎阳大方地开口：“想吃什么，我请客。”

“嘁，我启发了你，让你知道人生的方向，这么大的事难道你就想用零食打发我不成？太抠门了。”

“那你想怎样直说，能做到我一定答应。”穆炎阳豪气地道。

“那你可记住这话喽，等我以后想到再找你兑现，期限……”

“无限期。”

苏小雨当即拍板定案：“好，一言为定，就喜欢你这爽快劲儿。”

穆炎阳愣怔地盯着已经回头的苏小雨，半晌痴痴地咧开嘴角：她刚刚说喜欢我？嘿嘿嘿……

包立轩一回头就看到老大那笑得和大傻子一样还时不时摇头晃脑的样子，不由得蹙眉：老大这是上头了吗？怎么笑成这副德行？

4

深秋时节，是C市一年最舒爽的时候了——秋风阵阵，温度宜人，晴多雨少，也是举办运动会的好时节。

“小雨，帮帮我，长跑都没人参加啊。”身为体育委员的安畅畅头痛地拿着报名表倒在苏小雨肩头求助。

今年还要命地出了个男子三千米的项目，能主动报名的绝对是勇士。只不过，目前勇士还没出现……

苏小雨戳了戳小可怜那哀怨的脸，如长辈般安抚：“乖哦，拿来姐姐看看。”

以前运动会苏小雨不会关注也不会参加，整个学生时代真的无趣得只剩下学习，回忆起来，她真的错过太多青春时期的美好时光了。现在，她可要一点点弥补回来。

“以前体委是怎么让人报满项目的？”高一的体委转去了文科班，安畅畅便成了现在的体委。

“不知道啊，最后好像还是老班出面的。”

苏小雨撇撇嘴：“这种小事用不着让老班费心了吧。”

趁着午休前夕，苏小雨拿着运动会的报名表上台，拍了拍手问：“运动会报名明天截止，还有一些项目没有报满。大家抓紧时间和机会，这是我们高中生涯里最后一次运动会，高三这些活动可就都和我们无缘了啊。”

瞅着台下一片沉默，苏小雨再接再厉地安利：“又能强生健体又能为班级争取荣誉，各位亲确定不参加一下吗？”

“还不都是没人参加的项目。”也不知道是谁轻声嘀咕了一句，惹来一阵附和。

“好吧，既然大家都心知肚明了，我也不扯什么高大上的理由了，”苏小雨站在讲台上问，“剩下的都是些长跑项目，女子 400 米和 800 米，男子 1000 米和 3000 米，这些都没报满。既然没人主动，班委是不是该起下带头作用？或者大家推选一下体育成绩好的同学。”

“班长，那你自己是不是更该以身作则啊？”穆炎阳跷着二郎腿，环着双臂一副大爷看戏的模样问。

苏小雨朝对方丢去一个不善的目光，看了眼报名表上自己的确一个项目都没参加，一狠心直接拿笔勾了个 800 米的选项：“成，我带头报个 800 米，你这个体育优秀生要不要来个 3000 米意思下？”

“我又不是班委，爱谁谁去，”就在苏小雨咬牙切齿的时候，穆炎阳又再次吊儿郎当地开口问，“要是报 3000 米，有没有福利？”

“你想要什么福利？”

此话一出，也不知道是谁说了声“你”字，惹来一片暧昧的起哄声。

还嫌不够热闹似的，穆炎阳扬起一边嘴角带着几分痞气和邪肆，灼灼地盯着讲台上的人开口：“你……”伴随着哄闹的拍桌声、口哨声，隔了几秒才继续说，“亲笔写的祝福语，播报带落款的那种，我要在跑的时候至少听到五条。”

每次运动会都会有播报员在主席台上用甜美的声音读出字条上对参赛者的加油，那些祝福都是同学们亲手写在字条上递上去的。以前没有参加任何项目的苏小雨，也给参赛的同学写了不少的祝福鼓励语。

听到他这话，得到启发的苏小雨当即想出一个新举措：“没问题。剩下这些项目谁主动报名参加的，都可以指定同学为你写祝福，带落款播报的那种。不要多想啊，只是同学间的鼓励而已哈。到时候班委也会用班费给主动报名长跑的同学赠送一些小礼物做纪念品，机会难得，先到先得啊！”

这么个附带福利的活动一出，班里氛围当即活跃起来，有胆大的男生直白地问：“指定别班的同学行不行？”

“那得看我认识不认识了，一切先报名定了再议啊！确定参加后，有什么要求单独和我说，我做中间人保密工作一定到位。”

苏小雨还没回到座位，女子 400 米和男子 1000 米已经有人争相预约，看着围在安畅畅身边的同学，苏小雨嘴角不由得牵起怀念的弧度：那些不能说的小秘密，都是青春里最美好最单纯的回忆。等到长大以后，再回想起这些点滴，只能感慨再也没有当初的一腔热血，也再找不到曾经那么纯粹喜欢的感觉了……

“还有空位吗？”苏小雨一入座，左手边的温智宇便来问询。不等她有反应，后方的穆炎阳当即拉响警报：“谁也别和我抢 3000 米的位置啊，我第一个报的！”

“别的满了，3000 米还有名额。”

“那我报名。”

苏小雨让安畅畅把温智宇报上，而后挑眉问温智宇：“身为副班长你总不会和那些人一样，要额外福利了吧？”

谁知温智宇也笑着挑眉，温润回复：“不要白不要，既然报名有这种福利，我当然得要一份了。”

话音入耳，苏小雨不禁带了几分紧张，佯装轻松地问：“那你说吧，需要谁的鼓励？写字条给我也成，我会保密的。”

温智宇直接大方地回复：“和他一样。”

对上他带笑的棕眸，苏小雨怔了怔，不知道他究竟几个意思。

“可以的吧？这可是你亲自提出来的。”

谦谦公子般的温润笑颜，还是令苏小雨晃了神。虽然现在的他少了分成年时期的稳重自持，但是拥有年少时分最干净澄澈的气质，是她记忆深处最让她心乱的他……

就在对视的两人间逐渐弥漫起一层说不清道不明的气氛时，穆炎阳突然伸出一只手隔绝了两人的视线，而后用力一根根收拢五指，手掌握成拳，威胁道：“像你这样的小白脸，我一拳能打两个。”

“啧！”听到这话，苏小雨当即拿起书本照着穆炎阳的拳头打了几下，蹙眉呵斥，“真是本性难改，就知道揍人打人，是不是不想继续在C高待下去了？”

前一刻还凶神恶煞的穆炎阳，看到怒瞪着自己的人，瞬间化身委屈的小绵羊，他撇撇嘴，心虚地喃喃：“我就说说而已啊。”然后老老实实地趴在桌上，在苏小雨看不到的地方再次没好气地朝温智宇挥拳警告。

对方只是回以他一记官方的微笑。

晚自习结束，操场上，有不少夜跑的同学，也有为了运动会进行临时

训练的人员。苏小雨也光荣地成为其中一员，开始临时抱佛脚。当又一次听到耳边的哀叹时，连续跑了两圈的苏小雨终于停下奔跑的步伐，问:“畅畅，你这都已经是第六次叹气了，报名都报满了你还在烦恼什么哦？”

陪跑的安畅畅无精打采地走在操场上，叹息道：“唉，小雨，你有这么好的主意，为什么不提前和我说一声？早知道我也晚点报名了，这样我就能听到落款是书生的专享祝福了。”

“我那也是临时想到的嘛，再说你擅长的又不是长跑……”

“放心，你不报 800 米我也会给你写祝福的，”不等苏小雨说完，经过她们身边的单子墨就笑着对安畅畅说出这话，“加油哦。”

他身边的温智宇也对苏小雨说了声“加油”，便继续朝前奔去。

寂静了几秒后，安畅畅突然熊抱住苏小雨，兴奋地摇晃着她说：“啊啊啊，你听到了吗？听到了吗？书生说会给我写祝福的，我不报 800 米也给我写祝福！”

“听到了听到了，”苏小雨躲开对方的魔爪，远离她几步一副后怕的模样，“真是受不了你这个恋爱脑。”

“走，小雨，再跑两圈，我现在感觉浑身充满了力量。”

“不不不，我跑不动了……”

“你连 800 米都还没跑够呢！赶紧的。”安畅畅说着，抓住抗拒的苏小雨的手，强制带着她奔跑起来。

此时，C 高的操场只有 250 米一圈，直至她们毕业扩建后才增至 400 米一圈。

苏小雨满脸哀怨：“畅畅，到时候我跑不动你也这么拉着我跑好吧？”学生时代的她体育真的太差了，记得每次 800 米考试都还得老师放水几秒才及格，就她这成绩还敢报名运动会，她也真的很佩服自己重在参与的精神。

与此同时，两个女生身后，穆炎阳盯着前方两个手拉手的身影，不禁一阵由衷地艳羡："当女生真好啊。"

身边的包立轩吓得一个踉跄，一脸不可思议地望着对方："老、老大，你怎么突然想做女生了？"他该不会是隐藏的女装大佬吧？

"你不懂。"穆炎阳一副高深的口吻回复。

"我的确是不懂……"反正自从知道老大的心思后，他就越来越不懂老大了。

5

蓝天如洗，白云如絮，在飒爽秋风中，C高的秋季运动会如约举行。激情澎湃的运动员进行曲中，各年级方阵依次入队，开幕式开启。一系列流程结束后，比赛正式开始，裁判员、运动员各自奔跑在操场上各就各位。

为了不拖班级后腿，苏小雨就报了个800米，比赛时间在下午，所以上午的时间她就陪着安畅畅，尽职地当她的小助理。

"Yes，决赛妥妥的。"

安畅畅一丢完铅球，苏小雨当即迎上前将手中的矿泉水递给她，然后殷勤地替她捏背捶肩："畅畅，超棒哦，刚刚书……"生也在边上看你呢。

"哎哟，这瓶盖怎么拧不开啊？"不等对方说完，安畅畅一阵矫揉造作的声音就响起。

在苏小雨一副活见鬼的表情中，经过她身边的单子墨顿了顿，自然地接过安畅畅手中的矿泉水，将瓶盖拧开后递给对方，还不忘鼓励一句："加油。"

看到撸着袖子一副女汉子模样的人瞬间在对方的鼓励下化作娇羞小女人，捧着矿泉水扭捏个不停，苏小雨感觉自己的眼睛快闪瞎了，忍不住出声提醒："他刚刚看到你进决赛了……"一个铅球项目能进决赛的

人连瓶盖都拧不开，这不是笑话是什么？

瞅着只顾盯着单子墨背影根本没有听进自己话的闺密，正欲摇头叹息的苏小雨忽然反应过来什么：“嗝！”

打嗝声拉回了安畅畅的视线，她关心地拍着闺密的背问：“怎么了？兜冷风了？”

苏小雨摆摆手避开她大力的掌劲：“没什么，就是忽然感觉有点儿饱。”被狗粮撑着了。

曾经的她也真是有些迟钝，一直听着畅畅在自己耳边叨叨着书生又和她怎么怎么了，潜意识里便觉得只是畅畅单方面关注着书生，殊不知其实书生也在时刻关注着畅畅。否则为什么她们总是能那么神奇地偶遇到他，每每畅畅需要帮助的时候对方就及时出现，明明知道畅畅的小心思对方依旧全力配合……

青春里最幸运最美好的事情之一：你暗恋我我也正好暗恋你，直到在一个美好和煦的适宜时节，花开绽放，一起携手朝着梦想前进。

看着畅畅不时朝单子墨瞟去的眼神，以及单子墨不经意间的回头，苏小雨不自禁地扬起嘴角：畅畅，你一定会很幸福很幸福的。

“班长班长，你有没有见到老大在哪儿啊？”带着急切的话声拉回苏小雨的注意。

瞅着气喘吁吁的人，苏小雨摇头：“不知道啊？怎么了吗？”

包立轩吐出一口浊气：“开幕式结束后，老大就不知道跑哪儿去了，高二男子组跳高要开始了，老师正在点名呢，老大也不见踪影。”

“打他电话啊，说不定在厕所呢。”

“没人接，厕所丁路他们也找过了，不在。”

苏小雨一阵无语：“那你是觉得我会知道啊？我也没看到他。”真是奇了怪了，有关穆炎阳的事情，这家伙不去问那些和他玩得好的人，反

倒总是跑来问自己，真当她是穆炎阳奶奶啊，还得时刻盯着他的动向。

“实在找不到你去主席台那儿说一声，直接让老师播报个寻人启事得了。”真是不靠谱，知道自己有项目还不准时到达场地。

“那我还是先去别的地方找找，班长，你要是见到老大，和他说一声啊。”

“哦。”

苏小雨应声的同时，一道“参加高二女子组100米预赛的运动员请到主席台前集合”的广播随之响起，安畅畅主动开口：“小雨，那我先去准备了啊，要不你也帮忙找找穆炎阳，他以前参赛基本都能给班里拿到分数，要是因为错过比赛失去资格太可惜了。”

苏小雨捏了捏畅畅的脸，打趣道：“当了体委班级荣誉感就增强了嘛！去吧，我精神上一直与你同在。”而后凑到她身边，朝跑道边上的一个身影瞄去，“书生早已经在等着你了哦，加油。”

顺着对方的目光看到单子墨时不时瞟来的视线，安畅畅当即用小粉拳捶了对方胸口一下，娇羞地道：“讨厌啦！那我先去了。”

“好。”直到安畅畅转身跑去主席台，苏小雨才浑身打个激灵：我的妈呀，这女汉子柔情似水起来真的要人命啊。

安畅畅的五官长得比较英气，高考之后她蓄起长发，也学会了打扮，整个人看起来淑女许多，那时候对单子墨撒个娇什么的倒也还算和谐；现在对方留着齐耳短发，英姿飒爽的雌雄莫辨，突然撒娇起来就和壮汉拿小拳拳捶你胸口一样的感觉。单子墨对她的确是真爱……

看了眼已经去报到处集合的安畅畅，苏小雨走出操场，朝包立轩相反的地方迈步，准备去碰碰运气，看能不能遇上消失的穆炎阳。

经过学校大门之际，她远远见到围墙铁护栏外，优哉踱步而来一个熟

悉的高大身影，不等她去逮人，就见到一个娇小的人影亦步亦趋地跟在他身后。苏小雨立马止住步伐，站在传达室后方他们的视觉盲点处，偷偷地看着他们。

“炎阳，谢谢你啊，为了我被学校开除，至今我却无法还你一个清白，对不起，我真的太懦弱了……”

再次听到对方带着哽咽的话，穆炎阳大哥哥般地拍拍她的肩安抚道：“不是说不提这事了吗？不要多想了，到了新的学校就好好开始，我现在好得很，以前怎样我根本不在意。你还好吗？”

“嗯，新同学都很好，老师也很好。”

“那就好，一会儿该到我比赛了，我得先过去，你要不要一起来？”

女生犹豫地开口：“可是我不是C高的学生。”

“这还不简单，”穆炎阳直接脱下自己的校服外套，披在对方身上，“这样就好了，你就说我们是请假出去回校的就行了。”

看到对方阳光的笑颜，女生情不自禁地扑到他怀中紧紧环住他的腰，真挚地道：“谢谢你，炎阳，谢谢。”

当包立轩得知老大的下落赶往校门处的时候，远远就感觉到一股低沉的气压，随着他的走近，那犹如地狱阴风的寒气更甚。定睛一瞧，他发现这股恐怖的气息竟然是从班长身上传来的。

“班、班、班长大大，你怎么了？”包立轩谨慎地挪到她身边，磕巴地问。

苏小雨一眨不眨地盯着围墙外抱在一起伤风败俗的两人身影，咬着后槽牙道：“喏，你要找的人正在那儿和小姑娘约会呢！”

顺着对方的视线看去，包立轩果然见到老大和一个女生相拥的身影，偷偷瞄了眼班长的脸色，他当即解释道：“班长，我觉得其中一定有什么误会。”

“私自出校、把外校人员带入C高、还涉嫌早恋，这三项违规记录

叠加，啧啧……”

“班长大大，冷静，请你一定先冷静啊！”瞅着自家老大还真把外校的人往学校领，急得不知该作何狡辩的包立轩在看清那女生样貌的瞬间，恍然大悟，“啊，原来是她！”

“你也认识她？”

莫名感觉身边的温度又降了几度，包立轩立马解释：“班长大大，这一切都是误会，你听我说……”

原来那个女生曾经和穆炎阳是一个高中的，放学途中被学校的一群不良少年欺负，穆炎阳现身帮助了对方。结果不知道怎么，最后却被传成了穆炎阳欺负这个女生，还寻衅滋事同校同学。最终他被学校开除，女生转到了外省的高中，也没有出面再说什么，这事也就不了了之了。穆炎阳却一直背负着这项罪名转来了C高。

听到他的话，苏小雨怔了怔，看向穆炎阳的眼神又多了一层复杂的情愫。

在大学里，苏小雨看到过一些案例：见义勇为做好事却反被冤枉污蔑的少年，一颗英雄之心被浇上恶臭的污名，他们不平、愤懑，既然外界觉得他是这样的人，那他就干脆坐实这个罪名。于是乎，曾经热心的少年一夕间成了“无恶不作”的反社会本尊。

但是同样处于青春叛逆期的穆炎阳却没有黑化，即便他承受了如此大的冤屈，被如此不公地对待，他却依旧坚持着良善之心，以他自己的方式行侠仗义，哪怕继续被他人误解、被他人忌惮。这样的少年，还真是让人动容啊。

感觉到身边阴冷的气息消散许多，包立轩顿时松口气：“所以，班长大大你别吃醋，老大和她真没什么，那个女生只是表达对老大的感激而已。

嗯，只是感激。”

听到包立轩的话，苏小雨一愣，随即刷地转头反驳：“我吃个鬼的醋哦，搞笑！我只是在考虑要不要举报他违反校规而已，赶紧让他参赛去！得了名次勉强抵消这次的行为！”

瞅着几乎是跺着脚离开的人，被吓到的包立轩拍拍自己的胸脯：“没吃就没吃嘛，用得着反应这么激烈吗？”看到行至校门口的两人，包立轩立马朝穆炎阳迎去，“老大老大，你的跳高快赶不上了，赶紧赶紧。”

“你帮我照顾下她。”穆炎阳说着迅速朝跳高场地飞奔而去。

“放心，老大，”包立轩应答，转而笑嘻嘻地面对穿着老大校服的女生，“同学，我带你去看老大跳高吧。”

“谢谢，我之前也见过你，你能和我说说炎阳在这儿真的还好吗？那些人有来找过他的麻烦吗？”

“老大他当然很好了，没看到老大这么生龙活虎的吗？前不久还被老班表扬了呢！至于那些人，正在公安局里反思吧。”那些总是找老大麻烦的红黄绿毛，和欺负这个女生的是同一拨人，在班长大大的威武下，把他们成功送入大牢了。

听着对方的话，女生一直带着歉疚的双眸渐渐浮起一层欣慰，将身上的校服递给对方：“那就好，替我谢谢他。我只是和父母顺路经过这里，先走了。”

“哦，慢走！”

6

愤怒离开的苏小雨，总感觉心气不顺。一想到穆炎阳和别的女生搂搂抱抱的画面，不爽；一想起包立轩说的“吃醋”二字，更是吓得不轻。她用力捶了捶自己的胸口，企图将那团郁结的浊气捶散。

所以说，穆炎阳怎么样关她什么事？她为什么要这么生气？一定是看到对方不好好珍惜留在C高的机会，总是违反校纪校规，所以身为班长的她怒其不争。但是，这种理由自己信吗？

回到教室，苏小雨闷闷地趴在桌子上，曾经一直以心理咨询师作为自身奋斗目标的她当然能清晰地辨明自己的情绪。那股子邪火分明和以前看到温智宇同别的女生温柔说话时出现的一模一样，那般的情绪也就是包立轩口中的“吃醋”。意识到这点后，苏小雨整个人都不好了：她为什么会因为那个班霸少年出现这种情绪，莫不是重回校园时代后与他走得太近了些？

脑海中不受控地浮现起重回校园时代后的一幕幕：有穆炎阳仗义出手痛揍杀马特的一幕，有他为了自己不顾危险前去赴约的一幕，还有许多那个班霸少年以吊儿郎当的行为掩盖对自己关心的小举动……

太多颠覆曾经认知的回忆吓得苏小雨立马闭眼，强迫自己多多回忆成年穆炎阳的恶行，想想当初他是如何假公济私压迫自己、剥削自己的，但是回忆着回忆着又出大问题了。

她发现对方总会在应酬的酒桌上强势拿掉自己的酒杯，对其他领导说她要开车送自己回去所以不能喝酒，任他人说什么找代驾便好他也不肯松口，说就习惯苏主任开车。苏小雨只以为这家伙抓着机会在使唤自己，却忽略他对她明里暗里的保护。一次对方醉醺醺地坐在她车子后座时，轻声喃喃着什么“女孩子晚上少喝酒”，当时的她只顾抓紧卸下这个大麻烦，哪还顾得上他酒后的话。那些被忽略的小细节，却在这时候的回忆中浮现……

她还发现在她发布公文出纰漏后，对方把她训斥了个狗血淋头，之后连续几晚都被迫留下加班，在他的强势要求下书写了各种各样公文的内容，却又被一一否决，直到她熟悉每一种公文格式，不必一边写一边查

资料后，对方才放了她；转天又换另一种方式压迫她。但是不得不承认，就是因为他的压迫，她才能在短短时日里掌握了综合办主任的职业技能，让她能在新的公司更游刃有余地指挥下属，和老员工沟通。

每一次被各种找借口扣工资后，隔月又会有各种出乎意料的奖金弥补她的损失。当时的她只顾庆幸，却没发现这种过于巧合的事情为什么一而再再而三地发生……

所以自己一定是疯了吧？穆炎阳身为上司那些被她狂怼的恶劣行径，这时候竟然都成了对她的好。

苏小雨按着乱了节奏的心脏，脑子更是一团乱麻，她需要冷静冷静。但是没有再给她多余冷静的时间，视线里出现的那道熟悉的身影令她倒抽一口凉气。

在包立轩的彩虹屁中，扬着嘴角的穆炎阳一进门就见到正趴在桌上紧闭双眸的女生，脸上的笑容一滞，上前戳了戳她的背："喂，还活着吗？"

"……"人已死，有事请烧纸。

"喂！"

"别戳了别戳了，有你这么喜欢戳人脊梁骨的吗？"苏小雨终究还是装死失败，扭身不耐烦地道。

听到班长那带着烦躁的口吻，包立轩心底暗道不好，光顾着庆祝老大跳高拿第一，忘记和他说班长撞见他出校并且和外校女生在一起的事情了。

"老大，我有话……"

"一会儿再说，"穆炎阳丝毫没有发现苏小雨的异常，见她中气十足没有什么不舒服后，好心情地炫耀，"我又给班级争光了，有点儿表示吗？"

看对方不理会自己，穆炎阳继续说："你的祝福语写得怎么样了？给

我过目过目。”

“不是明天最后的项目嘛，急什么？”苏小雨说着就欲起身离开教室，却被横亘在前方的大长腿挡住去路。她看向始作俑者，对方却一副大爷的模样开口：“我忽然发现我有点儿亏。”

“亏什么？”

“我报的可是3000米，绕着操场要跑整整12圈哎！但是福利怎么能和那些800米、1000米的一样？好歹得再多点好处吧？”

现在的苏小雨心底乱得很，特别面对的还是令她心乱的根源，于是乎，她没好气地道：“你都已经报名了还想咋样？亏本也得去参加。”

“我可以弃赛啊，除非……”

“爱咋咋的。”不等对方说完，苏小雨转身从前门离开教室。

穆炎阳瞅着愤愤离开的人，呆滞了几秒，问一旁的包立轩：“她吃炸药了？怎么又突然这副德行了？”

包立轩皱巴着脸道：“不是，老大，我忘记汇报一件重要的事情了，班长她看到你和那个女生在一起……”

“我去，她该不会又找老师告状吧！”穆炎阳激动地拍桌起身，就欲去拦截苏小雨。

包立轩立马按住穆炎阳：“放心老大，班长说你运动会拿了分就不举报你。不是，我说老大你是不是抓错重点了？重点不该是班长大大看到你和别的女生这么亲密地抱在一起吗？虽说我解释过了，但是你是不是得亲自和她说明一下？”

“你都解释过了，我还要去多嘴什么？搞得我做什么亏心事似的。”

“但是班长好像……”吃醋了。

“我会怕她不成？不相信就去告呗，又不多这一次。”不等对方说完，穆炎阳就拍着腿凶神恶煞地道。

与此同时，温智宇进门就见到一只脚踩在凳子上正义愤填膺的人，经过他身边时温声提醒：“踩脏了。”

“关你屁事，踩的又不是你的。”

对此，温智宇只是淡淡一笑，不再多加言语。

瞅着和山大王一样一脚踩凳子、双袖撸到肩膀处，丝毫没有形象可言的老大，与经过他身边穿着一袭白衬衫、周身透着温润儒雅气质的温智宇一比，包立轩住了嘴。他应该是会错意了，要是自己是班长，也绝对不可能会看上老大这样的。

7

让包立轩旁敲侧击得知，苏小雨没有将他私自出校的事情告诉班主任后，穆炎阳终于松了口气。下午的高二女子800米比赛，穆炎阳特意拉上好兄弟去观看，一副施舍的口吻道：“看在她这次没有多嘴的分上，我来给她加加油。”

这不典型的此地无银吗？想给班长加油直说呗，反正有班里那么多同学打掩护。

事实证明，临时的突击依旧没啥效果，还没一半的赛程，该累还是照样累，好在现在的苏小雨心态够好，哪怕被第一领先了大半圈依旧保持自己的节奏匀速前进。听到操场边上给自己加油的声音，她还有精力和他们笑笑表示感谢。

“步子迈大点大点，我都亲自来给你加油了！”一道不羁的声音从常规的鼓励声中脱颖而出。

当见到前方拍手催促自己的身影时，苏小雨翻了个白眼加快速度跑过他身旁。

“你看你看，还是我的话管用吧！”穆炎阳得意扬扬地炫耀，目光不

经意地掠过身侧不远处一身白衣的少年。

“加油，保持自己的节奏就好。”见到离自己越来越近的人，温智宇还是出声，也已经做好不被回应的准备。

然而这次，苏小雨听到温智宇的应援后，犹豫了一下，竟直接对他出声道了句：“谢谢。”惹得被冷落习惯的温智宇有种受宠若惊的感觉。

“小雨加油。”看到离温智宇只有几步距离的纪雨桐，苏小雨直接忽略对方向前奔去。

压下心底的不爽，纪雨桐自然地朝身旁的温智宇挪步，带着委屈地开口：“班长，是不是小雨不喜欢我啊？给她加油也不理我。”

温智宇温柔回应：“估计声音嘈杂没听到吧，到时候喊响一点试试。”

“嗯。”

纪雨桐跟着温智宇横穿到操场内侧另一方的时候，看到苏小雨过来的身影，越发响亮地喊加油，但对方依旧不为所动。这时，自我感觉良好的穆炎阳走过来，一副睥睨众生的姿态道：“你们的加油是没有用的，看我的。

“苏小雨，赶紧地跑起来，你快被第一名超出一圈啦！

“磨蹭什么呢？身为班长好意思拿倒数第一？

“手甩起来，步子迈开！”

听到那源源不断的穿耳魔音，苏小雨心底咒骂一声，加快速度想努力摆脱对方。

“看到没看到没？我的鼓劲才有用，你们的都不行。”

包立轩瞅着沾沾自喜的老大，有句话不知当讲不当讲——你确定不是因为班长不想见到你才加速的？

因为穆炎阳热情的鼓励彻底乱了节奏的苏小雨抵达终点的时候已经累成狗，早已等在终点处的安畅畅立马扶住她，带着她慢慢绕操场行走：

“小雨你好棒哦，及格了哎。”

听到这话，苏小雨眼睛一亮，在闺密的搀扶下喘着气说：“呼……你和体育老师商量商量，期末……就用这次成绩好了。”

不等安畅畅回复，穆炎阳就带着几个小弟前来找存在感：“羞不羞，堂堂班长楷模拿倒数第一。简直白瞎我的鼓励，我嗓子都快喊哑了。”

苏小雨累得不想说话，直接给他一个白眼：确认过眼神，是不想理的人。

曾经那些一个个看苏小雨不爽的穆炎阳的兄弟们，如今随着班长态度的改变对她也有了很大的改观，也跟着老大打趣起来：“班长，倒数第一的感觉爽不爽？”

“每次都第一，这次也体验一把我们底层群众的感受了吧？”

苏小雨瞅着眼前几个小滑头，慢慢开口：“我和你们说，结果不是最重要的，重要的是这个过程。你为它付出过努力，哪怕结果不尽如人意也不会后悔，因为你至少全力拼搏过了！所以也不必再遗憾。

“跑步和学习一样，重要的是自我突破。知道自己底子差，那就一步步来，不要盯着那些底子比自己好很多的人，和自己比。每天想想今天的自己有没有比昨天进步，要是每天都可以进步一点点，到最后会给你带来质的飞跃！”

本想打趣对方却被莫名灌了一碗鸡汤的几人，听着那些高深又富有哲理的话，心底不由得对其升起敬佩之情：不愧是班长，凡事都看得如此通透，好似世外高人一般。

“还有，学习没什么底层不底层，成绩不好只能说明你这方面比别人弱一些而已，但如果拿其他项目来比，你可能就是王者，”苏小雨的目光扫过眼前似乎被震惊到的几人，开口，“比如包立轩，你的口才好脑子活消息又灵通，如果在销售领域你绝对是佼佼者……”苏小雨知道包

立轩以后会成为一个优秀的房产销售，当初自己在A市的公寓也多亏得他，才能以内部的大优惠购入。

“再比如李斌你的音乐天赋极好，说不定能在演艺圈混出一条道；张叶你的绘画水平很棒，指不定会成为漫画大师……”

听到对方一个个点出他们各自的长处，一直等待着被点名的穆炎阳殷切地注视着对方，想听听她口中自己的闪光点。但苏小雨像是刻意忽略他的存在般，看也不看他一眼，直接和身边的人说：“畅畅，扶我回教室吧。”鸡汤语录编不下去了。

不同于满身怨气的穆炎阳，其他人瞅着苏小雨渐渐远去的身影，眸中竟漾起感动的水汽。在这个向来以成绩为首的年代，身为下等生的他们不被老师重视，家长更是处处拿成绩说话，仿佛成绩差就是原罪一般。但是被忽略的他们竟然从优等生班长口中得到如此的赞誉和肯定，胸口不由得浮起一股暖流。是啊，拼搏过才不会后悔，那他们就再加倍努力拼搏拼搏试试吧，哪怕最后结局依旧惨淡，也不会蹉跎了这奋斗的年华……

8

不知道是不是穆炎阳的错觉，从昨天开始，苏小雨就一直故意避着自己似的，曾经对温智宇不理不睬的她甚至还开始主动找对方说话，一下子自己的地位和温智宇互换，令其摸不着头脑。

“老大，你在想什么？是不是下午的长跑？”学校食堂的长桌上，看到对方神游的包立轩阿谀地道，“不要担心，我和丁路他们商量过了，到最后几圈你坚持不住，咱就一人拉你跑一圈。”

穆炎阳放下手中的筷子，伸手揽过包立轩的肩，问：“我有个朋友啊，平日和他还挺聊得来的一个女生突然不理他了，反而去找另一个她之前不屑理会的男生，这是为什么？”

“老大，是你哪个朋友啊？”

“你管那么多,直接帮我……那朋友分析下就好。”穆炎阳不耐烦地道。

包立轩瞅着蹙眉的人，为难地开口：“这信息太少了点，不好分析啊。老大你那朋友和女生是什么关系？情侣还是普通朋友？那个女生和另一个男生又是什么关系？你朋友和那个男生又是什么关系？这些我都不知道咋分析啊。”

望着对方一脸无措的表情，穆炎阳心气不顺地摆摆手：“算了算了，当我没说。一会儿你去问问苏小雨该办的事情办好没？”

“什么事啊老大？”

“给我的祝福语啊！你和她说要是没写，我就不去参加了。”

包立轩讪讪应答：“好的，知道了。”为啥老大自己不去问？

2009 年 C 高秋季运动会的最后一个压轴项目——男子 3000 米，在众人瞩目中拉开序幕。

一身黑色短袖运动衫和运动短裤的穆炎阳以标准的蹲踞式等待在赛道的起点线上，双手撑着地面，运动短裤下大腿流畅的肌肉线条展现于众人眼前，蕴满了爆发力；眸中露出兴奋野性的光芒，仿佛一只蛰伏森林随时出击逮捕猎物的黑豹。那充满攻击性的帅气模样，犹如荷尔蒙散发机，惹得跑道外围的一群女生尖叫不断。

他身边是依旧一身白色运动衫的温智宇，即便即将面对赛场上的角逐，依旧温润如玉，嘴角含笑，眸光温柔，云淡风轻得仿佛只是来此地旅游观光。

两个气质截然相反、颜值却都极高的男生一同站在赛道上，瞬间将其他人的光辉掩去。无论比赛结果如何，他们都已经赢在了起跑线上。

耳边充斥着少女兴奋克制的尖叫声，别说她们了，就连已经是老阿姨

年纪的苏小雨见到那冲击人视觉的惊艳组合，都忍不住想拿起手摇花球为他们疯狂打 call 了。这就是青春的魅力啊，朝气蓬勃、肆意风发，看得她都热血沸腾……

裁判一声令下，只见一个黑色的残影一马当先地朝前冲去，黑色猎豹出击，势不可挡。

“老大加油！老大加油！”

“穆炎阳加油！”

“温智宇加油！”

各色的加油声响彻校园上空，苏小雨瞅着一开始就拼尽全力毫不收敛的人忍不住蹙眉：这家伙是不是傻啊，要跑 12 圈呢，都不知道蓄点力。

此刻的穆炎阳十分亢奋，一想到接下来就可以听到当着全体师生面宣读的苏小雨落款的祝福语，浑身就感觉充满了力量。更别说一同参加比赛的还有那个小白脸，不超他个两圈，自己就不姓穆！

只不过随着时间的推移，奔跑圈数的增加，神采飞扬信心饱满的穆炎阳脸色却越发难看，即使那震如天的加油声也无法挽回他逐渐暴戾的气息。他是个俗人，什么班级荣誉不荣誉的和他没关系，他就是冲着福利报名这项长跑的，但是这个福利显然和预想中的太天差地别了。

“穆炎阳，加油，苏小雨祝。”主席台上纪雨桐甜美的声音透过话筒传出，每听到一声，穆炎阳的脸色就沉下一分。

五条祝福语倒是一条不落，但都是敷衍到不能再敷衍的“加油”两字，抬头落款的字数都是正文内容的三倍多！但是对方给小白脸的祝福语，却是一长串，这偏心得未免太过分！

体力逐渐消耗，但是穆炎阳依旧在奔跑之余找寻苏小雨的身影，而后传递给她一个危险的目光。对此，苏小雨只是心虚地移开视线，权当没见到。

赛程早已过半，参赛者的力气也都消耗得差不多，全都靠着毅力进行最后的角逐。包立轩在最后两圈陪着穆炎阳奔跑，一边鼓励："老大加油，坚持就是胜利！你已经领先第二名半圈多了！保持这个速度第一妥了。"

这话丝毫无法引起穆炎阳的斗志，他反而直接停下奔跑的步伐喘息着吩咐："把苏小雨给小爷叫来。"

"老大，你别停啊……"

"别废话，叫人去！我在这儿等着。"

"我去，那家伙搞什么啊？都快到终点了怎么停下来了？"安畅畅激动地道，这项长跑第一名能给班级得整整20分呢！是其他项目的两倍！

时刻关注那方动向的苏小雨当然也注意到了异常，看到迅速朝自己奔来的包立轩，蹙眉问："他怎么回事？"

"班长大大，老大叫你，你不过去他估计就一直停着等你了。"听到他的话，苏小雨心底不由得惴惴，但还是和安畅畅说了声"你和书生先陪着温智宇吧"，而后朝一直盯着自己的人奔去。

"福利我不满意。"见到来人，穆炎阳直接开门见山地说，瞟了眼前方落后自己几近一圈的温智宇，明显在暗示什么。

"你都已经跑到这程度难不成还想弃赛？你可不可以别这么意气用事？能不有点……"

"别和小爷我扯什么班级荣誉感，我可没这么高尚。"穆炎阳不爽地打断对方的话。

眼看着第二名就快追上来，苏小雨立马开口："我弥补我弥补，我重新给你写祝福语，写好就让纪雨桐播成不？"

"晚了。"穆炎阳拽拽地道，依旧站在原地一动不动。

眼睁睁地看着第二名哼哧哼哧地超越对方，苏小雨真的急了，双手合十拜托道："穆大爷，你说吧怎么补偿，我认。你这节骨眼弃赛，我也

要成罪人了。”早知今日何必当初，自作孽不可活啊。

看到眼前娇小的女生一副几欲跺脚的急切样儿，穆炎阳心气顿时顺了不少，趾高气扬地道：“答应我一个要求……”

“什么要求？”

“没想好，想到再说。”

这话不由得令苏小雨忆起自己以帮助他找到奋斗目标为借口讹了他一个人情的事儿，这小子还真是贼精贼精啊，大不了两相抵消喽！

“好，我答应，你可以跑起来了吗？”

得到对方的答复，穆炎阳终于露出笑容，瞄见她手中的水，直接抢过仰脖灌了几大口。

“喂，那个是我喝过的……”

将空瓶子塞回给对方，穆炎阳一抹嘴角，就和吃了兴奋剂一样，双眸再次闪现志在必得的光亮，加速朝前奔跑，没多久便继续领先第一。

愣怔地盯着手中的矿泉水瓶，苏小雨脑海中浮现的都是对方的双唇全全含着瓶口灌水的画面，这不就相当于间接接吻吗？

“咦，小雨你的脸怎么这么红？”半天不见闺密与自己会合，安畅畅直接过来找人，就见到对方呆站在原地，双眸失焦地红着脸，“穆炎阳怎么你了？”

“没、没什么，太热了而已，”苏小雨捂了捂不受控发热的脸颊，不给对方继续疑惑的时间，拉着她朝终点行去，“走，去终点等人。”

苏小雨刻意忽略了第一的穆炎阳，直接给后面抵达的温智宇送水，不等她开口说话，对方率先出声：“少了两条。”

“啥？”

“祝福语，只听到三条。”即使疲惫，温智宇依旧保持着平稳的声调

开口，只有面颊上、衣服上的汗水和脸色昭示着他刚刚参加完一项长跑比赛。

“我写满五条递上去的，要不是你数错了，要不就是落播了。”

“我没数错，”温智宇笃定地道，“欠了两条。”语毕在单子墨的搀扶下离开赛场。

9

运动会顺利结束，因为大家的踊跃参与，高二(三)班荣获年级第一!

班主任开心地让班长和体育委员用班费买一些小礼物送给参与运动会及获奖的同学。除此之外，苏小雨还特意给予参与长跑项目的同学一项特殊的礼物——由他们指定写祝福语的同学亲手颁发的量身定制的奖状。

收到这个意外的礼物，那些参与长跑的同学别提多开心了，一个个珍宝似的把奖状收藏起来!

穆炎阳也不外如是，只是他依旧不知足，拿着奖状戳了戳前座人的背:“转过来转过来，这里缺了一句话。”

“缺了什么？”苏小雨转头疑惑地问。

穆炎阳指着奖状空白的地方，要求道：“这话下面写上‘今欠穆炎阳同学一个要求，可随时兑现’，然后签名。”

苏小雨一噎，盯着他开口：“你这是怕我赖账不成？”

“对啊，”穆炎阳理所当然地回复，“对于你的空口承诺，我可不放心。”

“呵呵，”苏小雨冷笑一声说，“真是以小人之心度君子之腹，写就写！”

在穆炎阳的严格监督下，苏小雨拿笔把他要求的话工整地写在奖状上：“行了吧？”

“按手印。”

“喂，你别太过分啊！”不给苏小雨反驳的时间，穆炎阳已经抓住她

的手，直接用红笔在她的食指上乱涂抹一遭，而后强制按在她签名的地方。

在苏小雨的怒目中，穆炎阳这才满意地把奖状收起：“好了，这下子你就不能赖账了！”

“强盗行径！”苏小雨看到他那一副小人得志的模样，冷哼一声转回头。

只是双颊却不由自主地浮起一层绯红，盯着自己被他抓过的手，仿佛少年手掌那干燥温热的触感依旧留存……

是夜，熄灯后的女生寝室。

待宿管阿姨查寝完毕锁门，苏小雨蹑手蹑脚地下床，轻声问自己上铺的人：“畅畅，你睡着了吗？”

“没有。”

听到这话，苏小雨当即顺着床梯爬上她的床，两个人一起挤在不算宽敞的床铺中，和以前一样默契地蒙起被子说悄悄话。

“畅畅，你当初是怎么喜欢上书生的啊？”

“长得帅呗。”安畅畅想也不想地回复。

苏小雨嘴角一抽，继续问：“那之后应该也遇到过比他帅的人吧，你为什么还一直喜欢他？”

此话一出，安畅畅当即揶揄地捅了捅闺密的胳膊：“比他帅的人，比如呢？”

“比如温智宇和……穆炎阳。”

“嘻嘻，这不把更帅的留给你嘛！”安畅畅一副“我懂的”的表情开口，“喜欢副班长就直说嘛，你跟我谁和谁，用得着这么委婉吗？”

苏小雨一滞：“你哪里看出来我喜欢他的？”

“还不承认？”

当听到自己闺密罗列出种种自己喜欢温智宇的证据时，苏小雨再次抽了抽嘴角。先前自己不理会温智宇，是真的带着怨气的，而不是对方口中的不好意思；至于自己为何时不时地观察温智宇，是想知道他对纪雨桐究竟是怎样的态度……

“那你为什么不会觉得我喜欢的是穆炎阳？”

“你疯了吧才会喜欢他？他哪点比得上副班长啊，除了稍微帅点一无是处，小混混一个还总是闯祸，拉帮结派的以为自己是山鸡哥啊？不学无术说话粗鲁……”

听到对方轻轻松松道出数条穆炎阳的缺点，苏小雨喃喃：“你也这么觉得，喜欢温智宇才是正常的，对吧？”也不知道是征求对方意见，还是为了说服自己。

“是个人都会这么觉得的好不好？”安畅畅随即笑着开口，“不过你和副班长绝对是良配！大家都说你们郎才女貌，成绩都顶尖，特有夫妻相呢！我看他也绝对对你有意思，你不理他，他还总是来找你，司马昭之心路人皆知啊！”

安畅畅自说自话地开心道：“他和书生是好哥们，你和我又是好闺密，我们正好一人一个。嘿嘿，肥水不流外人田，小雨加油！拿下他！”

“呃……嗯。”

与此同时，男生寝室里。

穆炎阳正蒙在被子中借着手机的光亮偷偷欣赏苏小雨给自己的奖状，怎么看怎么爱不释手。终于在他舍得收起奖状的时候，突然接到一个意外的来电，来电显示竟然是自己的号码！

穆炎阳好奇地接起电话：“喂？你谁啊？怎么号码和我的一样？”

那头的人明显一滞，然后呼吸都变得急促了几分：“穆炎阳？”

“你怎么知道小爷的名字？”

拽拽的回复却令那边的声音明显激动起来：“穆炎阳，接下去的话你一定要听好，虽然很不可思议但都是事实……”

“少在那儿神神道道的，你到底谁啊？”穆炎阳不耐烦地问。

“你一定要转告苏小雨让她不要试图改变历史！我是十年后的你，你身边的苏小雨也是十年后的苏小雨……”

“神经病啊！”不等对方说完，穆炎阳就骂骂咧咧地挂了电话，大晚上的装神弄鬼。

穆炎阳丢下手机就准备入睡，只是平静下来后，脑海里回荡的却是刚刚那通电话。

十年后的苏小雨？穆炎阳蹙眉，忆起这半年来苏小雨的种种异常，他竟然有点相信那个神经病说的了！行动派的穆炎阳当即拿起手机拨打自己的号码，只是传来的却是“您拨打的电话正在通话中”的提示音，接连打了几次都是一样的结果。

穆炎阳皱眉盯着那通诡异的通话记录，彻底失眠了……

第二天一早，向来踩点去教室的穆炎阳早早去了教室，见到座位前方已经在早读的人，穆炎阳上前拽着苏小雨就往教室外走去：“你跟我来！”

“喂，你干什么！”被突然拽走的苏小雨挣扎着。

穆炎阳一直把人拉到僻静的走廊尽头才停步，盯着不满地看着自己的人，严肃地问：“你是十年后的苏小雨？”

正在揉手腕的苏小雨瞳孔骤然一缩，努力佯装淡定地回复：“有病吧？我还是你奶奶呢！”

“嘁，果然如此，没事了。”穆炎阳说着就要离开。

“等等！”苏小雨拉住转身的人，“你刚刚为什么这么问？无缘无故

把我拉出来打扰我背书，总该给我个理由吧！”

穆炎阳瞅着不依不饶的人，将昨晚的事情告诉她，而后傲娇地道：“以为这能吓到小爷我？才怪呢！”

只是听到他这番话的苏小雨，心潮已然澎湃，她伸手：“给我看看通话记录。”

穆炎阳掏出手机给她：“喏，这通，我和他还通话了50秒，要是让我知道是哪个孙子敢耍我，小爷一定不会放过他的！”

苏小雨紧张地按下这个号码拨过去，结果和穆炎阳昨晚回拨的一样，依旧是正在通话中的提示音。

苏小雨不由得握紧了手机：“没收了，学校不允许带手机。”说完率先走回教室，秀眉紧锁。

2019年的穆炎阳能够打通这个电话？那边是不是发生了什么，所以特意叮嘱自己不要改变历史？

愣了一秒，回神的穆炎阳立马骂骂咧咧地追上去：“苏小雨，你个奸诈的小人！把小爷的手机还回来！”

第10章 与过去握手言和

1

2019 年，昱玮公司综合办。

瞅着身后再次无人的空位，忙碌的姬海英忍不住腹诽：“也不知道这苏主任一天到晚待在穆总办公室忙什么呢，什么工作都交到我们手上，也不见她做事情。”

“估计穆总有别的任务派给主任吧，我看穆总去总公司去外面都带着苏主任一起去的。”同办公室的小刘回复。

“嘁，谁知道呢？我看这几天总部又没什么新闻。”姬海英满心的不爽。

先前，姬海英还高兴穆总总是找自己委以重任，以为他终于看到自己的能力要提拔她了，结果才发现对方根本就是把自己当冤大头使唤——把综合办的大半事务都交到自己身上。而身为主任的苏小雨却没什么活，就整天跟在穆总身边，谁知道他们是不是借此偷偷约会呢？哼，如果当初不是苏小雨空降主任，现在主任的位置就该是自己的！陪在穆总身边的人也该是自己！

“嘘，姬主管别说了，主任来了。”

瞟见门外的人影，姬海英也毫不收敛，反而夹枪带棒地道：“这人啊，还真是同人不同命，像我们就得在这儿当牛做马累死累活地工作，某些有后台的人在别地喝喝茶、吃吃点心，就能拿好几倍的工资，真是清闲得让人嫉妒啊。”

这某人是谁，苏小雨当然听得懂，拿着高二课本经过姬海英身边的时候，瞥了她一眼，高冷回复：“姬主管是吧，等你坐到我这个位置，也可以去喝茶吃点心让别人嫉妒，但是现在你还没嫉妒的资本。有意见要不憋着，要不辞职走人，省得天天散发负能量，不利于办公室和谐，人还老得快。”

在姬海英扭曲的面庞中，苏小雨恶劣地扬唇一笑：“心态决定年龄啊，你看看你这满脸皱纹的样子，我都忍不住想叫你一声阿姨了。”

“你！你！苏小雨，你当自己是哪根葱啊，竟然……”

“怎么了？”后续暴怒的话在一声无波的反问下戛然而止。

姬海英看到来人，当即怒气冲冲地告状：“穆总，你来评评理。自从苏主任出院后，综合办的事情都落在我们身上，我们也没说什么。她倒好，得了便宜还卖乖，整天无所事事竟然还对我人身攻击！”

“谁和你说苏主任无所事事了？没看到她天天在我办公室忙吗？”

“但是她根本没做什么啊！”姬海英指着苏小雨手中的书，“我就看到她一直在看高中的课本做题目，部门的事情也不管不问。”

“对啊，这就是我布置给她的任务，”穆炎阳一本正经地胡说八道，“总部不是专门投资建立了技术学校，为的就是从小培养更适合公司的人才。结合昱玮公司的业务筛选出匹配各个领域的高中学习内容，针对性地让学生学习，这是一项多重要的工作！总部把这么严峻的任务派达给她，苏主任的压力有多大？连回家都废寝忘食地看书补习，平日的杂活你们替她分担点又怎么了？还有，苏主任每天做了什么，用不着跟你汇报吧？”

穆炎阳转而眉眼一凛，凌厉地盯着姬海英：“连这种寻常的活都应付

不过来，只能说明业务能力不行，能力不行的……姬主管你负责人事这一块，知道该怎么处理吧？”

话没有说明，姬海英瞬间惨白了脸，连忙回应：“对不起穆总，没有应付不来，我只是不知道主任这么忙，所以心态没有放好，下次不会了。”

“你该道歉的不是我。”

姬海英一脸菜色地转向身侧的苏小雨，咬牙道：“对不起，苏主任，请你原谅我。”

“哦，接受你的道歉。”苏小雨表面平静地回复，心下早已炸开：穆炎阳的嘴真是骗人的鬼啊，看些高中课本竟然能被他渲染成如此重大的任务使命，差点儿连自己都要相信了。关键他还面不改色心不跳的，当领导的心理素质就是不一般。

穆炎阳点点头，再次开口：“苏主任，姬主管不知道内情冤枉你，是她的不对，但是你也不能人身攻击啊。”

一听到这话，姬海英连忙委屈地点头，可怜巴巴地看着穆炎阳企图让他帮自己撑腰。

“瞧瞧姬主管，除了有点鱼尾纹和抬头纹，哪还有别的皱纹，顶多做你姐姐，做不了阿姨，”在姬海英精彩纷呈的脸色中，穆炎阳继续说，“那我替苏主任向姬主管道个歉啊，之前苏主任有点伤了脑子，童言无忌，有什么不对的地方多多担待。”

在众人的错愕中，穆炎阳说完这话，看到呆滞地望着自己的苏小雨，俊眉一蹙：“发什么呆？还不收拾东西回家。”一副严厉家长接幼儿园小朋友的语气。

“哦，马上。”苏小雨立马拿起位置上的包包，装起书本就跟着他走出办公室。

看到两人那一前一后莫名亲密的模样，除了姬海英满脸的妒意，小刘

和小洪均从对方眸中看到了浓浓的八卦之意。

一走出办公楼，苏小雨紧张又兴奋地拽着前方人的衣角晃了晃：“哎，我刚刚很有主任的气场吧？我这几天补了两部职场剧呢。”

对上身后女子那小宠物般亮晶晶的双眸，穆炎阳哪还有刚刚在综合办盛气凌人的一面，扬起嘴角弹了一下对方脑门，宠溺道：“嗯，气场很足。但是不要随便叫人阿姨，你现在不是十六岁，会被认为歧视大龄女青年的懂不？”

“知道了。”苏小雨揉揉额头回复。

余光瞄着身边人气鼓鼓的脸颊，穆炎阳不由得勾起一抹宠溺的微笑。学生时代的苏小雨还真是比成年的苏小雨可爱多了，表情也生动得多。

只是，一想到她们的状况，穆炎阳就忍不住担忧地蹙起双眉：自从上次那一通跨时空的电话意外拨通后，之后再怎么尝试都拨不出去了。也不知道十年前浑蛋的自己，有没有把他的话转告给苏小雨……

2

2009年。

白驹过隙，时光荏苒，路边被风吹起的枯黄落叶带来冬季的萧瑟感。某些人的心情也和这突然下降的温度一样，时不时地给人以严寒之意。

瞅着老大忽然间堪比黑锅的脸色，包立轩顺着他的视线一看，就见到教室外并肩走来有说有笑的一对身影。包立轩当即警铃大作地开口：“老大，班长和副班长他们都是老班的得力助手，所以在一块讨论事情也是很正常的……”虽然频繁了点，姿态也亲昵了点。

“关小爷什么事。”穆炎阳豪放地跷着二郎腿不屑地道，转而就将目光从他们身上移开。

这哪像不关他事儿的样子哦，身处暴风中心的包立轩苦哈哈地不敢说什么，也不敢问老大究竟和班长怎么了。

“嘶……”忽然而来的一阵寒风令门外的苏小雨打了个寒噤。

温智宇见状立马走到风口替她挡去大半的冷风，温声开口：“快进教室吧，外面风太大了。”

依旧是记忆中那个体贴温柔的少年，不等苏小雨道谢，一道热情活泼的声音便传来：“小雨，你回来啦？我正准备和你商量一下元旦晚会合唱的事情。”

看到等在后门处那个穿着一身大红风衣的明艳少女，苏小雨不由得蹙了蹙眉。又来了，每次她和温智宇单独相处，纪雨桐就各种事儿，以各种各样的理由插入他们的话题。

记忆里对方这样的行径有很多。曾经的高中时期，自己和温智宇隔着走道总是探讨难题或者商量班会等事宜的时候，似乎就没见到他们在忙一样，纪雨桐依旧笑盈盈地来找她，没说几句就和温智宇搭上话。

当初的她也没觉得有什么不对劲，只当对方和畅畅一样，喜欢黏着自己。如今心智成熟的苏小雨才恍然察觉，这不就一典型的 green tea 吗？把自己当跳板，表面上和自己交好，一有空就找她，实际上根本是为了勾搭她旁边的正主。也多亏有纪雨桐这么个心机 girl 的对比，安畅畅对自己那纯粹的友谊便越显弥足珍贵……

“你之前不是已经搜集了同学的意见吗？应该统计出结果了吧？”

纪雨桐作为文艺委员，在学校下达要举办元旦晚会通知的当天，就已经高效地集中班委列出了五首合唱备选曲目，而后让同学投票。按理来说根据统计数据轻松就可以得出结果的事儿，她却一次又一次地找上自己。

“有两首歌得票率都很高，我也无法抉择，就准备找你们商量商量，究竟哪个更适合大合唱。确定下来后，排练也得提上日程，只剩不到二十

天了，中间还有月考。”

“那就唱《我的未来不是梦》吧，票数不是最多的吗？”苏小雨回答，她记得曾经高二元旦晚会班级合唱的就是这首曲目，“下午我会找老班借磁带和录音机，今天班会就放给大家听听学习学习。肯定有同学会这首歌的，让大家抽空互相学习，每个人都学差不多后，音乐课或者班会的时间大家一起按照合唱队形整体排练就好。这样可以吗？”

苏小雨一鼓作气地做好规划，不给对方再找借口多话的机会。

果不其然，听到她如此高效的指挥决断，纪雨桐有一刹那的愣怔，而后继续扬起笑容问：“我还没说哪首歌人气最高，小雨你就知道了，你好厉害哦。那就定这首吧？”问话的间隙又转向温智宇，“班长你觉得呢？”

“我现在是副班长，”温智宇依旧以那副官方的笑容纠正，“既然是同学推选的结果，那就定这个就好。”

“哦，我习惯叫你班长了，小雨你不介意吧？”纪雨桐带着点儿忐忑地问。

真的是茶中极品啊！要是自己露出点不满的神色，对方一定会委屈扒拉地道歉，给温智宇留下自己小肚鸡肠的印象是不是？不过不得不承认，小小年纪就有这样的段数的确了不得，是能成事儿的人。

“称呼而已无所谓，”苏小雨挑眉回复，“你还有别的什么事情吗？我和温智宇还有事情没商谈好。”

“哦哦，那你们先忙，我以后再说。”

“现在一次性说完吧，我说话的时候不喜欢被人打断。”

听到对方直白的话，纪雨桐咬了咬唇，又露出那副我见犹怜的委屈样儿：“不好意思，小雨，总是麻烦你，其实也不是什么重要的事情，这是我第一次在新的班级组织晚会，不想出岔子，所以就谨慎仔细了些。”

“没关系，我理解，所以有需要帮助的，现在一次性说出来就好。”

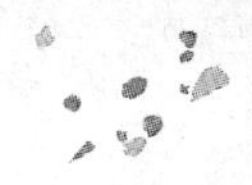

苏小雨强迫自己挂起笑容。

“嗯，谢谢。那就先按照你说的办，我去和陆老师汇报一下。”

“好的。”支开碍眼的人后，苏小雨瞬间收起脸上的笑容，不雅地翻了个白眼，正想继续先前被打断的话题，就发现身边的少年一直凝视着自己。对上他温和探究的棕眸，苏小雨不由得尴尬一笑，“怎么了？我脸上长花了吗？”

温智宇笑着回复：“你还真是个雷厉风行的领导者，很有魄力。”也很有魅力。

“只不过是不是语气硬了些，容易让人产生误会？”

“怎么，心疼你以前的同学了啊？”苏小雨斜睨着对方问。

“她现在也是你的同学，我只是觉得……”

苏小雨蹙眉打断对方的话：“这就是我的行事风格，这也顾及那也顾及，别想做事了，世上本就没十全十美的事情。”职场中雷厉风行的御姐形象再现。

穆炎阳听到经过身边的两人的对话，嗤笑一声：“小白脸就是小白脸，优柔寡断。所以我和班长才是一路的，都是爽快利落的人。”

“谁和你一路，少往自己脸上贴金，你那顶多是行动快于脑子的莽撞之举罢了。”苏小雨当即与穆炎阳划清界限，惹得对方再次寒下脸来。

无论是为了刻意避开穆炎阳接近温智宇以验证自己的眼光也好，还是纪雨桐的刺激也罢，抑或是自己心底的不甘作祟，都再一次将苏小雨往温智宇身边推。时空的轨迹依旧沿着既定的路线行进着……

3

漆黑的夜色里，教学楼内依旧灯火通明，苏小雨坐在讲台上一边写作业，一边不时抬头扫视下面的学生。今天轮到她当值，负责监督记录晚

自习不遵守纪律的学生。忽然兜中一阵振动，苏小雨连忙激动地跑出教室，掏出手机一看，见到最新的垃圾短信时，瞬间失落。

自从她假公济私没收了穆炎阳的手机后，她多次打本机的号码，永远都是“您拨打的用户正在通话中”的提示；也尝试过打 2019 年穆炎阳的最新手机号，但是接的都是一个陌生人；还试图给本机的号码发短信，最终也都是发到了这个手机里……不管怎么尝试，结果无一不以失败告终……

苏小雨收好手机重新回教室，就见到最后一排的穆炎阳大剌剌地起身朝教室外行去，当即呵斥：“穆炎阳，你去干什么？”

“我内急也要和你汇报？”

此话一出，惹来一阵轻笑。

“懒驴屎尿多，下课不去，就知道上课去？”

“我拉肚子不行？你要不要跟来厕所验证一下？”

“哈哈哈……”粗鲁的话惹来更大的哄笑声。

“赶紧走赶紧走，”苏小雨嫌弃地结束这场有味道的对话，转而对偷笑的学生道，“别笑了，抓紧写作业吧。”

十分钟左右，那个浪荡的少年又一副大爷的走姿进入教室，苏小雨瞟了他一眼便没再管对方继续埋头写作业。只是没多久，老班就现身教室把她叫了出去。

站在温暖的教师办公室中，面对老班突如其来的关心苏小雨有点儿蒙。虽然曾经隔三岔五老班也会找自己聊天，关心关心她的学习状况，但也都是说了几句放好心态继续努力之类的就放人了。哪像今天拉着她滔滔不绝地从上个月的期中考到最近的省级竞赛补习，再到她身边的亲朋好友，就没有停下的迹象。

苏小雨转了转有点儿发酸的脚尖，打断对方问：“陆老师，你到底要

和我说什么，我为什么抓不到重点？这个月的月考我会好好准备，生物和语文竞赛都在年后，我也不会落下，至于畅畅她们的状态，不如老师直接去问本人？”

年轻的班主任干咳一声，开口道：“我的意思是高二学业紧张起来，也是很关键的一年，心思主要还是得放在学习上，不要把精力费在不必要的地方……”

“比如哪些不必要的地方呢？班里活动或者学校通知的事务，作为班长这些也是我分内的事吧？”

“是的，这些你都做得很好，老师要表扬。但其他地方的精力就不要太花费了，现在你们年纪还小辨别是非的能力还不够强，也容易被不成熟的感情诱惑，要是陷入其中导致成绩下降那就得不偿失了。等高考结束成年了，有更好的判断力和更多的精力了，再去追求学习以外的东西更好。”

终于从那委婉的话中抓到了关键信息，苏小雨直白地问：“陆老师你是怕我早恋吗？”

学生如此地直接，反而搞得班主任不太好意思了：“你也不要多想，我是过来人，这个年纪会有怎样的心思我也都理解。但是你也得把握好尺度知道吗？老师是很信任你的……”

“是有谁来举报我了吗？”

“不是举报，就是有人说你最近和副班长走得近了些。老师知道你们平日探讨的事情多，老师没有怀疑你们的意思啊。既然有人误解，我也就先和你们提个醒，男女同学之间关系尺度得把握好。”

想到先前去了趟厕所回来就一脸趾高气扬的穆炎阳，苏小雨显然知道这个举报者是谁了，诚恳地回复：“陆老师放心，我知道现阶段学习最重要，我不会早恋的，和温智宇只是同学间正常的交流相处罢了。”

“好的，那你先回去吧，帮我把温智宇叫过来。”

重新回到教室，苏小雨瞅着穆炎阳的身影不由得眯了眯眼：呵呵，要玩阴的是吗？奶奶我奉陪到底。

正在挠头的穆炎阳忽然感觉背脊一凉，他转头一看，就见到一个自带阴风的小身影从身后掠过，站在温智宇身边拍了拍他的肩："陆老师找你。"

"嗯？找我什么事？"

"没啥，聊个五毛钱的天。"

温智宇起身出门后，苏小雨重新走向讲台，也就没有发现坐在中间位置的纪雨桐带着丝忐忑与紧张地偷偷观望他们。

而经此一遭，一直以为是穆炎阳恶意举报自己的苏小雨，为了报复对方再次效仿曾经爱打小报告的自己——紧盯穆炎阳，一发现对方有违反纪律的地方就全部拿小本本记下来，全全上报给班主任；之后被举报的某人自然少不得一顿批。

于是乎，已经化干戈为玉帛的班长和班霸之间的关系又一朝回到解放前……

4

跳过一个又一个小考大考后，苏小雨感觉繁忙的高中时期也没有那么难熬了。这不，转眼期末考结束，就迎来令人激动的寒假。

"小雨又满载而归哦。"安畅畅望着身边又获得一叠笔记本的闺密，满眼艳羡。

苏小雨大方地拿出一半奖品给对方："送你呀。"老班为了激励他们，每次期中期末考都会发一些文具用品作为奖励，单科前十总成绩前十都有。

"这是荣誉奖章，我不要，下次我自己得。"

瞅着闺密装起仅有的三本笔记奖励，苏小雨安抚地拍拍她的肩：“你这次没发挥好而已，下次肯定能拿更多。趁寒假可以让书生给你补补课。”

听到这话，安畅畅瞬间笑眯了眼：“我也是这么想的，嘿嘿。”

看到对方那少女怀春的小模样，苏小雨宠溺的眼神就和看小辈似的，捏了捏她的脸，问：“假期有没有准备去哪里旅游？”

“有啊，爸爸妈妈准备带我去海边旅游，”安畅畅说着凑到苏小雨耳边和她咬耳朵，“听说书生一家也去。”

苏小雨笑着调侃：“哎哟，这还和未来公婆一起出游呢？”

“讨厌啦，说这么直白干什么，人家会不好意思的。”安畅畅捶了对方一下，而后捧脸做娇羞状。

被对方那掩不住的窃喜给逗笑，苏小雨打趣道：“这样一来我可不好意思来打搅你们了……”

“你去找副班长啊！”

一听到“副班长”三字，后座的穆炎阳当即竖起耳朵，收拾东西的速度也慢下来。

不等苏小雨回复，热心的安畅畅就主动为他们牵线：“副班长，小雨找你有事情。”

在安畅畅一脸奸笑中，温智宇侧身问：“嗯？找我什么事情？”

“小雨寒假想约你出去玩。”

“我没有，我不是，你别瞎说。”苏小雨当即否认三连。

就在这时，收拾好东西的纪雨桐再次过来：“小雨，畅畅，收拾好了吗？我们一起回家呀。”

“可是我们和你不顺路啊，”见到这个小绿茶，苏小雨咧嘴露出一个皮笑肉不笑的笑容，“而且我已经和温智宇有约了……”

纪雨桐看了眼边上的温智宇，咬了咬唇问：“你们什么时候有约的？”

“你来的前一秒，”苏小雨看向左手边的人，问，“温智宇，一会儿有没有空，去图书馆背语文竞赛资料啊。”

温智宇笑着回复：“有空，顺便一起吃个午饭吧。”

“OK。”

看那两人旁若无人地交谈，纪雨桐正想问自己能不能一起去，收拾好东西的安畅畅当即拽着她走人：“雨桐，走，咱一起回家。让他们学霸继续为书疯狂吧，咱就别掺和了啊。”

“可是……”

“别可是了，走走走，我请你吃饭去，想吃什么随便说。”安畅畅豪放地开口，拉着不甘心的纪雨桐就走人，不忘回头给苏小雨递一个眼神：我把灯泡带走喽，加油哦。

苏小雨挑眉朝其竖起一根大拇指，不愧是好基友，真给力。

“老大，网吧走起啊！”

“魔兽副本约起！”

“我点卡已经备足了！”

终于熬到放假的少年们，激动地围在穆炎阳身边叽叽喳喳个不停。

穆炎阳一甩书包，推开围着自己的人，不屑地哼一声：“网什么吧，一天天就知道魔兽，我是要去图书馆好好学习的，走了！”

什么！瞅着穆炎阳潇洒离去的背影，一群少年惊得下巴都合不拢：他们听到了什么？

“我……刚刚好像听错了，老大说要去干吗？”

“我的耳朵也好像出问题了，我竟然听到老大说要去图书馆？”

“这还是我们认识的老大吗？”

此时，包立轩看破一切地现身，摇头感慨：“唉，被情所伤的男人伤

不起啊。你们可得好好对待老大，知道吗？”

丁路呆滞地回头问：“老大他到底怎么了？就算以前班长总是告他状，也不见得老大这么颓废啊？”

“唉，大人的世界你们不懂……”

“我去，赶紧给我们说人话！”不等包立轩继续装高深，就被身边的少年一顿围殴。

“哦，你们打死我我也不会背叛老大的！我绝对不会说老大是喜欢班长才这样的！”

一秒、两秒、三秒……寂静得连针落地的声音都听得到。

“什么！”随即，寂静后的世界炸了，“老大喜欢班长？”

“嘘嘘嘘，这是秘密秘密！你们别给我吼这么响啊！”

“速效救心丸在哪儿？”

“我的三观炸裂了。”

“120，快打 120。”少年们被惊吓得不轻，一个个捶胸顿足无法接受现实的模样。

所以老大一个劲地找班长碴儿，纯粹是为了找存在感？一次次被批，敢情对于他来说是打是亲骂是爱喽？人家小两口的事情他们一堆人跟着瞎凑什么热闹，还一个个的为老大打抱不平，怒摔！

话说，他们先前这么针对班长，会不会被老大秋后算账？

5

C 市是个小城市，市区大部分地点都可以走着抵达。

苏小雨和温智宇一同走在去图书馆的路上，放眼望去，视野里到处都洋溢着春节红，伴随着道路边不时的鞭炮声，年味浓厚。这时候还没有禁燃令，空气中淡淡的硝烟味令苏小雨升起无限感慨：“还是这样热

闹啊。”

“是啊，等再过段时间就更热闹了。”

温润的男声传来，赫然令苏小雨察觉原来身边还有个人，对上对方带笑的双眸，一时间有点尴尬。她其实没想着约对方的，完全是因为纪雨桐又拿自己当跳板才负气约的他，没想到对方如此配合。

“你……”两人异口同声地道。

“你先说吧。”再一次的异口同声令苏小雨笑出声，“我们还真有默契啊。”

“女士优先。”

“好吧，”苏小雨也不再多谦让，“你对纪雨桐什么看法？”

温智宇沉思一会儿后开口：“女同学，多才多艺，活泼热情。”

苏小雨挑挑眉：“你应该知道我问的不是这方面。”

“那是哪方面？”温智宇又将问题抛回给对方。

“没看出来她对你有意思吗？你对她什么想法？”

温智宇滞了滞，显然没想到对方如此直接，张了张嘴，半晌才出声：“这个年纪的心思能够理解，但目前还是该以学业为主。”

苏小雨忍不住翻个白眼：“和你们这种温暾的人说话还真是费劲，你是真不懂还是假不懂？她对你有意思，你对她有意思吗？”

“答案对你来说很重要吗？”

“重要。”

“那你能先告诉我，你对她些许的敌意和这个问题有关吗？”

“有点关系……”侧头对上对方含笑的棕眸，苏小雨一愣，不是该他回答自己的问题吗？怎么反倒问起她来了。

听到她的回答，温智宇眸中清浅的笑意更甚，带着丝戏谑地问：“那我是不是可以将此理解为你也对我有意思，所以别的女生对我有意思你很

在意，并且因此不待见对方？”不等对方回答，又继续说，“其实没必要，要在意的也该是她才对。”

听到他婉约的话，苏小雨不由自主地眨巴一下眼，紧接着又眨巴一下，刚刚自己是被撩了吗？

“你这话是什么意思？”

“相信以你的阅读理解能力可以懂，”温智宇淡笑着回复，“更具体的等高考后我再和你明说吧。”

哎哟我去，她怎么不知道以前正统到不行的学霸少年竟然还是个情话boy啊？撩得她这老阿姨都少女心怦动。

都说到这个话题了，苏小雨索性继续直白地道：“我问你啊，如果你以后交女朋友，看中门当户对吗？”

“比起门当户对，更看重的应该是三观的匹配吧。”

“再如果女方家逢巨变，一夕间倾家荡产，女方的父亲还生病住院，而且这个病还是会让许多人产生异样眼光的，你怎么看？”看到对方蹙眉，苏小雨立马解释，“我只是说如果而已，如果遇到这种情况你是什么态度？”

虽然现在的年纪考虑这种事情还太早，但温智宇还是认真思考认真作答：“如果真的认定了那个人，做好和她携手一辈子的打算，对方所承担的一切我当然也会一起承担。其他人的目光我不在乎，生活毕竟是两个人的。”

此话一出，苏小雨眸底不受控地漫起一层晶亮，眨着眼睛努力将水汽收回，继续问：“那如果你家人极力强力超级反对呢？觉得对方的家庭是污点是负累，一定要你分手，否则断绝关系那种呢？”

“家里人的态度我会参考，如果他们有意见我会试着说服，再不行……”

“再不行会怎样？你会为了所谓的爱情而和家里人闹翻吗？”

“亲情爱情都很重要，这事情没发生在我身上，还真不好说，得看和对方感情的深浅了吧。”

苏小雨忽然自嘲地一笑：“那轻易就和家里妥协，是不是说明对另一半的感情不够深呢？”

忽然想想，其实她和温智宇的感情也的确算不得深。高考结束正式捅破那层窗户纸，而后没多久就一南一北异地上学，直到大二下学期分手，他们在一起的时间也真的不算多。为什么自己就对他那么执念呢？

一瞬间，苏小雨回忆起了很多，在经历了学业繁重的高中生活、取得了满意的成绩、和喜欢的男生告白，正志得意满的高光时刻，突然得知她一直努力维护的家庭终究还是破裂了，父母离婚、父亲生病住院、公司破产……一系列的重磅消息都没给她喘息的时间一并袭来。

那时候的她六神无主，一直依赖的家人病的病、走的走，瞬间有种被世界抛弃的感觉。她难受得想找人大哭一场、想狠狠宣泄的时候，他及时出现在她身边，成了她的新支柱。往后的时间，多亏他的温柔陪伴，才让她度过那段最难熬的时刻。

直到大二对方突然发了信息来说分手，她又一次感觉到了被抛弃。那种感觉和曾经母亲离婚离开自己的时候很相似，与其说是被爱所伤，或许当时的她对他更多的是依赖，她的支柱再一次倒塌……

“嘁，所以遇到这种人我劝你尽早分，连自己的人生大事都没法掌握，还奢望他给另一半幸福，真是笑话。”

忽然，一道不屑的男音传来，吓了沉浸在回忆中的苏小雨一跳，转头就见到跟在身后的穆炎阳，她当即心虚地提高音量质问：“你竟然偷听我们说话？”

“谁偷听呢？这条路你们家开的啊？”穆炎阳昂着头依旧一副我天

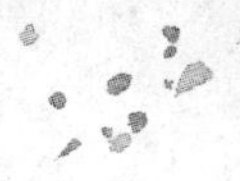

下第一的拽样儿，“我只是恰巧在这儿走，又恰巧听到你们的对话而已，你以为我想听这种没营养的对话？”

“不过我还是忍不住想说，跟着这种人，那女的真是惨，绝对要苦恼婆媳关系，尽早分了了事。”说着，他有意无意地朝温智宇瞄去。

听到他贬损的话，温智宇也起了丝丝怒意，但依旧保持绅士笑容地反问：“哦？那请问穆同学有什么高见呢？如果是你，如何兼顾两方？”

“嘁，思前虑后还不是能力不足？只要你足够强大，强大到能应付自己和另一半的任何突发状况，家里人又有什么理由不让你们在一起？你们都能解决一切难题，不在乎外人的眼光，他们反对什么？”

街上的这一幕颇滑稽，三个明明还没成年的少男少女却聚在一起讨论成年人的婚姻观和为人处世，少年老成大概就是这般景象了。

“所以如果是我，我就一定会足够强大，强大到能主掌自己的人生，强大到父母无法对我的选择指手画脚，强大到不会因为意外动摇我和另一半的感情，毕竟女孩那样的状况不是每个男人都负担得起。再说了，世上哪那么多不幸都被自己的另一半遇到，当演苦情偶像剧呢？”

“但如果这些狗血不幸真的发生在你另一半身上呢？”苏小雨问道。

穆炎阳定定地看向苏小雨：“如果我的另一半真的是苦难的落魄千金，那我就成为她的守护骑士，永远在她身边保护她，不让她独自面对这些苦难！”

有那么一刻，苏小雨见到了穆炎阳眸中迸发出的耀眼光芒，坚定的信念让他整个人看起来自带神圣光环。这样的他，还真是让人心动啊。

“说大家都会说，做起来又是另一回事了吧？”温智宇理性分析，“现实不会这么理想，要考虑的因素很多，面对那样两难的抉择，即使男方选择分手也是正常的。”

“所以多大的能耐背负多大的责任，那样的女孩就不适合你这种人

喽，你就找个背景良好的人家，最好祈祷他们一辈子不发生意外。”穆炎阳不以为意地回复。

是啊，如果她注定要背负这样的家庭，恋人选择分手其实也是可以理解的。如果真的有那么一个人，她喜欢着他，他也喜欢她，他和他的家庭还不介意自己的家庭，那真是她的幸运。

爱情，得之我幸，失之我命。不能改变已有的家庭状况那就坦然接受，做好迎接最坏结果的心理准备。

忽然间，苏小雨感觉心下某个拧巴的结松动了，浑身仿佛注入了新鲜的血液，令其整个人重新活过来一般，她知道这种感觉叫释然。她应该早点懂得这个道理，不至于和温智宇分手后的多年，一直生活在怨念与灰暗的情绪中……横亘于心那么多年的结，竟是被她看不上眼的班霸少年那番理想化的豪言壮志给解了，还真是无巧不成书啊。

看到女孩蕴满了无限复杂情绪的双眸，穆炎阳忽然转头狠狠“呸”了几口，惹得苏小雨嫌弃蹙眉：“你干什么？”

穆炎阳也不回复，直到“呸”够了才抹抹嘴：他怎么能这么诅咒对方呢？她和她的家人一定会好好的。

“好好的提这种话题干什么？”穆炎阳瞪了苏小雨一眼。

不等苏小雨回复，一声醇厚的“小雨”令其回头。

“爸爸？”她随即想起什么，“啊，我忘记等你了！”说好中午对方来接自己的，结果却给忘了。

“你啊你，年纪轻轻记性就这么差了？幸好半路遇上你。”苏天磊慢慢开车停到他们身边，见到女儿身边两个帅气的小伙子时，挑眉问，“这两位是……”

面对父亲探究的眼神，苏小雨也不知道自己在心虚什么，就和早恋被抓包的小孩般，慌张解释："哦，他们是我同学，刚好顺路就一起了。"

"叔叔好！"

一道洪亮的嗓音响起，苏小雨侧头一看，就见穆炎阳瞬间敛起吊儿郎当的模样，乖巧如小学生地向自己爸爸点头问好。见到他这副人畜无害的笑容，苏小雨眼珠都快瞪出来了：没看出来这小子还真能装啊！装得和孙子一样乖。

"叔叔好。"温智宇依旧如常微笑着打招呼。

面对小辈的问好，苏天磊慈爱地应道："哎，你们好你们好，都一个班的，平日多多照顾我家小雨啊。你们去哪儿？要不要顺带捎你们一程？"

"好啊。"

"不用了。"

穆炎阳瞟了温智宇一眼，笑着道："他不用，那我可以蹭个车吗？这书包还真重啊。"说着煞有介事地揉揉肩膀。

"别客气，上车。"

"爸爸，你不是一会儿还要去公司吗？这……"

"没事，这又花不了多少时间，顺便一起吃个饭吧？"

"谢谢叔叔。"穆炎阳依旧二话不说就应下。

在苏小雨一副不可名状的目光中，穆炎阳朝她咧嘴一笑："班长不介意吧？下次我请你吃回来。"

"嗨，多大点事，"苏天磊不以为意地摆摆手，问车外的白衣少年，"小伙子你一起不？"

温智宇看看车内敌视着自己的穆炎阳，又看看和蔼相邀的苏父，笑着点点头："谢谢叔叔。"而后，在穆炎阳满脸的嫌弃中，也开门上车。

苏小雨一脸无语地坐进副驾后，稀奇地看着穆炎阳和自己父亲相谈甚

欢的模样，这才发现这么个目中无人的少年，收起周身的棱角后，原来也是个健谈的阳光少年。对方甚至比自己还会逗父亲，时不时就把父亲乐得大笑出声。这算啥？提前讨好未来的岳父？

“噗咳咳咳……”意识到自己在想什么后，苏小雨瞬间呛住。

“怎么了？喝个水还能被噎着？”

“没、没事。”苏小雨接过后座温智宇递来的纸巾，说了声“谢谢”，立刻低头擦拭着衣服上的水迹。

透过后视镜偷瞄着后座那神采飞扬的少年，苏小雨嘴角不自禁地牵起上扬的弧度：畅畅，怎么办？我好像真的离疯不远了……

6

因为温智宇和穆炎阳的意外加入，原本的二人餐便成了四人餐。

“班长，一会儿你要去图书馆带我一起呗，正好我有问题要问你。”结束用餐之际，穆炎阳笑得一脸殷切地问苏小雨。

温智宇慢悠悠地反问：“才放假你连作业都还没开始做，能有什么问题？”

“历史遗留问题行不行？再说了，班长还没说啥，轮得着你说？”

“我和小雨率先约好背竞赛资料的。”

“加我一个又怎么了？反正不都是学习？”穆炎阳看向一旁默然的人，再次扬起笑容，“班长，你愿意带上好学的我一起去图书馆吗？”

听到对方的话，苏小雨丝毫不给面子地翻了个大白眼，正欲讽刺开口，意外瞥见父亲一副看好戏的姿态，立马干咳一声做出抉择：“那啥，难得放假我想休息休息，学习什么的改日再议吧！”说着，她挽起父亲的胳膊说，“爸爸，带我去公司玩玩吧，我都还没去过你公司呢。”

曾经的她，算是两耳不闻窗外事的典型人物，父亲公司发展得怎样最后又是如何破产的，她真是一概不知。直到入职昱玮，和他们的相关合作企业打交道的时候，才发现其中一家叫仑衡的公司，竟然就是当年兼并自己父亲公司的企业，不得不感慨一句世界还真是小啊！

“那先拜拜了，年后见！”苏小雨挽起苏天磊就离开，惹得温智宇蹙起俊眉：所以自己这算是被放鸽子了？

待那父女两人一离开，接收到温智宇不爽视线的穆炎阳再次恢复本性，骂骂咧咧地道：“瞅什么瞅？再瞅也没小爷我帅！”说完臭屁地一甩头，背起书包就走人。

成功阻止两人私下的约会，穆炎阳表示心情还不错，不知道那些小崽子们在干吗，一会儿找他们去。

苏小雨坐在父亲的办公室中，翻看着桌上2009年度的财务报表，忍不住蹙起秀眉。她一直以为爸爸公司的运营状况良好，但是这各项报表反映的状况并非如此啊……

虽然对于公司管理算不得精通，但是这些年的工作经验也能让她根据眼前这有限的资料了解父亲公司的些许状况。

趁着父亲开会，苏小雨将放置在桌上的文件资料都大致翻了一遍，直到看见一边商讨一边推门而入的两人，才起身问：“爸爸，开完会了？”

“那先按照会议决定的布置下去吧，”苏天磊对身边的廖思梵也就是纪雨桐的母亲吩咐，而后转向女儿笑着道，“嗯，开好了，让位喽，爸爸要用电脑了。”

廖思梵见状立马热情开口：“小雨，去阿姨那里玩电脑吧，离下班还有些时间呢。”

苏小雨摇头：“不用了，我就在这儿看会儿书，等爸爸一起下班就好。”

“真是个爱学习的好孩子，要是我家桐桐能有你一半认真就好了。”

“反正都是一个班的同学，到时候多多互相帮助就好，是不是小雨？”苏天磊接话。

苏小雨不太感兴趣地“嗯”了声，便坐到一旁的沙发上拿起书看。直到廖思梵出门，此方只剩下自己和父亲两人后，苏小雨才出口将刚刚发现的疑惑问出。

当听到女儿对企业的分析时，苏天磊惊喜得双眸一亮：“不错啊女儿，什么时候竟然会看报表了？果真是虎父无犬子，以后可以继承爸爸的企业了，哈哈哈！”

“利润欠款什么的谁不会看呀，同比环比什么的初中就教过了好不好？”苏小雨尽量将问题简化，以符合自己现在的年纪，“外面公司欠了我们那么多钱能要回来吗？融资那么多，会不会有风险啊？”

苏天磊耐心地解释：“放心啊，这些都是正常的。很多欠款方都是合作多次的信誉公司，迟早会收回来的；新的融资渠道财务也都在拓展，不会资金链断裂的……就算公司倒闭也不会饿着你们娘俩。”

“说什么不吉利的话，爸爸的公司一定会蒸蒸日上的！”苏小雨坚定地道。只要爸爸健健康康的，公司就不会群龙无首，公司也就不会节节败退了吧？

“爸爸再奋斗十年，争取把天琴公司做到上市。到时候你毕业了，就来爸爸公司吧？”

听到父亲那壮志凌云的话，那些父亲犯病被强制送入医院的画面也不合时宜地冒出，苏小雨压下心底的感慨，笑着回答：“好呀。那我得提前适应适应公司的环境，在你们放假前，我多多来这儿学习学习，好不好？”

“哈哈哈，好！”苏天磊只当女儿一个人在家无聊，找借口来公司玩电脑，“但是作业功课不要落下。”

“知道了，我去外面逛一逛。”

“不要迷路！”苏天磊望着女儿离开的背影，眸中满是慈爱，随即又浮起一分忧虑。

天琴公司僻静的安全楼道中，一个身着干练职业装的中年女人在此打电话，轻声说着什么。

“对，刚刚会议决定的，你注意一下。”廖思梵挂断电话，抬步正欲上楼，突然发现上方一个娇小的身影，顿时吓了一跳。待看清来人，她当即收起慌乱的神态，笑着开口，“小雨啊，怎么到这里来了？”

“走错路了，”苏小雨同样扬起天真无邪的笑容回复，“正想下楼梯，看到阿姨在打电话，我就在这儿等等，省得打扰你了。”

她是想随便下楼逛逛看看父亲的公司，结果找楼道的时候，意外听到这里有轻轻的说话声。听到“天琴公司”几个字，她忍不住过来听了听。但是对方说话太轻她听不全，只能依稀听到什么项目抓紧之类的话，可正常的工作联络用得着特地到这种地方说吗？

“哦，没什么，因为是私事，怕在办公室打电话被人看到不太好，就来这儿了，”廖思梵淡定地解释，而后热情问，“要不要阿姨找人带你逛一逛？”

“不用了，谢谢阿姨，你忙吧。”

两人一上一下错身离开后，苏小雨回头望着廖思梵的背影，秀眉蹙起。

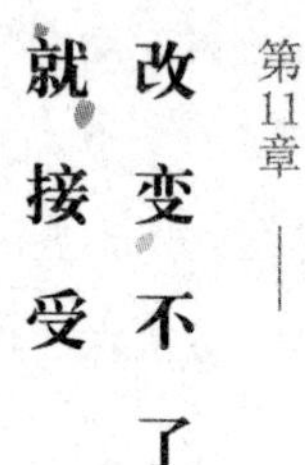

第11章 改变不了就接受

1

2019年。

“苏主任，这份拆迁协议需要盖章，您看看，没问题的话帮忙盖一下。”

晃神中的苏小雨看到姬海英递来的文件，接过来扫了一眼：“知道了，我会盖的。”

再一次来到未来世界的苏小雨，适应时差的间隙，没有注意到姬海英眸中一闪而过的奸诈。

这已经是苏小雨不知道第几次来到未来世界了，好像每次一考完试她就会现身于此，然后又莫名其妙地回去，她都快习惯在两个时空中徘徊了。

趁姬海英出门，苏小雨赶紧拿上文件朝走廊最里间的总经理办公室行去，准备让穆炎阳审核。看到他正在里面打电话，她敲了敲半开的门提醒。

见到来人，穆炎阳不自禁地勾了勾嘴角，指了指一旁的沙发，示意她进来等一下。

“能不能做你先把单子接了再说，没点挑战怎么创新怎么进步？还有林苑那边的PC板今天已经发货，二期的合同赶紧拿下……”

苏小雨凝望着站在窗边对着手机有条不紊发号施令的人，一时间晃了神。阳光透过窗户从他头顶洒落，勾勒出他刚毅有型的侧颜，比高中时期的他更棱角分明，也更俊朗帅气；年少时分的桀骜退散，有的满是成熟精英男士的成熟与稳重。都说认真工作的男人是最帅的，看到这般严肃、富有魅力的他，苏小雨的心也不禁跟着乱了节奏。

穆炎阳一挂断电话，见到的就是愣怔盯着自己的小人儿，俊眉一挑，好心情地道："小丫头，是不是被我的盛世美颜给迷住了？要看走近点看呗，又不收费。"

带笑的磁性嗓音拉回苏小雨的神智，对上他戏谑的双眸，她忍不住自我唾弃一下：苏小雨，你这个花痴的女人！

看到她那懊恼的小模样，穆炎阳不再逗弄她，坐回位置问："找我什么事？"

"这个文件要盖章，你看看有没有问题。"

穆炎阳接过她递来的文件，审视无误后还给她："没问题，让小刘盖了吧。"

"她去工商局了，公章在我这儿，一会儿我去盖。"

"你会盖吗？"

苏小雨感觉自己在他眼里就是啥都不会的智障儿童，即使现在的自己未成年，但这种照葫芦画瓢的事儿她还能不会？

接收到对方无语的视线，穆炎阳轻笑一声说："这个要寄到拆迁办的吧？你让办公室的人叫快递。"

"知道了。"

五一假期，穆炎阳坐在书房的沙发上，一抬头就见到书桌后认真做题的人，嘴角止不住地上扬。世上最美好的事情莫过于阳光与你同在啊！

突然，一道轻微的抽噎声传来，穆炎阳瞬间敛起笑容，定睛一看就见到握笔的小姑娘正偷偷抹眼泪。他当即上前问："怎么了，题目不会做？"

这句话就仿佛压倒骆驼的最后一根稻草，压抑了许久的苏小雨忍不住哭号出来："我感觉自己好笨啊，连这种基本的题目都不会！考试一次比一次差，到时候爸爸妈妈他们又要吵架了。我太没用了，我到底该怎么做才能让他们和好……"

听到她的哭诉，穆炎阳沉默了。他知道她的过去，知道她的家庭状况，只可惜知道得太晚，没能在她最需要的时候帮到她。但是现在，独自一人抗下一切的小姑娘就在他身边……

穆炎阳伸手拽起哭泣的人，拉着她就往外走。

"你要带我去哪儿？"

"劳逸结合，换换脑子！"

半个小时后，A 市游乐园。

"啊！"被穆炎阳强拉上过山车的苏小雨，在剧烈的失重中放声尖叫。

"对，就这么叫出来，爽快吧！"

随后，跳楼机、大摆锤、鬼屋……各种刺激的项目，穆炎阳都带着苏小雨玩了个遍，瞅着起先还吓得脸色苍白现在却越玩越带劲的人，他趁机开口："是不是舒服多了？遇到烦心事就要发泄出来。"

宣泄一通后，心情好了许多的苏小雨点点头。

瞅着恢复了情绪的人，穆炎阳毋庸置疑地开口："你要记住，你永远是最棒的。现在只是人生一个小小的阶段，以后你还会遇到更多的挑战，但只要乐观积极地面对，没有什么过不去的。因为你的优秀，足以让你战胜一切困难！"

苏小雨愣怔了一下，对上他笃定的眼神，喃喃问："我很优秀？"

“对，你永远是最优秀的，相信我！”穆炎阳揉揉她的脑袋，坚定地回复，“我可是知道你十年后的一切哦。”

在穆炎阳的鼓励认可下，苏小雨渐渐找回了信心，在心底默默说了声“谢谢”。

回去的路上，瞅着前方的车水马龙，苏小雨忽而忆起什么，低头从包里的钱夹中抽出几张红票子递给穆炎阳：“对了，这一个多月谢谢你的照顾啊，我也不知道该怎么感谢你，就出点钱意思意思吧。”

余光瞄见对方递来的几张红票子，穆炎阳嘴角上扬的弧度逐渐收敛，咬牙道：“你什么意思？”

感觉到车厢内忽然降下来的温度，苏小雨磕巴地回答：“报、报酬啊。”

“报酬？你把我当男保姆呢？我堂堂昱玮公司老总就值这点钱？”温柔男人顷刻回归暴躁真身。

“那现在劳力物价是怎样的？我也不太清楚，要不你开个价？”

此话一出，穆炎阳脑门的青筋跳得更厉害了：“我神经病没事找事放低身份来当保姆照顾你衣食起居啊？有这点时间我干点什么不好？”

“那、那你别照顾了呗，我还舍不得这些钱呢，也不知道银行卡密码是什么……”幸好这些日子花销也不大，钱包里的现金够她用。

前方的交通灯由绿变红，穆炎阳猛地踩下刹车，转头瞪向一脸认真的人，大吼道：“我是在追你啊懂不懂，追你！谁稀罕你的钱？我还缺这几个钱啊？”

苏小雨被吼得一缩：“但、但是我才不会因为你这段时日的照顾就以身相许的。”虽然害怕发怒的对方但还是要言明自己的立场。

苏小雨瑟缩的身躯和红红的双眸，颇像个被大灰狼欺负的无助小白兔，穆炎阳无力地长叹一口气：“我追的又不是现在的你，谁稀罕你这

个只知道学习、一无是处的小屁孩。酬劳什么的让这个时空的苏小雨和我谈。”

“那我不能给未来的自己增加负担，以后我自己坐车上下班、自己买饭吃就……”可以了。

“再废话信不信丢你下去。”穆炎阳恶狠狠地瞪了对方一眼，看到她识相地闭了嘴，这才满身怨气地转回头。

真是遭罪，他根本拿这样的她没办法，打也打不得骂也骂不得，说句重话就露出可怜巴巴的眼神，搞得他一个大男人欺负她似的。

“啊！”

“又怎么了？”突然一声尖叫，拉回穆炎阳的注意，他转头一看，居然见到苏小雨的身体竟然成了若隐若现的半透明状态！

“这是怎么回事？我是不是要消失了？”苏小雨吓得快哭了。

穆炎阳连忙靠边停车，掏出老旧的诺基亚手机，祈祷着拨出本机号码。庆幸的是，电话通了……

2

2010年，寒假。

听着父亲办公室中传来的争吵声，门外的苏小雨滞住身形。正在她犹豫是该敲门还是默默离开的时候，大门突然从里面打开，一句清晰的怒吼也在耳畔响起：“你再这么相信那个狐媚子，公司迟早被你搞垮！”

“你给我滚出去！”随着这声咆哮，一本文件夹被丢出来。

“胡叔叔。”苏小雨礼貌地喊道。

面红耳赤出门的人脚步一顿，看到外面的人时，努力敛起几分愤怒之色，道：“你好好劝劝你爸爸，省得把辛辛苦苦打拼下来的基业都给他人做嫁衣！”语毕气冲冲地离开。

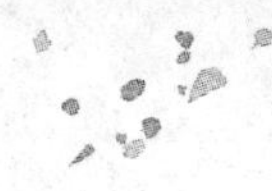

办公室中依旧响着谩骂声，苏小雨推门而入，小心翼翼地唤了声：“爸爸，你们怎么吵架了？”俯身捡起地上的文件夹。

见到女儿进来，苏天磊深呼几口气企图平静，却还是气不过地指着门吼了几句：“他就仗着我们关系好，越来越不知道天高地厚了！要不是我带着他出来闯荡，现在他还在村里待着呢！”

苏小雨知道胡叔叔和自己父亲交好，小时候总是遇见串门来玩的他。胡叔叔是天琴公司的老员工之一，现任副总经理，是爸爸的得力助手，是什么事情让他们如此闹红了脸？

“是意见相左吗？公司决策不同的人有不同的意见也很正常嘛……”

不知道是不是心里堵得不顺不吐不快，气头上的苏天磊也顾不得避讳就这么当着女儿的面将刚刚两人的争吵诉说，还让她评理。

苏小雨听懂了爸爸和胡叔叔的纷争是什么，一项地产大业务天琴完全有能力自己完工，但是爸爸却把一部分工程包给了仑衡，以确保在工期内交工。但这个决定在胡叔叔看来完全没必要，这是拱手把肥水让给外人。无论爸爸说什么仑衡是合作多年的老企业，交一部分给他们，天琴可以有更多精力接更多其他高精端业务，但胡叔叔就是认定他是因为廖思梵才这么决定，破口大骂廖思梵是狐媚子，爸爸也生气回骂对方目光短浅，两人就这么争执得越来越凶。

苏天磊当然不会透露的是，自己恼羞成怒也有很大一部分原因是被对方戳中了真相……

让苏小雨最震惊的是廖思梵和仑衡的关系：“仑衡？廖阿姨是仑衡的人，那她为什么会在天琴？”

“两家企业是老伙伴了，我们也有人在他们那儿任职，这样的友好交流都是正常的事情，”苏天磊显然没准备在此事上解释过多，发泄了一通，理智也回归，有点懊恼为何要和女儿说这些，“大人的事情你不要管了，

去楼下行政部找小赵，我和她吩咐过了，要玩电脑就找她。”

苏小雨还想再问些什么，但是看到父亲回到座位一副准备办公的状态，便转身离开办公室。

苏小雨在脑海中努力回忆有关自己在未来世界了解的仑衡公司信息，昱玮与仑衡的合作也有很多，对方总是来昱玮学习参观建 PC 部件的开发制作，也努力从传统建筑业向现代建筑产业化转型。

再后来，她在昱玮逐渐扎根后，渐渐了解到大家对仑衡的评价不是特别好，仑衡从一家默默无名的小公司逐步发展为可以和昱玮总部竞争的大企业，可以算是无所不用其极。在商业上来说，仑衡无疑是成功的，只是某些手段终究无法入一些正直人的眼。

无意间知道天琴公司是他兼并的破产公司之一，现下又知道廖思梵还是仑衡负责人的妻子时，结合胡叔叔的话，她的脑海中不禁浮现起阴谋论：会不会这夫妻俩里应外合把爸爸的公司搞垮，以让仑衡成功兼并它呢？否则仑衡负责人的妻子为什么特意来天琴入职，还是能够接触核心机密的秘书一职？

苏小雨思考了一会儿，直接去找胡叔叔，对方正好出门和她碰个正着：“胡叔叔！”

蹙眉凝思的胡勇权抬头见到跟前的人，神色复杂地盯着她，一副欲言又止的模样。

苏小雨率先笑着开口：“胡叔叔，我爸爸刚刚在气头上说了些难听的话，还请您不要生气，爸爸以后得多靠您帮助呢。”

对方懂事的话令胡勇权滞了滞，而后，他面带羞赧地伸手拍拍她的脑袋：“还是小雨可爱，比你家老爹懂事多了。”

“胡叔叔现在忙吗？不忙的话我想找你聊聊天。”

“聊什么？”

“我想了解了解爸爸公司的现状啊，我也不想看着爸爸和你们打拼起来的基业被别人钻了空子。”

听到她的话，胡勇权眸光一亮，笑着说：“呵呵，没想到你这小娃子倒是比你爹看得清啊，进来聊吧。”

估计也是怨念憋闷在心里许久不吐不快，胡勇权把能够说的简化起来一股脑全和苏小雨吐槽了。

聊天中，苏小雨得知早在两年前廖思梵就来到天琴公司成了父亲的秘书，天琴和仑衡也正式成为全面合作全面交流的兄弟企业，资源信息共享、互不设防的那种。

天下攘攘皆为利来，商人更如是。父亲向来心善，害人之心绝不会有；但有必要提醒他，防人之心不可无，毕竟她知道未来的一些状况，也知道仑衡的德行……

“我能够做些什么呢？”知道现状，苏小雨忍不住蹙眉，现在的她还是学生，假期一过，不可能像现在这般频繁地出入公司。而且，在公司的事务上，她也没有任何话语权。

“我们都劝老苏提防着对方点，自己得留些后手，不知道说了多少遍了，他就是不听，说多了就像今天这样发怒了，”胡勇权无奈地摇摇头，“这些本该是大人的事情，不该让你插手……”

“没关系的，胡叔叔，虽然我能做的不多，如果有我能帮到的地方你一定要说啊，”苏小雨真挚地道，“我希望，天琴公司能够蒸蒸日上，直至上市的一天。”

温声却有力的话，周身稳重内敛的气质，根本让人感觉不到她还是个正在读高中的学生。胡勇权看着这样的苏小雨，心下忍不住感慨：老苏一时糊涂归糊涂，却有着一个青出于蓝而胜于蓝的聪慧女儿啊！只是眼

下的局面，恐怕也不是一朝一夕能够扭转的……

“老苏对你疼爱有加，也快春节放假了，到时候，你多多侧面提醒提醒，提防一点仑衡还有……仑衡的人。”没有直接说提防廖思梵，老苏现在和她的关系，他根本无法和小雨开口。

“好的，谢谢胡叔叔，我们一起努力，我也会努力劝爸爸的。”至少在已知的结局之前，努力扭转，万一成功了呢？

3

爆竹声中一岁除，一家人欢欢喜喜地过春节。除了期间几次苏小雨因为提醒父亲公司的事务闹了点小小的不愉快外，整个假日还算和谐美满。

初八，C高高二下学期开学，职场人也重新归岗。

身为班长的苏小雨协助班主任处理好开学事宜后，就回到位置等待接下来抢课大王数学老师的现身。

看到站在第一组和书生聊不够的安畅畅，苏小雨忍不住笑了笑，可以预想到接下去两周对方一下课就往后门跑的状态了。为了保护学生视力，班级每两周换次座位——集体往左移一个大组，这一次苏小雨所在的大组在最南边，对应的书生那一组就在最北边。

见到温智宇身边那个身着粉棉衣的娇俏身影，苏小雨嗤笑一声：她也可以有段安静的时间了，不会总是被当跳板。

苏小雨回头看了眼身后依旧空荡荡的座位，正嫌弃开学第一天就迟到的某人，伴随着铃响，一袭黑色冲锋衣的穆炎阳就斜挎着书包，带着一身寒气进了教室。他面庞紧绷凸显出刚毅的轮廓，薄唇紧抿，剑眉微蹙似乎在思虑什么，连小弟和他打招呼都没有反应，却在进教室的一瞬间直直地朝苏小雨看去。

和对方幽深的目光对视个正着，苏小雨一愣默默转回头，当作是无意间见到的他。听到身后的响动，苏小雨连自己都不知道为何她会有片刻的紧张，随即熟悉的头发拉扯感再次令其蹙眉回头：“干什么？刚过完年就找不痛快啊？”

穆炎阳瞅着抚摸马尾的女生，问：“喂，你爸爸和纪雨桐妈妈关系很好吗？”

讶异于对方突然提到纪雨桐的母亲，苏小雨收起不耐烦的神态，开口问：“他们是同事，你为什么忽然提到他们？他们怎么了？”

想到在校门外见到的情景，穆炎阳斟酌着话回答：“刚刚在校门口见到她和你爸一起离校……”而且姿态过于亲昵。

“我爸爸送我来的，进学校的时候碰到过她们。”母亲的公司在赶一个新的策划项目，昨日开工便进入加班状态，所以由父亲送自己来学校。

对哦，既然廖思梵是纪雨桐的母亲，那仑衡企业的负责人就是纪雨桐的父亲喽？自己是不是可以通过她了解一些仑衡的动态？苏小雨的目光不自觉地再次移向依旧站在温智宇身边的人，这下子得换成自己主动找她了。但是现在的重点是……

“他们一起离开然后怎么了吗？”不过一起同行而已，这种寻常的事情用得着这位素来不管闲事的班霸少年专门向自己问询吗？岂不没话找话？

“好了，同学们都回位置上啊，这学期内容多任务重难度也大，大家赶紧从假期状态里出来，今天这节课先给大家预热预热。”不等穆炎阳回答，数学老师就拿着教案进门，惹得还处于假期综合征中的学生恹恹地回到座位翻课本。

安畅畅小跑着回座位，趁着老师还在开场白的间隙，再次羡慕地捏了捏同桌的胳膊感慨：“小雨，你一定是过了个假年吧？为什么一点儿都

没胖？看看我，脸都已经圆了一圈了。”

苏小雨笑着捏捏安畅畅的小肉脸，安抚道：“没事，天气一热就瘦下来了。”

见到前面的人没有再多问，穆炎阳不自觉地松了一口气，忍不住拍了拍自己这张快嘴，怎么能因为偶然碰见那一幕就瞎猜，说不定有什么隐情呢？好歹也得有个确切的说法再提呀。但是万一真是他猜的那样该咋办？他到底是该告诉她真相呢还是隐瞒？直说的话她岂不是得伤心？对待问题向来简单粗暴直接的穆炎阳第一次因为别人的问题开始各种叽叽歪歪地纠结……

为了腾出高三的学时来复习，这学期要将所有的课程都结束，忙碌又艰难的下学期开启。寻常的学业及各种大考小考外，苏小雨还有许多竞赛要参加。平日那些闹腾的小崽子们不知道是不是也开始有紧迫感了，安分许多，没再给她找麻烦。殊不知，那些和穆炎阳同穿一条裤子的小弟们在得知老大的心意后，哪还敢造次；见到苏小雨，完全把她当大哥女人看待，就差敬礼鞠躬以昭显自己的一腔忠心了。

3 月底，第一次月考结束的周末，迎来省生物竞赛。这一次苏小雨没有快进时间，而是在当天早晨老老实实地在 C 高门口等候大巴车，和 C 高的考生一同去考场。她记得曾经的生物竞赛因为自己吃坏东西闹肚子没有去成，在家待了一天；这一次她万般注意，终于没有闹什么幺蛾子，成功登上大巴。

这一个月每次回家遇到父亲，她都会委婉地问询有关公司的事情，但次次都被对方岔开话题。她也私下联络过胡叔叔，可惜他们的劝导没有任何效果，父亲依旧无私奉献地燃烧自己，不断壮大仑衡的发展。

她还去过纪雨桐的家，见到了纪雨桐的爸爸，也就是仑衡公司的负责

人纪承平，企图从他口中探知些什么，只可惜得到的都只是一番官方的回复。比如问及为什么他的老婆不在仑衡就职而在天琴公司当秘书的时候，他说这是为了促进两家公司的友好交流，现在天琴和仑衡的合作越来越密切，两家公司也一定会齐头并进成为C市的龙头企业！还说很欢迎自己毕业后来仑衡就职。有关天琴的资源不断向仑衡倾斜这个问题，他依旧能给出冠冕堂皇的漂亮答复……滴水不漏的回话，最终只能让苏小雨铩羽而归。

其实在这个时空待的这些日子，苏小雨心底总是隐隐地发怵，担心即使重来一次，历史依旧向着她记忆中的发展。毕竟太多太多的结果，哪怕她有意扭转，最终却都是殊途同归。所以，她没有跳过这次竞赛，她想通过这些小事证明自己的重来可以真切改变一些东西，以求得心安……

“在紧张？”耳畔一道温润的声音拉回苏小雨的注意力，一只修长白皙的手握着一小盒鸡蛋布丁递给她，“吃不？上午刚做的。”

苏小雨双眸一亮：“你的早饭？”

“吃不下了，帮忙解决解决？”看到对方接过他特意从家里带来的布丁，温智宇温润的棕眸漫起一层笑意，继续柔声宽慰，“轻松点，和跑800米一样重在参与就好。晋级的都是凤毛麟角，被筛下来也没什么。”

“我真是谢谢你的安慰。”吃着新鲜美味的布丁，心情微微转晴的苏小雨忍不住翻了个白眼回复。

不过对方说得也不错，她曾经竞赛成绩最好的就是语文二等奖，但依旧没能晋级国家级。其他理科对于当时的她来说，能跟上就已经有些吃力了，更何况是难度大增的竞赛题。C高虽是C市最好的高中，但毕竟是小县城，各类资源比不得大城市，整个学校能有资格晋级下一轮竞赛的也屈指可数。

“不客气。”温智宇当作没有见到对方的白眼，微笑着回复。

两人一同坐在大巴的第一排，一时间相对无言。瞅着身边低头认真挖布丁的人，温智宇主动找了个话题：“你和纪雨桐的关系好很多了啊？”

话一出口，他就开始后悔，见到对方几不可见地一顿，而后“嗯”了一声便没下文。他还以为她会和以前一样，带着几分嘲弄的语气，讥讽自己对她的关心，但这一次没有。感觉开学后，她对自己的态度又发生变化了——没有最初的冷漠及淡淡的敌意，也没有后续的刻意亲近，两人间相处得越发自然却也平常。

温智宇心底莫名带了几分失落，有时候还挺羡慕和她吵闹不断的穆炎阳，至少他会成为她记忆中一抹特殊的色彩……

忆起高一两人还不是同班的时候，她的一席话：把关心多多留给重要的人……这样处处对他人不必要的关心小心让你的女友误解。

温智宇盯着身边人柔美的侧颜，鼓起勇气扳过她的肩，认真地道：“苏小雨，我没有中央空调，因为我的母亲和纪雨桐的母亲相识，两家人平日有些来往，所以她和我也比较熟。如果你不喜欢，我会和她保持距离的，你能不能不要对我这么、这么冷淡？我们和以前一样好吗？”

挖完最后一口布丁的苏小雨蒙圈地盯着认真凝视自己的人，“咕嘟”一声咽下口中的布丁，一时间竟不知道该如何接话。

什么情况，她刚刚就是在想这段时间自己主动找纪雨桐了解仑衡却没什么收获，该换些别的途径了，一个愣神的间隙他就受什么刺激了不成？这突如其来类似告白的话是怎么回事？他们以前又怎么了？说得她和他好像有什么似的。

微微侧头，苏小雨就能够见到，四周那些争分夺秒看试题看书的尖子生们瞬间抬头竖起耳朵，偷偷朝他们这方瞄来，眸中盛满了八卦之火。

那啥，好好看你们的书不好吗？小小年纪别那么八卦。还有司机师傅，别以为透过后视镜偷瞄他们她不知道啊，好好开车行不行？

面对对方忐忑期盼的视线，苏小雨举了举手中的空盒子：“我都吃了你的布丁了啊。”言下之意，要是对他冷淡根本不会接受他的东西好不好。

也没察觉到这话有什么不对劲，伴随着一声暧昧的低笑，四周的同学也不由得哗然一片，同在第一排的带队老师终于忍不住憋笑出声：“抓紧时间，该看书看书该休息休息啊，一会儿到考场了都打起精神来！别乱七八糟想些有的没的。”

听到老师的话，又看到眼前少年白皙的脸庞漫上一层淡淡的绯红，苏小雨后知后觉地一噎：我怀疑你们在开车但是我没有证据……

好在后续温润少年也没有过多纠缠什么，只是拿过她手中的空盒子说了句“我帮你丢掉”，便不好意思地将脑袋转向另一边，一副被调戏了的羞涩样儿。

听着后方的窃笑，苏小雨忍不住摇摇头：现在的小孩懂得还真是多。

大巴继续行驶在宽敞的大道上，路过一条商业街时，两道相拥而行的熟悉身影突然窜进苏小雨的视野，瞬间令其瞳孔一震。扒着车窗紧紧盯着那对远去的身影，苏小雨的脑袋犹如被雷击般眩晕得丧失思考能力，满目的不可置信。

大巴车在红灯前停下，苏小雨摇摇晃晃地起身，捂着肚子编造了个借口：“老师，我肚子不舒服我要下车。”

带队老师看着突然脸色煞白的人，当即焦急地问：“很难受吗？快到考场了，能不能坚持一下？”

苏小雨摇头：“老师你不用管我，我在这里下车就好。师傅，帮忙开个门。”

温智宇看了看手中的空盒子，这可是上午刚做的啊，不是因为吃这个吃坏肚子了吧？眼见带队老师也要跟着下车，温智宇主动请缨：“老师我陪她吧，一会儿和她去考场。”

“你们都不用管我，我会和家里人打电话的，这次竞赛估计要缺席了，麻烦老师帮忙请个假。不要因为我耽误了大家的考试。”苏小雨说完就立马跑开，不给他们再多话的机会。

红灯变绿，大巴车重新起航，温智宇看着跑开的小身影，不由得担忧地蹙起俊眉。

4

与此同时，正在网吧心不在焉地打游戏的穆炎阳，脑补着苏小雨和温智宇一起坐大巴去参加竞赛而后一起吃饭一起逛街的场景，心底的酸水那是咕噜噜直冒：不知道那个小白脸趁着自己不在场会怎么献殷勤呢！该死的，就这么平白给了他们独处的时机。自己一定要争取下次的物理竞赛也被选上，这样就能和她一起参加了……

“老大老大，你往哪里走啊？那边是敌营啊！”

“丁路快给老大补血！”

“啪”的一声，穆炎阳忽然暴躁地拍桌而起，惹得身边一群少年惊吓地看着他。

穆炎阳抿着唇，指着他们就开始训斥：“瞧瞧你们一个两个的，现在都高二下学期了！整天就知道游戏游戏，能不能有点儿紧迫感？”

“老大，不是……”你约我们来的吗？

“不是什么不是？”穆炎阳丝毫没有贼喊捉贼的心虚，一副班主任的架势开口，“都给我关了，回去写作业去！下次月考没进步过来排队挨揍！”小白脸身边的一个个都是学霸，自己身边的也不能落下！

话音一落，包立轩等人立马二话不说地下游戏关电脑，在对方凶狠的瞪视下点头哈腰地走人：妈呀，太恐怖了，自从老大陷入单恋后，越来越像教导主任了！爱情这种东西，果真不是现在的他们能碰的，溜了溜了。

心情不顺的穆炎阳正准备入座大杀四方发泄一通再回去写作业，忽而一阵手机短信提示音拉回他的注意力。他打开消息一看，就见到备注名为“社会二哥”的人发来一张彩信，备注：炎阳老弟，发现情况！

见到那对亲昵背影身后的熟悉小身影时，穆炎阳直接从座位里弹起，押金都顾不得退就一边往外奔走，一边拨电话：“二哥，你现在在哪里？还跟着他们吗？”

“是啊，一直跟着呢！现在在庆春街的西格咖啡厅里，那女的是不是就是狐狸精？”

穆炎阳没有解释，只是说：“我现在就赶过来，二哥你继续盯着，有情况随时联系。”

有关苏小雨的事情，穆炎阳都格外上心。自从开学撞见她的父亲和纪雨桐母亲那不寻常的姿态后，为了确定真实情况是否和自己猜测的一样，他便找上刚工作半年就离职的无业游民——二表哥庄泽轩，委托他帮忙多多关注苏天磊的状况。先前几次也收到过二表哥的彩信，但照片里两人的接触尺度都还算正常。哪像今天，那两人又是拥抱又是亲吻的，这不可言说的关系算是实锤了。

拦车赶到西格咖啡厅时，穆炎阳就见到坐在门外长椅上的庄泽轩，当即走过去问：“人呢？”

“里面包厢呢，我也不好跟进去，进去就得消费，”庄泽轩说着朝穆炎阳伸手，“炎阳老弟，这任务费可以结了吧？”看到对方掏口袋，狭长的桃花眼瞬间笑眯成一条缝，仿佛眼前的少年就是行走的金块。

“不过那男的是谁啊，和你什么关系，你这么紧张？”庄泽轩问道。

穆炎阳直接掏出一叠钱给他，没有回话，只是继续指着手机彩信问：“这个人呢？”这部手机是二表哥淘汰的旧手机，自己那部依然在苏小雨那里，他也不是很想要回来，这样就能有理由不断给她发短信、打电话了。

开心地数着外快钱，庄泽轩看向对方指的人，皱眉：“这不就一路人吗？你要我跟的不是那个大叔吗？”

瞄见咖啡厅角落那个穿着黑白薄毛衣的小身影时，穆炎阳摆摆手：“你走吧，任务完成。”说着迈步朝前走去。

“以后再有这种任务记得找我！表哥我不嫌多！”赚了一笔小钱的庄泽轩开心地挥挥手走人，多亏土豪表弟，自己吃土的日子里可以喝点汤了。

苦涩的味道弥漫在口腔，苏小雨此刻的心情就和这美式咖啡一样，是浓得化不开的苦，耳边浪漫优雅的小情歌，在她听来无不是带着讽刺音符的乐声。她眼里的父亲是一个伟大又正直的人，虽然他也有很多坏习惯，但不妨碍他是她的榜样。

一个公司从无到有要花费不知多少心血，创业难守业更难。她能够接受因为父亲过于轻信他人或者力不从心导致的经营不善；她也可以接受即使重来一次，天琴依旧被仑衡兼并的结果；但是她无法接受父亲是因为受到花花草草的蛊惑而失守了底线，色令智昏地覆败了和母亲打拼下来的基业，辜负了一众为天琴忠心守业的员工！

当初知道父母离婚，自己对母亲说了多么恶毒的话啊，可到头来呢？母亲才是实实在在的受害者！背着发妻在外面和别的女人卿卿我我，他的责任感与道德感何在？他的良心不会痛吗？当初的一切，到底还有多少她不知道的隐情？

握着咖啡杯的小手越收越紧，当苏小雨即将陷入黑暗的漩涡时，对面忽然落座的一个身影将其拉回白日的现实中。

“哟,这么巧,你也在这儿,”穆炎阳望了眼她杯中的苦咖啡,嫌弃地道,“喝的什么黑漆漆的东西，这种春光明媚的日子，不该吃点甜甜的东西应景吗？”

苏小雨讶异地看向现身于此的少年，对方依旧一副拽拽的模样，不甚在意地将手上那盘精致的抹茶蛋糕推给她：“小爷我请你的。”看她盯着自己没有动作，又昂了昂下巴，说，“不吃我就自己吃了啊！”说着，就欲拿过餐盘，却被她先一步夺去。

“孙子孝敬奶奶的，我怎么能不接受？”苏小雨拿起叉子叉了口蛋糕，清香的甜味瞬间覆盖味蕾余留的苦涩。

这种治愈的感觉就和见到他的刹那一样，自己在夜色戚戚、无光无声的黑暗海面浮沉之际，自带圣光的少年撕裂黑暗破空而来，紧紧抓住她的手，拉着她离开黑暗无依的深海……双眸忽然有点发涨，苏小雨用力眨巴几下眼睛，将浮起的水汽憋回。

瞅着对面一勺一勺慢悠悠吃蛋糕的人，穆炎阳心底满是焦灼，五指指尖无意识地轮流敲击桌面：他现在要怎么开口？问她为什么在这里？还是当作什么都不知道地沉默？也不知道她现在是什么状态，怎么这么平静呢？

“你怎么在这里？”还是苏小雨率先问出口。

“啊？路过路过，呵呵……”穆炎阳紧紧盯着对方毫无波澜的脸庞，企图从中找到一丝别的情绪，却终究以失败告终，“你怎么也在这儿？你不是去参加竞赛了吗？”

苏小雨挑眉回复：“半路肚子疼就下车了，干脆过来吃点东西。”结果还是和曾经一样，没有去成生物竞赛。

"哦。"穆炎阳再次不知道如何接话了，手指继续烦躁地敲击桌面。

看到对方那蹙眉凝重的模样，苏小雨却被逗笑了："你真的只是路过？"

"当然……"对上对方洞悉一切的双眸，穆炎阳讪讪地摸摸鼻子，"其实也不算，我是特地来找你的。"

听到自己软绵绵的声音，穆炎阳的俊眉蹙得更深了：这不是本班霸该有的样子啊！他又不是小白脸，轻声轻语的什么毛病？思及此，穆炎阳企图挽回自己的形象，凶神恶煞地拍桌道："小爷我是来找你的，有意见？"

不想他那佯装凶悍的模样令苏小雨直接"扑哧"一声笑出来，郁郁的心情也转晴了很多："没意见，当初开学你要和我说的是什么？是不是见到我爸爸和纪雨桐妈妈走得过近过于亲密了？"

他显然没料到对方如此直接，前一秒中气十足的少年再次歇菜了："呃……呃……"

"是就是，不是就不是，叽叽歪歪个什么劲儿？"

向来嫌弃的词汇被形容在自己身上，穆炎阳黑着脸点头："是！"

"果真如此。"苏小雨长叹一口气。怪不得胡叔叔提到廖思梵的时候这么支支吾吾，看自己的眼神也带着怜悯，估计他早就知道那两人不可言说的关系了吧？

抬头看到对面少年闪躲的目光，苏小雨不禁失笑，做亏心事的又不是他，他心虚个什么劲儿啊？搅动着杯中的咖啡，苏小雨漫不经心地问："穆炎阳，如果你知道未来某些不好的结局，你有机会回到过去，努力扭转却依旧无法改变任何事，你会怎么办？"

"改变不了就接受呗，又不是没有经历过，"穆炎阳理所当然地回复，"比起那些不切实际的逆转历史，还不如多考虑考虑怎么过好当下和以后，沉溺过去没有意义。"

少年理所应当的话再次令苏小雨变幻了瞳孔，神奇地打量着对方："为

什么每次令人困惑的大事在你口中说出来都变得那么轻松？”却让她无法反驳。

“本来就是啊，是你们非得多想把事情想复杂，”穆炎阳试探地问，“你说知道的未来结局是谁的结局？你的吗？”

苏小雨摇头。

穆炎阳再次嫌弃地道：“不是你的你操心那么多干吗，就那么喜欢把别人的命运压力都担在自己身上？你又不是救世主！怪不得那些先知都短命，绝对累死的。”

看到对方那嫌弃的模样，苏小雨咧着嘴轻声喃喃：“还真是个宝藏男孩。”每次和他聊天，都会有种醍醐灌顶之感，看不出这个放荡不羁的班霸少年，还是个大智若愚的贤人呢！只不过她的父母不算别人啊，自己肯定是无法袖手旁观的……

苏小雨看了眼二楼的方向，起身就要上楼。

“你去干吗？”穆炎阳看到她起身，立马跟上她紧张地问。

苏小雨扬唇一笑：“捉奸啊。”走了几步，回头看到身后跟着的少年，继续说，“你能不能不要跟来，给我点面子？”她不想让他看到自己家这堆破事，还是如此难以启齿的破事……

瞅见她强颜欢笑的面庞，面对她带着乞求的眸光，穆炎阳止住步伐：“我就在这里，有需要随时叫我。”

苏小雨看了眼认真凝视自己的人，道了声谢便回头朝楼上的包厢行去。

盯着那个笔挺着腰板上楼的小身影，穆炎阳心底说不出什么滋味。明明就很难受，非得这么故作坚强干什么？当自己是女超人吗？什么事情都自己扛。没见到这里还有个活生生的大男人吗？不会找他帮忙吗？虽然那是她的家事，自己也不太好出面……

穆炎阳差点儿就要控制不住地往楼上走，但脑海中浮现的那双带着水光的双眸让他生生止住了步伐，只能烦躁地在原地扒拉着头发。

5

咖啡厅楼上的包厢比之楼下清静许多，一来现在还不是这里热闹的点，二来楼上的消费比楼下要高不知几个档次。站在 302 包厢外，苏小雨用手机拨出那熟悉的号码，没多久便接通。

“喂？哪位？”男人沉稳的声音夹杂着女人轻声的问询声传来。

苏小雨深呼一口气，保持无恙地开口：“爸爸，你现在在哪里？”

对面显然有一瞬间的呆滞，而后和蔼的男声再次响起：“小雨啊，今天不是去参加竞赛吗？结束了？”

“嗯，结束了。爸爸你在哪里，能来接我吗？”

“我……”苏天磊瞄了眼身边的廖思梵开口，“小雨你打车回家吧，爸爸现在正在加班，走不开。”

“哦，是吗？是单独在和廖阿姨加班吗？”话音一落，302 包厢的房门便被打开，苏小雨和接电话的苏天磊对个正着，前者眸中蕴满了讽刺，后者一僵而后满是慌乱：“小雨，你……”

正在给对方喂水果吃的廖思梵当即惊慌失措地收回手，尴尬地起身整理整理衣物：“小雨，你怎么到这儿来了？我和你爸爸……”

“你给我闭嘴，你这个狐狸精！果真是有其母必有其女！”苏小雨大喝一声，语气里满是鄙夷与嫌恶。

听到她的话，廖思梵脸色越发难看：“小雨，你要怎么骂我都没关系，但桐桐是无辜的，你不要牵连到她。”

“我是该称赞一声你的伟大吗？既然知道自己有家室有女儿，为什么还要去勾引别人的丈夫呢？”

“小雨！”苏天磊厉声打断苏小雨的话，看到她瞟来的目光，声音又轻柔了几分，“事情不是你想的那样，大人的很多事情你不懂……”

“废话，你不说我当然不懂了。既然被我撞上了，不如就和我解释解释呗。”苏小雨红着眼眸盯着自己的父亲，嘴角扬起讽刺的笑容，“需不需要给你点时间编造一个让我信服的理由？”

看着对峙的父女两人，廖思梵拿起座位里的挎包就欲离开：“我还是先走一步吧，你们好好聊聊。”

“别啊，”苏小雨错身挡在廖思梵跟前不让她离开，“刚好当事人都在场，有什么要说的一起说了呗，需不需要我把妈妈也叫来？妈妈应该还不知道你们的事情吧？”

“小雨，你先跟爸爸回去，我和你慢慢解释。”

甩开父亲伸来的手，胸口憋着一股气的苏小雨丝毫不让步：“或者我应该叫纪总来？问问他的感想……啊不对，他估计应该知道的吧，毕竟对方可是为了利益不择手段的人。

“是纪总派你过来的吗？他让你来干什么？色诱我父亲？获得天琴机密，最后好让仑衡一举兼并天琴，把天琴的资源资产全部占为己有是吗？”在廖思梵青白的脸色中，苏小雨继续讥嘲地道，“一个能为自家丈夫自家企业牺牲到这一步的人，也真是‘巾帼不让须眉’了；一个不惜自己戴绿帽也要将老婆利用到极致的人，也真是个狼人。你们的确很般……”

“啪”的一声，后续的话在一记巴掌下戛然而止。

苏小雨捂住自己火辣辣的左脸，不可置信地转头瞪向动手的父亲，声音都带着几分颤抖：“爸爸，你打我？竟然因为一个外人打我？”

“小雨，我……”苏天磊也诧异自己如此冲动的举止，但还是强忍着心疼教训道，“小雨，你今天的话太过分了。等你冷静冷静，我们再好好谈吧！”

看着还去安抚廖思梵的父亲，苏小雨怒极反笑，捂着脸一边点头一边说："很好很好，我现在总算知道天琴为什么会倒闭了，有你这么个不分是非、色令智昏的领头人，公司能不倒吗？最终的结果都是你咎由自取！不要被人卖了，还在帮人数钱，你这个笨蛋！"

苏小雨声嘶力竭地吼完这番话，便转头跑出门。

"思梵，孩子还小不能理解我们，委屈你了。"

"我没事，你快去看看她吧。总有一天她会知道真相理解我们的。"廖思梵擦了擦眼角莫须有的泪水，贴心地劝慰。

苏天磊看着对方，犹豫地道："那我先去看看她。"

"快去吧。"

直到苏天磊匆匆出门后，廖思梵脸上哪还有半点伤心的模样，只是带着几分焦虑地掏出手机给自己丈夫拨去一个电话……

6

一直等在楼梯旁的穆炎阳，听到响动一抬头，就见到穿着黑白毛衣的小身影低垂着脑袋快速从楼上奔下。秀气小脸上的红痕隐约可见，似乎还有泪水随着她的奔跑不断滴落在楼道上……

穆炎阳的心不禁狠狠一揪，仿佛被钝器击中，生疼生疼。他伸手想去拉她，对方却直接避开，径自朝门外奔去。

周末的庆春街，人头攒动，大道上的车辆也是川流不息。穆炎阳紧紧盯着人群中那个横冲直撞的小身影，快速朝她追去："苏小雨！"

"嘀！"伴随着汽车警告的鸣笛声，一阵大力将苏小雨往后一扯，随即她便落入一个宽阔的怀抱中。周身被少年温暖清冽的气息包围，淡淡的薄荷清香让她混沌的大脑恢复一丝清明。

"没长眼睛啊！"紧急刹车的司机骂骂咧咧地道。

“谁没长眼睛啊？那么大个红灯看不到？信不信让警察大叔教你做人？”穆炎阳丝毫不落下风地回吼，对着朝自己瞪来的司机挥舞一下拳头，“看什么看？还不快走！”

似乎被对方的凶恶唬住，司机强撑面子地说了句“小小年纪不学好，迟早进少管所”便打着方向灯走人。

顾不得朝这方瞟来的一众路人，穆炎阳低头看着埋首在自己胸前一动不动的女生，再次慌乱：“苏小雨，你……”

“嘘，别说话，让我靠一下下，一下下就好。”瓮声瓮气的哽咽声传来。

听到这话，穆炎阳僵硬地站着，一动都不敢动一下，生怕碰碎了此刻怀中犹如瓷娃娃般脆弱易碎的人。他挺直腰板，尽职地当人肉柱，任由她靠着。也不知道过了多久，对方依旧没有任何反应，要不是她浅浅的呼吸声和微微起伏的胸脯，他都要怀疑她是不是昏过去了。

他小心翼翼地抬起胳膊，试探地将手覆上她的背脊轻拍，记得小时候奶奶安抚哭泣的自己时就是这样的，应该有用吧？

脸颊边的衣物已经湿濡一片，感受到背部轻柔的力量，双眸通红的苏小雨不自觉地牵起嘴角：自己现在这个样子一定很狼狈吧？为什么总是在落魄的时候就撞见他？不管是今时今日也好，还是自己因为前公司同事非议自己是精神病的女儿、自己负气离职进入新公司的时刻，总是在她最落魄的时候遇见他……

周遭来来往往的行人车辆在她眼中恍若一幅幅流逝的无声黑白画，只有身前小心翼翼抱住自己的少年是此方唯一的色彩。

苏小雨不由自主地环紧对方劲瘦的腰肢，轻唤：“穆炎阳？”

“在！”听到对方叫自己名字，穆炎阳立马应声。

他想低头看看她的状况，无奈对方依旧紧紧埋在他胸口，见不到分毫她的表情，只能听到带着沙哑的轻柔声音从胸前传来：“你还记得欠我

一个要求吧。”

“嗯。”

“那现在就兑现吧。”

穆炎阳坚定地点点头：“好。”

“好好学习，不要打架不要挑事不要再被处分了；行侠仗义有很多方法，不一定要用拳头，记得保护好自己。你一定会成为你想成为的人的，我们以后再见啊。”这里不是属于她的时空，她有预感自己迟早会回到2019年，但在这之前，她还想再做一些事情，想再确认一些事情。

“你什么意思，你要去哪里？”听到对方那令人心慌的话，少年瞬间急了，扳起她的肩强制拉离自己怀中，蹙眉盯着泪流满面的人，厉声问，“为什么要以后再见？你要干什么？你不要乱来，什么事情都有解决的办法，大不了……”我把我的爸爸给你啊！

“扑哧——”苏小雨被少年急促紧张的问话逗笑，“你紧张什么？难不成你以为我会为这点小事轻生不成？那可太不值了，我的命金贵着呢！”

“那你……”

“我得回家了，明天见。”

穆炎阳仔细审视着对方带笑的面庞，企图从中看出什么端倪，但是她先前那令人窒息的绝望就像是自己的错觉似的，消失得无影无踪：“你真的没事吗？”

苏小雨轻松地耸耸肩：“哭也哭了，脸也丢了，还想咋样？”

“那我送你回家。”

“我书包在咖啡厅。”苏小雨没有拒绝对方的提议。

“我帮你拿，你在这儿等……算了，一起去吧。”还是不放心她一个人待着。

苏小雨回到咖啡厅拿起书包的刹那，左脸忽然一阵冰凉，就见到少年举着冰袋贴在她的脸上，随即手上的书包便被对方夺去：“自己拿好，冰敷。”少年拽拽地走在前方，却不时地回头看她有没有跟上。

见到这样的他，苏小雨止住的泪水又开始有点二不受控地漫出。她以前到底是有多眼拙啊，以至于让这么个暖心的少年在她眼里做了十年的恶霸！

“走吧。”努力憋回眸中的水汽，沁凉的心因着少年暖心的举止逐渐回温。

两人重新离开咖啡厅后，淹没在人群中的一只二哈盯着他们远去的身影再次消失不见：曾经在这儿破门而入的是她的母亲，现在换成了她。这细微的偏差倒也不会影响这个时空的走势，一切等到归位后修复即可……

7

白翠琴看到女儿脸上的巴掌印，当即心疼得不得了，得知原委后，她当晚和丈夫大吵了一架。

从他们的争吵中，苏小雨意外知晓了一个真相：父母感情破裂的时间比自己想象中的还要早，两人约定着等她高考结束就领离婚证。期间两人便是貌合神离的状态，在她跟前依旧演绎着恩爱夫妻的日常。

原来妈妈早就知道爸爸的心思已经飞到了别人身上，可妈妈为了自己、为了这个家一次次地忍让，换来的只是对方的得寸进尺……

和妈妈彻夜长谈后，苏小雨鼓励她早日领离婚证，早日开启她的新生活，不必再为自己畏首畏尾。无爱的婚姻对双方来说都是一种折磨，结束了反而是一种解脱。

周一一早，苏小雨的父母就按约去办离婚证了。

这也算是一种改变吧？父母离婚的时间提前了近一年。苏小雨如是自我安慰。

只是她不知道的是，曾经母亲和她说的他们在她高考前离婚，实际的日期正是今天，而不是她以为的高考前夕。一切终究还是没有变化……

父母离开后，苏小雨也没有去学校，而是请假和早就约好的胡叔叔一起去了仑衡公司。

如果仑衡早就有吞并天琴的计划，那一定会有相关项目的可行性方案及计划书，只要把这些物证呈现在父亲眼前，他一定能知道仑衡的野心！她不想眼睁睁看着父母打拼下来的企业沦入狼子野心的人手中。

胡叔叔和纪承平去了会议室商讨新项目，苏小雨趁机溜进纪承平的办公室，翻找着红木桌案上的文件资料。

时间一分一秒地流逝，努力找寻资料的苏小雨额头已经沁出一层薄汗，终于在资料柜中找到兼并天琴的计划书时，兜中的手机突然振动起来。

苏小雨吓了一跳，反应过来后连忙激动地掏出手机，来电显示正是穆炎阳的号码！她立马按下通话键，成年穆炎阳焦灼的吼声就传来："苏小雨现在在哪里？快去阻止她……"

"穆炎阳！"听到他的声音，苏小雨瞬间有种他乡遇故知的感觉，激动地开口，"穆炎阳，真的是你吗？"

"苏小雨，"那头2019年的穆炎阳瞅着副驾驶位上的苏小雨整个身子一半都成了透明的模样，焦急地对着手机大喊，"你在做什么！赶紧停下来！"

"我找到了仑衡兼并爸爸公司的计划书，我要把他给爸……"

"不要这么做！"不等她说完，穆炎阳就大吼阻止，"你会消失的，不要试图改变曾经的一切，安安全全地回来好不好！"

听到他的怒吼，苏小雨一滞，随即不甘心地道：“我都能知道未来发生的一切，让我眼睁睁地看着悲剧重现，我做不到！”

那头的穆炎阳近乎咆哮起来：“苏小雨！不要任性，你……”突然一阵尖叫传来，穆炎阳连忙忧心地问，“怎么了？”

“透、透明了。”苏小雨不听劝地企图去拿那份计划书，只是在拿到它的刹那，手便成了透明的样子……

“现在立刻马上停下，回到你正常的轨迹去！”

苏小雨不死心地再次伸手，依然是同样的结局，她根本无法触碰到那份计划书，甚至眼睁睁地看着自己的躯体越发透明。

“苏小雨，你在听吗？”穆炎阳瞅着身边的苏小雨又透明了几分，心焦地大吼道。

那头沉默了许久，随即一道失落的声音带着哽咽传来：“穆炎阳，我感觉自己好没用啊，哪怕知道了一切也无法扭转曾经的悲剧……”

看着身边的苏小雨逐渐恢复正常，成年的穆炎阳顿时松口气，对着电话安抚：“苏小雨你记住，你不是救世主。过去不可变，那就把握好当下，那一切的悲剧不是你造成的，更不该由你来承担！听话，不要改变过去，安全回来好吗？我在 2019 等你回来……”

苏小雨终究挫败地离开了纪承平的办公室，良久回答了一个“好”字。简简单单的一个字，却仿佛抽去了她所有的气力，连路都要走不了了。

“乖，回去好好休息休息，我等你回……”

“喂？穆炎阳？”话还没说完，电话那头就没了声音，苏小雨想再打回去的时候却已经无法拨通了。

窗外一只黑白相间的二哈，看着仑衡公司里的小身影，深沉地摇了摇狗头，似在无奈叹息。

因为它们的失误让这个三维生物回到过去，看着她一次次试图扭转悲剧，却一次次失望，忽然间有点儿不忍。但它们也没办法，如果被扭转了，她所在的可就不是这条时空轴线了，就回不去了。他们无法干预太多，只能在她企图扭转历史的时候，借着时空引力场的扭曲，让2019年的那个雄性三维生物和她取得联系，让他阻止她……

8

离开仑衡后，苏小雨将在纪承平办公室发现的一切告诉胡叔叔，也和父亲打了电话知会："爸爸，我能说的也都说了。你是愿意就此悬崖勒马，还是继续沉陷美人怀，你自己选择吧！"说完不等对方的回复就挂断，长叹一声瘫倒在沙发上，浓浓的疲惫感袭来……

休息了几乎整整一天，努力调整好状态的苏小雨在第二天重新归校，当她踏入教室的时候，大半的学生已经入座，连向来踩点的班霸少年也已经老老实实地坐在位置里，看到她进门双眸不禁一亮，嚅动着嘴唇想说什么，却还是没有开口。

见到桌面上摆放的两个甜品盒时，不等苏小雨发问，安畅畅就气呼呼地告状："小雨，这家伙把副班长送你的巧克力给吃了！"

"巧克力？"苏小雨疑惑地朝第一组的温智宇望去，对方也正好看着她，微笑着朝她点头打招呼。

"吵什么吵？我不是有补偿吗？比他那三无巧克力高级多了。"少年桀骜的话传来。

"什么三无产品，那是副班长……"亲手做的！

"这两个都是补偿？"苏小雨将书包挂在椅背上，指着一盒蛋黄酥和一盒蛋糕问。

"才不是呢，这盒蛋黄酥是我妈妈昨天上午刚烤的，准备犒劳犒劳你，

结果没想到你今天才来……”安畅畅边说边伸手摸摸同桌的脑袋，“不要伤心哦，没去成竞赛还有下次机会嘛。你身体好了吗？”

被畅畅那哄小孩的语气逗乐，苏小雨不自觉地扬起嘴角：“好了，有好吃的还伤心什么，替我谢谢阿姨啊。”

瞧，生活里有很多小确丧，但也有许多不期而遇的小确幸。承载着心意的小礼物，最纯真的友谊，都是她年少时分最丰盛的收获。

“那这个就是你的补偿喽？”苏小雨拿起另一个明显装着蛋糕的盒子问身后的人。

“嗯。”少年状似不在意地应道，目光却时不时地瞄着她的一举一动。看到她直接拆开包装，更是倾身向前、抻长脖子，想亲眼看着她将他送的蛋糕一口口吃下去。

“咦……”刚吃了一口，苏小雨就滞住了，惹得身后的人紧张发问：“不好吃吗？”

“你又私自出校了？”还带着温度的夹心芝士蛋糕，显然是早上新鲜出炉的。

显然没料到她会问这话，穆炎阳心虚地靠回椅背喃喃：“反正又没被处分。”

苏小雨瞪了讪讪摸着鼻子的人一眼，心底淌过一阵暖流。这家蛋糕店距离学校最近的路程都有二十分钟，一去一回，得牺牲多少睡眠时间？这个向来踩点早读的少年特意早起出校就是为了给她买一份新鲜出炉的蛋糕，划算吗？

苏小雨发现自己不管是面对成年穆炎阳还是少年穆炎阳，心头那股莫名的悸动越来越强烈。只是现在的他们都处在人生最重要的阶段，学习是首要，她不能让他为其他事情分神……

一口一口将承载着少年心意的蛋糕全部吃完不剩一点，苏小雨转头教

育道："把这些心思、时间花在学习上，你保证可以进前一百名。"

还因着对方转身微微激动的穆炎阳，一听到她的话，瞬间翻了个白眼："果真是书呆子。"语毕，举起课本隔绝她的视线，表示懒得理她。

苏小雨见状忍不住笑出声。

早读铃响，借着铃声的遮掩，苏小雨拉下他的书本开口："谢谢，蛋糕很好吃。还有今天早读读英语，不是语文。"

直到她转过身去，得到肯定的少年才终于满足地露出一口大白牙，不枉他早早起床去排队的工夫了……

因为吃点心吃饱了，苏小雨没去食堂吃早饭，而是去小卖部买了袋牛奶就回了教室。她咬着牛奶袋陷入深思：既然父母亲早就有了和离的约定，那父亲得病也不是因为离婚造成的喽？那当初急性应激反应的刺激源是因为天琴的覆败还是因为廖思梵的背叛？

思考中的苏小雨，突然被一群小崽子们包围住。瞅着他们一个个苦大仇深地盯着自己，苏小雨心底微微发怵："干什么？我最近可没得罪你们老大吧？"真是要命，大家都去吃早饭了，教室里就他们几个，要是这群小崽子发难，她可真是叫天天不应叫地地不灵了。

围着苏小雨的一群人你推我我推你、我看你你看我的，都不愿先出头，最终，还是包立轩被推了出来，不好意思地挠头道："班长大大，那个我们……你最近有空吗？可不可以帮我们……"

"帮你们什么？"见他支支吾吾的模样，苏小雨直觉没什么好事，提前申明，"违反校规的事情我可不会帮你们啊，还是你们又闯祸了？"

"不不不，没闯祸没闯祸，"包立轩连连摆手，而后一鼓作气地道，"班长大大，你能不能抽空帮我们补习补习？"

苏小雨差点儿把嘴里的牛奶给喷出来，看看跟前站着的不好意思和自

己对视的羞赧少年团，转头看看窗外：这太阳莫不是从西边出来了？最讨厌学习的联盟人物竟然主动找自己补课？

见她那狐疑的表情，包立轩双手合十地道：“拜托班长大大，要是下次期中考我们没有进步，会死得很惨的！哪怕进步一名也没事，班长大大拜托你了。”

其他少年也跟着开口：“拜托班长大大！”

瞅着集体朝自己鞠躬的少年，苏小雨连忙应答：“好好好，我答应你们。”难得浪子回头，她可不能打消他们的积极性。

“既然目标是期中考，那我先把主科重点内容告诉你们，到时候看看你们的各自情况再量身制定学习计划吧。”

吃好早饭的学生陆陆续续回教室，穆炎阳看到苏小雨身边的几个人，径自走向已经回到座位的包立轩身边，搭着他的肩膀问：“咋样？”

“班长答应了。”

“很好，”穆炎阳点点头，“以后你们就跟着她好好学习知道吗？”

包立轩苦着脸回应：“是，老大，那我先整理整理班长借我的笔记。”唉，老大自己要向着学霸进击，为什么要把他们也拉上？还真是不落下任何一个人的好老大啊。

穆炎阳拍拍他的肩膀走向自己的位置，看着前方忙碌的小身影，满意地牵起嘴角。

前天，她那番莫名的话真的有点儿吓到他了，一回家他就上网搜索。查询到受过重挫丧失生活动力的人，除了多多关爱他们以外还要让他们有被需要感，让他们知道有人依赖他们，他们是不可或缺的存在，让其从中一点点找到希望……

行动派的穆炎阳一到校，当即召集来自己的小弟，要求他们积极向苏

小雨请教。既能让她有被需要的感觉，又能提高这些家伙的成绩，简直一举两得，他忍不住为自己的机智鼓掌！

9

将仑衡兼并天琴的计划告诉爸爸后，苏小雨也向胡叔叔打听过天琴之后的动向。胡叔叔说爸爸完全把他们的话当作玩笑，丝毫不上心，更别提什么防范了。

苏小雨真是搞不懂了，已经有家室的中年妇女廖思梵究竟有怎样的魅力，为何就能把父亲忽悠得如此团团转？连自己的亲生女儿、伴他多年的亲信老友都不及一个外人！苏小雨气愤归气愤，但她能做的都做了，最终的决策只能靠父亲自己了。学业上接踵而来的忙碌也没给她多少时间悲春伤秋。

转眼期中考结束，在苏小雨额外挤时间的补习下，皇天不负有心人，那些垫底的小崽子们还真一个个或多或少有了进步，但相对的，苏小雨的成绩却退到了班级第四，年级二十开外了。

第一眼就去看苏小雨成绩的穆炎阳当即慌了，对围在身边开心不已的小弟们再次下命令：各自找其他人补习去，周末该请家教的请家教，少去打扰苏小雨，但下次考试依旧和现在这样要进步。这一次尝了甜头的几人不再叫苦连天，有了动力自发地开始好好学习天天向上了。

苏小雨毫无疑问地再次被老班叫去办公室谈心了一番，紧接着安畅畅被叫走。这时，一个胖嘟嘟的身影出现在三班后门，唤：“老大老大！”

听到呼唤的穆炎阳出门，小胖墩当即神秘兮兮地把人拉到角落，轻声说：“老大，我刚刚听到一个劲爆的消息，你们班长的父母离婚了！”

穆炎阳瞳孔一震，按着对方的肩膀问：“你怎么知道的？”

“我刚刚在办公室听到的，你们老班找她谈心的时候，”小胖墩用肩膀撞了撞对方，“老大，趁着对方低落需要陪伴之际加油出击，努力抓住她的心！”显然这位也已经知道了穆炎阳对苏小雨的心意。

穆炎阳蹙眉走进教室坐下，看着前方翻阅试卷的身影，脑海里浮现起一个多月前对方哭着从咖啡厅楼上奔下的画面，五指又开始不受控地敲击桌面：她有没有事？父母离婚了，这次退步又那么多，双重打击会不会让她想不开？早知道不该让那么多小弟都找她辅导的，害她都无法顾及自己的学习了。他是不是该替那些小弟向她道个谢或者道个歉？烦！为什么自己变得越来越鸡婆了？

就在穆炎阳习惯性地想伸手拽对方马尾之际，苏小雨忽地转过身来：“你的卷子给我看看。”说着，她兀自拿起他摊在隔壁桌上的试卷，自言自语，“这次又有进步了，下次再努力一下，可以进年级一百了。”

听着她分析他的试卷哪些分数白丢哪些知识点不够扎实，穆炎阳一抬眼就见到她低垂的小脸：瘦瘦小小的脸颊还没他一只手掌大，长长的睫毛随着眼睛一眨一眨地扇动他的心，一张一合的小嘴看着有点像草莓软糖，很有让人咬一口的冲动……少女身上的馨香清晰入鼻，察觉到自己正无意识偷偷向对方靠近的穆炎阳当即吓了一跳：喂，穆炎阳，你想什么乱七八糟的东西呢？

他连忙后仰和对方拉开距离，打断那蛊人心神的甜美声音，问：“你现在什么感觉？”看着精神头倒是不错，没啥抑郁倾向的样子。

“嗯？”

面对她澄澈的杏眸，穆炎阳目光游移，尽量婉转地问：“你心情怎么样？有没有觉得生无可恋之类的？”

“生无可恋？”苏小雨好笑地重复这四个字，“你是觉得我考个试退个步就得寻死觅活的不成？”

“倒也不是，”穆炎阳烦躁地扒拉了下竖立的短发，“那个……你家

里那些事情会不会让你很困扰？”

少年那斟字酌句、小心翼翼打量自己的模样，莫名戳中了苏小雨的萌点，她好想摸摸他的狗头啊。

于是，苏小雨真这么做了，伸手快速地撸了一把他桀骜的短发，笑着开口：“小屁孩，姐姐我的承受力有那么差吗？遇到点事就过不去了？”

“啧，”穆炎阳摇头避开她作乱的小手，蹙眉道，“谁小屁孩呢？你比我还小两个月呢，叫爸爸！”话一落，立马改口，“叫哥哥！”生怕戳到对方的痛点。

“你先叫我声奶奶。”苏小雨说着又伸手去拍他的脑袋,对方挥手抵挡。

温智宇一从后门进来，看到的就是苏小雨和穆炎阳亲昵打闹的画面，薄唇一抿，心底泛起酸意。不等他上前，见到他以及他身后的纪雨桐时，苏小雨率先开朗地道：“每天有人送吃的有人嘘寒问暖，姐姐我好得不能再好了。谢谢你的礼物啊，温智宇！”挥了挥对方送的芝士棒。

不知道是为了硌硬纪雨桐还是咋的，温智宇送她的东西她也照单全收，果不其然就见到纪雨桐微变的脸色，却依旧笑盈盈地走到她身边：“小雨，智宇对你好好啊，我都没收到他的礼物呢。”亲昵的称呼似在昭示自己与对方非凡的关系。

“纪同学，还是叫我全名吧，让别人误会就不好了，”温智宇开口，转而对着苏小雨说，“小雨，你喜欢就好。”

此话一出，强颜欢笑的纪雨桐再也维持不住笑容了，委屈地看了眼说话的温智宇，却发现对方连个目光都没给她，当即僵硬着脸走回座位。

温智宇那差别对待甚得苏小雨的心，而后一个阴阳怪气的声音传来：“你要叫班长也叫全名，让别人误会你们的关系就不好了！”穆炎阳说着夺过苏小雨手中的芝士棒，“垃圾食品，全都是添加剂，我给你买现烤的。”

“行了，到底为此啊，”苏小雨率先隔断了两人即将的针锋相对，“以后你们谁都别送我东西了，好好把心思都花在学习上，别整这些花里胡哨的。一切都等高考完再说。”

“听到没，少整花里胡哨的！”穆炎阳甩了甩手中的芝士棒开口。

温智宇懒得理会他，坐回座位，对苏小雨温柔地说：“一起努力，到时候一起考A大啊。”

苏小雨挑眉回复：“好啊，你加油。”

听到她应了小白脸的邀约，穆炎阳又不舒坦了，拉了拉她的马尾，不甘心地道：“不要忘记你也欠我个要求，在我兑现前，你得让我随时能找到你。”

苏小雨听出了那隐晦话语中的深意，转身真挚地回复：“放心，我可是个守信用的人，想兑现随时找我，承诺书不还在你手中吗？在此之前，好好完成你答应我的要求。”

提到这个，穆炎阳再次蹙眉：“我觉得不对啊，你当时对我提的哪止一个要求啊？好好学习不要打架不要挑事不要被处分，这分明是四个要求啊！”

苏小雨翻了个白眼转身，表示懒得理他的插科打诨。

“喂，你说清楚啊，你这样搞，我也要求再要三个要求！

“喂，苏小雨，转过来，我话还没说完呢！”

听着身后少年的自言自语，头皮的熟悉拉扯感再次令苏小雨转身，她瞪着始作俑者道：“臭小子，再拽我头发，信不信以后让你十倍百倍地偿还？”她严重怀疑自己N年后掉发如此严重，就是被他这么拽拽拽的后遗症。

对方那大人似的口吻令穆炎阳一滞，而后昂着头回复：“我怕你啊，时刻等着！”

“穆炎阳，你是不是又在欺负小雨？”从老班办公室回来的安畅畅，见到两人剑拔弩张的氛围，当即气势汹汹地上前给苏小雨撑腰，指着穆炎阳道，“你再敢欺负小雨，我找人揍你，揍到你妈都认不得你的那种！”

“来啊，我也正好松松筋骨，好久没动手了，”将手指骨按得“咔咔”响的穆炎阳一接收到苏小雨警告的目光，当即甩锅，“是她起的头。”

“别忘记你答应我的！”苏小雨瞪了他一眼，而后拉过激动的闺密，“畅畅别激动，我刚刚给他讲试卷而已，过来坐下坐下。”

安畅畅不爽地看了眼拽拽的穆炎阳，一回到座位就一把抱住苏小雨，拍着她的背铿锵有力地道：“小雨，以后我的爸爸就是你的爸爸，我的妈妈也是你的妈妈，我们都会好好疼爱你的！所以就算、就算你爸妈离婚了也不要怕，还有我们呢！我妈还念叨你好久没去我们家了，要不这周放假去我家住吧！顺便认个亲咋样？”

听到对方那无厘头的话，苏小雨哭笑不得，想也不用想，就知道一定是老班让她来多多宽慰自己。

记忆里曾经也有许多这种时候，知道她的家庭在闹矛盾的老班，他本人找她谈心外，还会让她的好闺密畅畅一起多多关注她的状况。多亏这个小太阳般的人物，无限温暖着当时敏感至极的自己……

再一次感受着那不成熟却最纯粹的心意，苏小雨回抱住对方拍拍她的背：“不行哦，我准备回家多陪陪妈妈呢，要不你来我们家玩玩？反正我爸爸也不怎么回来，家里也空。”

“好啊，那我和你一起陪阿姨。”

对方圈住自己的力度又加了几分，苏小雨感慨地开口：“畅畅啊，如果以后某天我口不择言说了难听的话，惹你生气了，请你一定要原谅我一次，不要和我绝交……让你生气让你伤心，那一定也是我最后悔的事情。”

“才不会呢！我永远不会和你绝交的！”安畅畅笃定地道。

听到那坚定的话，苏小雨眸中盛满了复杂的情绪，拍了拍对方的背没有再说什么。

回忆起大学里当得知温智宇知晓自己父亲的病时，自己愤怒找上安畅畅和她对峙的情景，对方带着失望又愤怒地吼：苏小雨，我平生最讨厌的就是被污蔑、被不信任！你觉得我们之间的友谊就如此不堪一击吗？好，你既然认为是我告诉温智宇你父亲的病，那你就这么认为吧！只要能让你对他死心，我背个黑锅也无所谓！

她怎么也忘不了安畅畅离去前那失望又恨铁不成钢的眼神：没有信任的友谊我也不屑要，再见！

往后多少个漆黑的夜里，苏小雨总是会梦见这个令人心碎的眼神，她一次又一次地陷在后悔中：继失去了家，失去了恋人后，她还失去了她最弥足珍贵的好友，都是被自己作的！

这一次，她一定要牢牢抓住对方，不要再一次失去她……

第12章 殊途同归

1

2010 年。

窗外夏蝉开始嘹亮地鸣叫，苏小雨总算得到了一个好消息：爸爸终于听进去了他们的劝诫，认知到了仑衡的野心，开始行动起来与之抗击，首先就开除了身边的廖思梵……

听到胡叔叔这番话，苏小雨感觉大大松了一口气，她的努力总算没有白费。

高三学业紧张，要提前开学。可即使被压缩了整整一个月的假期，苏小雨依旧步履轻盈、面带笑容，逢人就打招呼。惹得那些垂头丧气回校的同学无不感慨：学霸就是学霸，不是他们这些普通人可以比拟的，连提前开学都可以这么开心，他们应该好好向她学习才是。

同样开心的还有早早来校的穆炎阳，现在的他只要见到苏小雨就一阵安心。看到她笑盈盈地进门，他也跟着不自禁地咧开嘴，一副痴汉相。

注意到他视线的苏小雨，也回以对方一个灿烂的笑容。这一笑，穆炎阳感觉自己头顶有无数烟花跟着绽放，愣怔地凝视着闪闪发光的少女朝自己走近再走近，心跳不自觉地乱了节奏……

“嗨……”不等穆炎阳傻愣愣地跟着比嗨，就见到身前的人越过自己，开心地扑到安畅畅身上，两个女生瞬间兴奋地抱在一块。

“小雨，想死你啦，暑假你都不咋上Q，想找你还得打你们家电话。”

“没怎么上电脑，反正妈妈上班，家里就我，尽情打就好了。”

听着两个女生叽叽喳喳地聊天，穆炎阳默默放下举起的手转回身，默念一句：丫的，刚刚自己的样子一定蠢爆了吧？

余光注意到穆炎阳尴尬的神色，苏小雨眉眼的笑意更浓。

高三学习的紧张自不必说，他们搬到了高三专属的一楼教学楼，黑板边的墙壁上也已经挂上高考倒计时的日历。随着数字一日一日地减少，人生中那场重大的考试越来越近外，对于这群少男少女们也意味着分别的时日也越发临近，于是乎某些蠢蠢欲动的心开始不安分了。

自从某晚晚自习，被爆出隔壁五班学习委员向班长表白后，这件事闹得高三年级组的老师们个个如临大敌。年轻的班主任陆老师更是绷紧了神经，早自习晚自习午休日日到场监督外，下课的时间也兢兢业业地跑来教室监督，一看到男生和女生之间互动过多，就瞪去警告的一眼，闹过绯闻的苏小雨和温智宇更是成了重点监管对象……老班这过于神经紧绷的状态，惹得本就紧张的高三氛围越发紧张，下课也不复以前的热闹。

不过这却让穆炎阳欢喜不已，瞅着之前各种借口找苏小雨探讨题目的小白脸，在老班的犀利目光下，只能找单子墨讨论题目的憋屈样儿，忍不住给老班一个大拇指。

但老班再严防死守，也终归有漏网之鱼。

下节是体育课，英语老师一走人，学生就呼啦啦地集体往操场上涌去，这该是这群学生最期待最积极的课程了。临近上课，踩点去操场的苏小雨就见到围成一群的二班女生正窸窸窣窣地讨论什么，走近一听，原来

是她们中的某人送情书送成功了。

不甚在意的苏小雨转脚就欲离开，却听到“穆炎阳”三个字，瞬间停住步伐。

“穆炎阳他接受了？”

“他有说什么吗？”

被围在中间的女生兴奋地开口：“他问了我一句‘亲自写的吗’就收下了，没说什么。”

“有戏啊！”

“厉害了，我就说哪有男生不拜倒在我们班花的石榴裙下的。”

苏小雨诧异的同时，心底的不爽疯长。穆炎阳虽然是名声在外的班霸，但抵不住他长得帅啊，许多这个年纪的小女生就喜欢这种蔫坏蔫坏的男孩。以前也不乏给穆炎阳表白递情书的，但对方理也不理，一副小爷我天下最吊你算老几就敢和我表白的面孔，周身满溢的不耐烦与嫌弃，惹哭了好几个前来表白的女生；平日里对方都是寒着张脸，不苟言笑，拒人千里之外的模样，再加上那暴力的刺头形象，久而久之也没女生敢和他暗送秋波了。所以今日穆炎阳收下情书这一举动代表着什么，苏小雨显然也知晓。

瞥了眼人群中央二班的班花，能够清晰地看到对方脸上的娇羞与激动。苏小雨忍不住细细打量起对方，还悄悄与自己做了个对比，除了对方身材凹凸有致比自己好以外，她觉得自己颜值也不比对方差。

看向篮球场中正在运球的潇洒身影，苏小雨狠狠翻了个白眼：嘁，小小年纪就花心大萝卜，鄙视一个。

“自由活动！”跑圈结束后，体育老师的指令深得大家的心。高三紧张的学习生活，体育课几乎是唯一的放松途径，所以老师也会多多给他们机会休闲放松。

“小雨小雨，一起去打羽毛球不？”

一直关注着另一方男生队的苏小雨摇头：“畅畅，你先找别人打，我去教室喝点水。”

“那你快点，我等你。”

“好！”苏小雨应声，朝教室行去。她刚刚见到穆炎阳朝教学楼走去，也不知道是去厕所还是去教室。

当在后门见到教室里正拿着一张粉红信纸认真审阅的少年时，苏小雨忍不住哼一声，阴阳怪气地道：“哟，这二班班花的情书还真吸引人啊，连篮球都不打了，争分夺秒看她的心意？”话一出，空气里瞬间飘荡着浓浓的酸味。

听到声音，穆炎阳有一瞬间的慌乱，下意识地想藏起情书，但显然是此地无银的举止，遂大大方方地迎向来人，开口：“既然你来，帮我个忙呗。”

“什么，回信吗？想得美！”苏小雨没好气地回复。

看到对方那紧绷着小脸的模样，穆炎阳心底莫名地舒坦，笑着挥了挥手中的信笺说：“帮我把它还给二班那个谁吧。”

对方的话令苏小雨愣怔一下，上前瞄了眼他手中的信纸，“晓看天色暮看云，行也思君，坐也思君……”呵，不愧是文科班，表白的诗词真是信手拈来。她挑眉问：“怎么，写得太深奥太文艺了看不懂？需要我给你翻译一下不？收了人家的心意，哪还有退回的道理？”

那讽刺的话听在穆炎阳耳里，令他脸上的笑容越发璀璨，仔细凝视着眼前人难看的脸色，戏谑开口：“你吃醋了。”是陈述句而非疑问句。

似被踩到尾巴的猫般，苏小雨瞬间跳脚反驳：“我吃个鬼的醋！人赃并获，跟我去老班办公室走一趟吧。”语毕就去扯少年的衣袖。

她那点力度哪能撼动得了人高马大的穆炎阳，他依旧安稳坐在位置里，好整以暇地开口：“有什么好举报的，我和她又没什么，我这不都

主动上缴违禁物了？”说着，他将信纸连带信封塞给对方，“上交老班还是丢了，随你处置。”连他本人都没察觉自己的语调此刻有多轻快。

看了眼塞在手中的情书，又看看丝毫不在乎的穆炎阳，苏小雨有点儿蒙：他收这情书到底干什么？满足他的虚荣心还是当作紧张学习生活的调剂品？

似乎看出对方的疑惑，穆炎阳不以为意地说：“没见过情书长啥样，收来看看不行？”

“天堂你也没去过，你还想上天不成？”

“你果然吃醋了。”

对上他带笑的笃定眼神，苏小雨立马心虚地撇开眼，绷着脸教育：“别自恋了。我告诉你啊，既然对人家没这意思就说清楚，省得让对方联想翩翩，影响他人学习。这情书，你自己解决！”

没多久，出去和畅畅打羽毛球的苏小雨就见到穆炎阳拿着粉红的情书出来，直直地朝二班女生聚集地行去，隐约能听到那方传来的激动起哄声。而后不知道穆炎阳说了什么，前一刻还满是小女生娇羞的二班班花，哀怨地看了眼身前的少年，就哭着跑开了。

粉红少女梦还没维持一节课就破灭了，啧啧，无情的穆炎阳哦。看到那一幕的苏小雨如是想，嘴角的弧度却不由自主地高高扬起……

C高出名的大佬穆炎阳接受二班班花情书的消息，在极度缺乏娱乐活动的高三年级不胫而走，成为众人闲暇谈资。虽然对方最终把情书退了回去，二班的班花也为此哭肿了眼睛，但这头炮打响，惹得一些有心人又蠢蠢欲动了。

再不疯狂我们就老了，再不表白就要毕业分离了！秉承着这般的心情，曾经那些暗暗觊觎穆炎阳的少女们又开始鼓起勇气一搏，万一成功

了呢？只不过最终的结局都和二班班花的结局一样，又带着些令人困惑的奇葩。

大佬对于情书算是来者不拒，然而不等那些少女高兴多久，顶多第二节下课，穆炎阳的小弟就会将情书退回，而后附赠一句话：“老大说了他不会早恋的，他要好好学习天天向上。你们也都努力备考，不要花心思在别的地方了。”

听到这话的少女们虽然情书被退面子过不去，但是羞愧更占上风，连曾经的C高一霸都知道好好学习了，她们再不学习像什么？于是乎也收起那些心思，把精力全放在学习上。

看着这一出出的，穆炎阳的小弟蒙，苏小雨也蒙，不知道穆炎阳一次次收下情书转眼又退是什么操作，难不成还和选秀一般搞淘汰晋级制？

2

12月底，元旦假期前夕的周五晚上，高三家长会如期举行。除了几名协助的班委及个别同学，其他学生已经放学回家。

正引领各个家长入座的苏小雨，忽而听到一声兴奋的呼唤：“小雨！”一转头就见到穿着白色修身呢大衣、手提黑色小巧包包的温婉女人笑着朝她走来，“我们又见面啦！炎阳的位置在哪儿啊？”

“阿姨好，”苏小雨朝她点点头打招呼，“他的位置在这里。”

薛雅茹笑盈盈地走向座位，问给自己带路的人：“你也还坐他前面？”

“嗯。”

“你家人还没来？”

苏小雨再次点点头：“应该快了。”

见到苏小雨那乖巧文静的模样，薛雅茹心底就忍不住喜爱，看了眼桌上的成绩单，喜滋滋地道：“炎阳这次进入前一百啦！他进步还真是大，

谢谢你的帮助啊。”

抬眼瞥见后门偷瞄此方的少年，苏小雨不动声色地道：“我觉得如果他少收些情书，进步还能更大。”

一听到这话，薛雅茹脸色一僵：“情书？他还收情书？谁的情书？”

苏小雨再次一本正经地回复：“嗯，具体是谁不知道，好几个女生的吧，虽然……”最后都退回去了。

“还好几个！”薛雅茹顿时暴跳如雷，安抚了下眼前神色淡淡的苏小雨，然后就气场全开地朝门外那不争气的小子走去，二话不说直接揪着他的耳朵走远。

“嗷，老妈你干什么！放手！”

听着那压抑的痛呼声，看到穆炎阳被狼狈揪走的模样，苏小雨幸灾乐祸的挑挑眉：唔，真是爽歪歪啊。

直到将儿子拉到无人的转角，薛雅茹才放手，瞅着愤愤难平的人，抬手给他脑袋一掌，绷着脸道：“长能耐了啊，还学着吃着碗里的瞧着锅里的了？”

“什么乱七八糟的，小爷我怎么了？”穆炎阳揉了揉发红的耳朵，不满地反问。

“还小爷，小爷！”薛雅茹又拍了他几掌，“也多亏你老爹出任务没法来参加这个家长会，要是让他知道你这种时候还收情书，看他不打断你的狗腿！”

听到母亲斥责的话，穆炎阳一愣，而后神色别扭地问：“苏小雨和你说的？”

“你变心了？”薛雅茹反问。

穆炎阳立马摇头，在母亲又一次呵斥前解释：“我就收来看看参考参考，最后不都退回去了？”

“参考？你要写情书？”

面对母亲审视的目光，穆炎阳不自在地干咳一声，佯装凶恶地道：“不行啊？”

当初张叶那份算不得情书的情书，实在没什么可以借鉴的好词好句，所以这最后一学年，他也想收些情书学习学习。等高考结束了，自己亲笔写一封送人……

瞅见儿子那飘忽的眼神，薛雅茹紧绷的脸舒展开，挑眉揶揄：“哟，准备给谁写？你们班长吗？”

“哼。”穆炎阳冷哼一声，心下默念一句“废话”。

“这次你成绩年级100，她年级25，还是有很长一段差距哦，再努力努力，和她靠近点。”

见自家儿子一副懒得理会自己的高冷样儿，薛雅茹看到教室门口笑着挽住一个中年女人的苏小雨，眼睛一亮：“那是小雨妈妈吧？我去和未来亲家母打声招呼。”说着就欲转身离开。

“等等！”听到母亲话的穆炎阳脸庞闪过一丝红晕，却也不作反驳，收到母亲递来的疑惑视线，他问，“妈，你们会介意女方家庭离异的不？”

“离异？”薛雅茹斟酌着这话，问，“小雨父母离婚了？”

“你别管那么多，回答我。”

薛雅茹又拍了下自己儿子的脑袋：“臭小子，怎么和老妈说话的。”而后回答，“哪个年代了还介意这些，你爸妈可是新时代的人物啊。”

穆炎阳的嘴角微微勾了勾，忆起高二寒假苏小雨问询温智宇的话，又问：“那如果女方家逢巨变，倾家荡产不说，家人还生重病，而且这个病还是会让许多人产生异样眼光的，你们会反对我和她在一起吗？”

一听这话，薛雅茹惊了，看着苏小雨的目光染上无限同情：“他们家破产了？她爸爸还生病了？”真是可怜哦，那么小的孩子怎么遭受这些

苦难。

“不是！你能不能别什么都往她身上套，我只是说如果而已，如果！”哼，她父母一定会健健康康的，公司也会蒸蒸日上的！

“你自己未来的老婆，你自己喜欢就成，”薛雅茹不以为意地道，“再说了，我们家大业大，养几口人不是问题。”

母亲的回答令穆炎阳蹙起的俊眉瞬间舒展，嘴角的弧度也越发大：“那就好，万一遇到这些意外，我也不用考虑要不要离家出走或者和你们断绝关系了。”清冽的嗓音透着轻快。

“……”还真是她的亲亲好儿子哎。

“还有，我和我未来老婆才不需要你们养，我自己能养。”少年说完这句话，便酷拽地转身离开。好了，现在该去找那个和自己母亲告状的小碎嘴算账了。

家长到齐，老班也已经站在讲台上打开了幻灯片准备。教室外的苏小雨看着母亲和薛雅茹相谈甚欢，直到老班开口讲话才依依不舍分开的模样，莫名生出一种两家人是亲家的错觉。然而不等她诧异自己生出的心思时，马尾一阵揪痛感令其迅敏转身，朝后方的始作俑者踹去：“穆炎阳，你再揪我头发，信不信我把你头发给薅光！”

穆炎阳矫健一跳，避开她的袭击，站在远处招手：“过来。”

“干什么？”苏小雨理了理自己的头发，走近昂着下巴的少年。

“你和我老妈告状了？”

原来是算账来的，苏小雨丝毫不畏惧地回复：“实话实说而已，要想人不知除非己莫为！”一想到那么多女生给他送情书就不爽，一堆颜狗啊！

“你会收情书吗？”

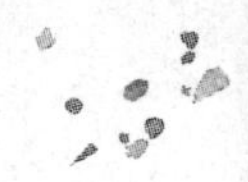

“你觉得可能吗？”苏小雨反问，她可是班长，要以身作则的，怎能落人话柄？

“高考后呢？”

“有人送就收喽。”

穆炎阳抿了抿唇：“谁送都会收？”

“看眼缘，”苏小雨漫不经心地回答，“长得帅对我胃口的就收。”

一阵冗长的沉默后，穆炎阳又问：“那你觉得我长得咋样？”

听到他带着丝小心翼翼的问话，猛然察觉到对方心思的苏小雨心底一震，努力压下几欲上扬的嘴角，依旧神色淡淡地开口：“长得倒是不赖，不过没考上一本线的我也不收。”突然间开始期待高考后的日子了呢。

穆炎阳深深看了对方一眼，而后转身走人：嘁，一本线而已，谁怕谁啊。

3

对于高三党来说，假期都是被压缩又压缩的，元旦之后的春节，不到半月就又回校进入高强度的二轮复习中。一模二模纷纷上阵，期间令苏小雨极度遗憾的是天琴终究没能逃过被兼并的厄运。父亲虽然在最后醒悟了，可惜醒悟得太晚，一切都已成定局，再怎么努力，不过是延迟被吞并的时间罢了……

忽然想起什么，晚自习一结束，苏小雨就给父亲打了个电话。她记得父亲第一次住院的日期是 2011 年的 5 月 9 日，天琴被兼并后不久。距离这日只剩不到一个月……

“小雨，想爸爸了？”电话一接通，对方那带着沙哑的嗓音入耳，苏小雨眼睛有点儿发酸，轻柔地开口：“爸爸，公司没了没关系，只要人健健康康的就好，相信以爸爸的能力一定可以东山再起的！”

“你都知道了？”对方震惊中带着些无奈的话传来，“还有不到两个月就考试了，你安心学习就好，别的事情有我们。”

“好，那爸爸也尽快调整好心情，高考结束，我们一起出去玩。”

“好。”

苏小雨善意的安抚，殊不知更加刺激了此刻挫败的苏天磊。女儿一次又一次地警醒他注意仑衡注意廖思梵，结果他就失心疯一般对他们深信不疑，乃至她将仑衡的野心清清楚楚地告诉自己，他竟然还荒谬地怀疑她在说谎！直到最后公司资金链断裂，他一直掏心掏肺的好友纪承平笑眯眯地拿着早已拟定的兼并合同出现在自己跟前，美其名曰拯救濒危的天琴时，他才知道自己错得有多离谱……

这下好了，因为自己，好好的家庭破裂了，一手创办的公司也没了，让劝阻了一次又一次的老婆、孩子、老胡失望透顶……他真是一个失败的人啊！

自那天后，苏小雨就没打通过父亲的电话，打给母亲问父亲的情况，对方带着心虚的话让苏小雨知晓一切还是没变。

“爸爸是不是在医院？”

“小雨，你怎么知道？”

“妈妈，麻烦送爸爸去A市的医院吧，那里医疗条件好一些，顺便挂个精神科检查一下。”

曾经C市的医院没有查出父亲隐藏的精神疾病，直到父亲再次发作才发现。

瞅着打了镇定剂后入睡，睡梦中还一直念叨着“对不起”的前夫，白翠琴眼含热泪地回复了声“知道了，你好好复习这边有我们”，便挂了电话。

挂断电话，苏小雨虚脱般地靠在冰冷的墙壁上。一阵浓浓的无力感涌

上心头，所以她做了这么多，终究还是没任何的改变是吗？父母的感情依旧破碎，他们一起打拼下的公司依旧落入他人之手，父亲也依旧得病入院……

沉浸在漆黑的夜色中，苏小雨感觉自己也要坠入这望不到边际的黑暗中时，脑海里忽然回旋起一道散漫却有力的声音：你就那么喜欢把别人的命运压力都担在自己身上？你又不是救世主！改变不了就接受呗，比起那些不切实际的逆转历史，还不如多考虑多考虑怎么过好当下和以后……

颓废的苏小雨忽然怔了怔，透过漆黑的夜色望着天空中闪烁的星星，站在原地久久没有动弹。

回忆着少年那番理所当然的话，苏小雨沉重的心情得到些许的安慰：是啊，该做的都做了，该说的也说了，但是结局依然朝着既定的路线奔去，那她也无法。毕竟她的确不是救世主，日子还是得照样过……

时光流逝，转眼来到了高考出成绩、学校拍集体合照的那一天。

几家欢喜几家愁，但都是和苏小雨记忆里一样的结局。进入教室，她看了眼自己位置后方空空的座位，莫名怀着期待。不等她入座，身边的温智宇突然起身，拽着她就往教室外走：“我有话和你说。”

人烟稀少的篮球场上，一棵茂盛的香樟树下，温智宇倏地转身抱住身后的女孩，低低开口：“小雨，对不起，我考砸了，没法和你一起进A大了。”

被抱个满怀的苏小雨倒吸一口凉气，没想到向来君子的温润少年竟然也有如此主动的一面，感觉到他低落的情绪，她如长辈般拍拍他的背安抚：“没关系啊，虽然上不了A大，但是你这成绩也可以上不错的大学了，选个好专业，最终还是为了上社会找工作嘛。”

“嗯，我和母亲商量了，准备报考B大的金融系，这以后我们就一南一北分开了，所以……”温智宇起身灼灼地盯着眼前的少女，深呼一口气一鼓作气地道，“小雨，做我女朋友吧！即使异地，我也有信心维持

这段感情。有假期有空闲我都会来找你，等我们毕业了就在一个城市工作，好吗？”

还是有变化啊，曾经是自己和他表白，现在是他向自己表白。

苏小雨仰头，用目光细细描绘着少年清俊的面庞，依旧是记忆中俊朗的模样。她看了他很久很久，眸中的情绪从曾经的惊艳迷恋到之后的怨念不甘再到如今的平静，恍若一眼万年。心湖被投入了一颗小小的石子，浅浅的涟漪之后便回归平静无波，看来初恋对她的影响也没那么大了呢。

面对少年忐忑期待的棕眸，苏小雨正欲开口拒绝，忽然间她就像被点穴般，动也无法动，说也无法说；周遭的一切也被按下暂停键，风止声停，时间在这一刻被静止。越过少年的肩，她见到了护栏外远远看着他们的穆炎阳，僵硬地站在原地攥紧了手中的书信；也看到了躲在教学楼后方的纪雨桐，满脸的焦灼与不甘。

目光触及那只站在篮筐上的二哈时，苏小雨骤缩了瞳孔，张了张嘴，无声问：是你吗？

造成这一切的始作俑者，让她重回过去却不得不按照既定路线行径的始作俑者。

脑海中响起一道陌生的声音：“不要试图改变过去，除非你想永远滞留在陌生时空，嗷呜！”

苏小雨惊愕地瞪大双眸，看着跟前同样一动不动的温智宇，试探地说出一个“好”字后，周遭的一切刹那恢复了正常，篮筐上那只俯视众生的二哈再次不见了踪影。

“谢谢小雨，谢谢你答应我！”温智宇激动地抱住她转圈圈。

被抱起的苏小雨看到躲在楼后的纪雨桐跺着脚跑开，穆炎阳也铁青着脸色转身走人，她又成了温智宇的女友……

好，既然她无法改变过去，那她就再去确认最后一件事情。

第13章——意料中与意料外

1

2019年。

正在上应用心理学的苏小雨一阵恍惚，再次睁眼便是眼前这温馨精致的公寓。整合脑海中的记忆，知晓自己又来到了未来世界。今天周六，穆炎阳加班难得不在她身边，二十岁的苏小雨打开手机找出高中QQ群里群名片为温智宇的人，第一次主动约了他。

他怎么就和自己分手了呢？在她最需要他陪伴的时候，他一直在她身边，那么温文尔雅谦谦君子般的人物，怎么会劈腿自己的好友纪雨桐？她想趁这机会问问清楚。

坐在小区附近的咖啡厅包厢中，看着推门而入的男人，苏小雨微微晃神：如今的他较之学生时代出落得更丰神俊朗，身着一袭白色西装，温柔带光的棕眸，仿佛他就是无数女人憧憬的白马王子本尊。

“小雨，你终于愿意听我解释了。”温智宇看着凝视自己的人，再次在她眼中看到了熟悉的迷恋，心底不禁一喜：果真小雨心里还是有自己的。

收回目光，苏小雨强压住胸口翻涌的情愫，努力平静地说：“我时间不多，说正题吧。”最近每一阶段在未来待的时间越来越少，她不知道

什么时候又会回去，哪怕知道回去后记忆不复存在，也依旧忍不住想知道他口中的苦衷。

见到又恢复冷淡的人，温智宇也不在意，他就是想要一个单独和她心平气和解释的机会。在她对面的沙发入座，他也不废话，直接进入主题。

高中毕业那一年，大学开学前夕。

廖思梵带着纪雨桐来温智宇家串门，和女主人相谈甚欢，离别之际状似不经意地开口道："楠姐，智宇她交了个女朋友啊？"

李楠楠愣了一下，笑着开口："怎么可能，孩子年纪还小，交女友什么的还早。"瞥见乖巧站在廖思梵身边的纪雨桐，又打趣道，"要是对象是桐桐，我倒不反对。"

"阿姨，"纪雨桐娇羞地唤了声，想到自己喜欢的人已经心有所属，眸光黯淡地说，"不过智宇真的有喜欢的人了，是我们班的班长。"

"班长？瘦瘦高高的那个？"开家长会的时候，李楠楠倒是见过这个班长几次，长得不错，成绩也不错，但是没桐桐那么外向活泼。

廖思梵随即佯装讶异地道："他们还真在一起了啊！但是那孩子的父亲这里有病……"她指了指自己的脑袋，状似苦恼地说，"也不知道是不是遗传导致的。"

一听到这话，李楠楠的脸色就变了："这是怎么回事？"

"楠姐，我和你一样不太关心那些八卦消息，但是我先前和那孩子父亲共事过，所以知道这事儿。你可没见到当时他犯病的时候有多恐怖，打啊砸啊的简直一暴力分子，后来送去医院治疗，有不少人知道呢。"

李楠楠铁青着脸问："好好的人怎么就得这病了？这种病多半带有遗传吧？"

"是啊，我也觉着奇怪。不过听说遗传因素也是一个很重要的原因，

带这种基因的一受刺激比普通人容易得病。”

“谢谢思梵及时告诉我这个消息，不然我到现在还被瞒着。”李楠楠坚决地道，看向一旁的纪雨桐，随即和蔼地说，“到时候开学桐桐也在B市，和智宇一起去啊，路上也有个伴儿。”

“好啊，我们桐桐巴不得呢！”

又闲聊了两句，廖思梵便拉着纪雨桐笑着告别。

回家的路上，纪雨桐蹙眉问：“妈妈，你为什么要告诉阿姨小雨的父亲生病了，那是她的隐私。”

“傻孩子，”廖思梵嗔视了眼女儿，没回答她的问题，只是问，“你喜欢智宇吗？”

纪雨桐一愣，而后红着脸点点头。

“这不就好了？你喜欢智宇，他却和别人在一起，那把他们分开就好喽！”廖思梵理所当然地道，“想要达到自己的目的，用点小手段又怎么了？我们没偷没抢没违法乱纪，只不过说了实话让智宇他们拥有知情权罢了，最终决断还是看他们。再说了，要有错也是苏小雨的错，她不够坦诚瞒着人家自己的家庭状况，要是实话实说了，智宇还能答应和她在一块儿？”

“可是……”

“别可是了，成大事者不拘小节，记住结果最重要，过程无所谓，”廖思梵强势地道，“我还等着智宇做我的女婿呢，加油啊。”

想到即将恢复单身的温智宇，纪雨桐心底那些小小的不自在瞬间被喜悦占领，开心地点了点头。

当天，温智宇一回家就被母亲叫到书房，两人进行了一场严肃的对话。

从母亲口中得知一切的温智宇愣了一下：“小雨父亲得了精神病？”

可她为什么没有告诉自己？难不成怕他嫌弃吗？

“是呀，所以赶紧和她分了吧！”

“妈，为什么？得病的是她父亲又不是小雨，况且我怎么能这种时候和她分手呢？我和她还没交往多久呢！”

“就是因为没交往多久，所以分开才不会有什么损失，和一个精神病的女儿在一起算什么？谁知道这种病有没有遗传，万一以后她也犯病咋办？你们的后代也有病咋办？”李楠楠不容置喙地道，“开学前和她说清楚，我看桐桐各方面都不错，家庭也不错，两家人知根知底的都放心，你怎么不想着和她交往交往？”

“妈，爱情又不是买卖，怎能落得如此庸俗的比较中。”

“呵，你们这种年纪的人就是把爱情太理想化了。爱情顶什么用，最终还不是化为柴米油盐酱醋茶的生活，不谈物质的爱情根本不牢靠！”

温智宇不予苟同地据理力争，李楠楠只能使出撒手锏，佯装伤心地叹息：“唉，这孩子长大了就不听话了，妈妈一个人又当爹又当妈地拉扯你长大容易吗？我什么时候才能过上清闲省心的日子哦。现在公司生意也不好，刚好彤彤家可以帮衬我们，你就不能看在妈妈含辛茹苦养了你快二十年的分上，帮帮妈妈吗？”

听到母亲这乞求般的话，温智宇哪拒绝得了，终究还是让步了：“我知道了，妈妈。”

“对嘛，这才是妈妈的乖儿子，”李楠楠终于露出了笑容，“到时候开学你和桐桐一起买票一起去吧，反正都在一个城市，有个照应。”

“嗯。”

“原来你早就知道我父亲生病了啊。”苏小雨低低地感慨出声，她一直极力隐瞒的，原来对方早就知道了。

温智宇看着她的下颌似有水珠滑落，心底一紧，伸手握住她桌上攥紧的小手，恳切地道："以前是我太懦弱了，也没有能力守护你。但是现在不同了，我长大了，有能力照顾你，不会再让他人把我们分开了。所以，小雨你可以再给我一次机会吗？"

苏小雨定了定神，终究还是理智战胜了感性，缓缓抽回自己的手。她抬头对上对面男人殷切的棕眸，真挚地道："温智宇，谢谢你。"谢谢你在我最需要的时候陪在我身边。

哪怕他最后还是因为各种各样的原因丢下了她，但是因为他，才让她度过高考后那段最难熬的时光，所以真的很感谢……但是现在的她没有权利给他做出回复，哪怕心底再感触再悸动。

"不好意思，我没法给你答案，等属于这个时代的我回来了，让她给你答复吧。"苏小雨说完便起身匆匆跑出门，生怕再待下去自己就会失控。

"小雨！"瞅着那逃也似的离去的背影，温智宇挫败地靠在沙发上。

错过了就真的永远错过了吗？明明她还对他有感觉……

一路跑回小区的苏小雨，伸手按住胸口平复着翻涌的情绪，慢慢踱步走上四楼自己的公寓，抬头就见到门外一个不速之客。看清她的面庞，苏小雨敛了敛自己的情绪，问："姬海英，你怎么在这儿？"对方双眸通红，似乎也刚哭过的模样。

沉浸在自己世界中的姬海英，一听到那熟悉的声音，当即转头狠狠瞪向来人，伸手指着来人激动地道："苏小雨，你这个祸害！你为什么要出现在昱玮，不是你穆总根本就不会变心！你何德何能让他如此偏心？明明是你的错你的责任，却要我来担负刑事责任？你这个甩手掌柜当得还真是轻松啊！"

苏小雨根本来不及思考那些话到底是什么意思，见到对方那近乎癫狂

的模样，下意识想远离。但是不等她转身走人，姬海英已经逼近，红着眼伸手狠狠推了她一把："去死吧，你个害人精！"

"啊！"正好站在台阶处的苏小雨，被她一推当即整个人后仰着从楼梯滚下。

"苏小雨！"一道惊恐的怒吼在楼道炸响。

处理好姬海英捅出来的烂摊子后，加班回来的穆炎阳第一时间就去找苏小雨，一进单元楼大门就听到楼上的嘶吼声，他加快步伐上去，见到的就是苏小雨被推下楼梯的惊骇一幕。

穆炎阳奔上前，抱起滚在自己脚下的人，看到她紧闭的双眼，担忧得大声呼唤："苏小雨，苏小雨，你醒醒！"抬步迅速下楼，头也不回地道，"她要是有个三长两短，你就跟着陪葬吧！"言语中的狠辣阴戾满溢，犹如来自地狱的锁魂声。

即使见不到他的表情，呆滞地站在楼上的姬海英也忍不住打了个寒噤。

2

2013 年。

穿过黑色隧道后，苏小雨被眼前的白光拉回现实。看了眼桌上摊着的应用心理学课本和讲台上正讲课的老师，她掏出手机看了看时间：2013 年 3 月 31 日，自己被分手的前一天，现在是早上 8 点 20 分。

定了定神，苏小雨心下衡量一番后，背上书包离开学校，打车前往机场。

抵达 B 市的时候，已经下午 2 点多，苏小雨戴上帽子和口罩去了 B 大的校园。这还是他第一次来温智宇的学校，知晓对方作息规律的苏小雨，向路过的学生问了路，直接朝图书馆行去。

然而不等她抵达目的地，她要找的人就出现在了道路的另一头，身边

还有个再熟悉不过的身影——纪雨桐。

苏小雨连忙闪身到道路旁的一棵大树后，偷偷观察着往这方行来的两人，瞅着他们之间那过近的距离，秀眉微蹙。这个小绿茶哪怕分数够上了一本线，也要报二本跟着温智宇来B市，看来对他还真是志在必得啊。

“智宇，你明明已经答应和我在一起了，为什么还要和苏小雨联系？我对你来说到底算什么？”纪雨桐的声音渐渐清晰地飘入苏小雨耳中。

温智宇拂开胳膊上的手，停步回复：“我是因为妈妈才答应和你在一起的，但我喜欢的人是小雨……”

又一次听到他同样的话，纪雨桐那漂亮的狐狸眼不禁漫上一层晶莹：“我不管你是因为什么答应我的，你现在已经是我的男朋友了，我不允许你再和别的女生联系！”纪雨桐继续气愤地说，“你为什么对一个精神病的女儿这么执念？我和你认识那么多年，两家人关系也都那么好，我们才是最配的！她呢？一个家庭离异、父亲公司破产的人怎么和我比？更何况他父亲还得了那种病，C市好多人家都知道，你就不怕被人笑话吗？谁知道这种病会不会遗传，说不定……”

“够了！”温智宇厉声打断对方，蹙眉道，“这些话我已经听了不下十遍了！我知道对方的一切，不需要你们一遍又一遍强调。就算这样又如何？我喜欢的是她这个人！”

见到这一切的苏小雨，心底的猜测得以验证：果然是纪雨桐从中作梗，告诉温智宇她父亲的病，还将此赖到安畅畅身上，挑拨自己和闺密的关系。不过让她意外的是，原来温智宇也早早知晓了自己父亲的状况……

纪雨桐震惊地望着眼前板着脸训斥自己的少年，怒吼：“喜欢？呵呵，一边做我男友，一边不和她分手就是你的喜欢吗？你今天必须给我做一个选择，要不继续和我在一起，和她分手再也不要往来；要不就告诉我，你现在就和我分手！”

看到他一脸的为难，纪雨桐眸中漫上的水汽最终化作泪珠滴下，哭着跑开：“既然你选择不了，那就由我来帮你！”

跑开的纪雨桐掏出手机就给温智宇的母亲打电话哭诉。

李楠楠震惊儿子如此阳奉阴违的同时，不断安慰着哭泣的纪雨桐，看了看外面的天色开口：“桐桐别伤心，阿姨这就来找你们，我一定让他当着你的面和那女孩分手！”

听到这话，纪雨桐逐渐恢复理智，抽噎着解释了一下：“阿姨，对不起，我太冲动了，我就是看不得他往火坑里跳。智宇向来听你的话，为了那个精神病的女儿竟然和你撒谎，还骂我，我觉得应该让他及早了断这段感情，否则越陷越深。”

“桐桐你没错，幸好你及时告诉阿姨，否则我都不知道他竟然背着我还在和那女孩交往！也不知道她对我家智宇下了什么蛊。”

感觉到对方对苏小雨的不满，纪雨桐勾了勾嘴角，体贴地道：“阿姨，现在也不早了，就算到B市也得晚上了，路上不安全。要不您明天再过来？我到时候来接您。”

“好，我明天买了票，就把航班告诉你。”

“好，阿姨，我等你。”

纪雨桐离去后，看着不远处那个站在原地一动不动的身影，苏小雨正欲现身，结果又出现一个熟悉的人。

来人怒气冲冲地上前，二话不说直接一拳砸上温智宇无瑕的脸庞，看得树后的苏小雨连忙捂住唇：他怎么也来这儿了？

“你个小白脸，捷足先登抢了我看上的人就算了，竟然如此不珍惜，”穆炎阳一边说一边挥拳相向，“既然和纪雨桐勾勾搭搭不清不楚，那就和苏小雨赶紧撇清关系，你们渣男贱女正好配一对！”

拳头砸上肉身的声音“砰砰”作响，纠缠的两人没多久便被路过的学生分开，穆炎阳不服地指着挂彩的温智宇怒吼：“我放在心底十多年的人，凭什么给你这么糟践！从现在开始，你没有关心她的资格了！”

要不是自己那浪荡在B市的二表哥告诉他，温智宇总是和另一个女生在一起，他还不知道这个小白脸脚踏两只船！哼，既然他不珍惜，那就由自己来珍惜！当初自己就不该如此君子，直接把人抢来就不会这样了！

穆炎阳知道自己的话苏小雨不一定信，遂离开后就给安畅畅打去电话，告知她温智宇和纪雨桐纠缠不清的真相，让她转告苏小雨尽快分手。

纷乱结束，瞅着一袭白衣的少年被人扶走，又看着一袭黑色运动衫的穆炎阳愤愤不平地离去，这突如其来的劲爆信息再次让苏小雨震惊。十多年？他喜欢她十多年？十多年前他们还是小学生吧，她又不认识对方……

今天接收的信息量过大，因此产生的疑惑也更多了。她没有去找他们任何一人，只是在B大附近的旅馆入住，既然无法改变结局那她就以旁观者的姿态继续了解曾经未知的事物。

翌日一早，苏小雨果不其然就接到了纪雨桐的电话，一接起对方那带着三分关心七分担忧的声音就传来：“小雨，我有个事情和你说……”

“嗯，说吧。”苏小雨脸上带着讥笑回复。

“你父亲是不是生病了？”对方的问话带着小心翼翼的试探，“智宇知道这件事心底有点别扭，说……”

“想和我分手？”实在受不了对方慢吞吞的语速，苏小雨帮她说出口。

对方愣了一下，而后忧愁地开口：“我正在劝他呢，你父亲得病这件事你和谁说过啊？”

当初的苏小雨听到这话立马想到的就是安畅畅，因为她只和安畅畅一人说过。但是如今知道一切真相的苏小雨，也不奇怪纪雨桐会知晓父亲

得精神疾病的事儿，毕竟她母亲可是造成这一切的罪魁祸首之一。

如愿说出了“安畅畅”这个名，纪雨桐长叹一声：“唉，这么隐私的事情她怎么能到处乱说呢？害得智宇现在……万一智宇真的说了什么，你可一定要有心理准备啊。”

挂了电话，正在吃早餐的苏小雨没多久就收到了那条熟悉的分手短信：“苏小雨，我们分手吧，我知道你父亲得的病了，我们不合适。”

而后间隔约五分钟，一条解释的短信随之而来：“对不起小雨，我没有嫌弃你父亲的病，也不介意你的家庭，是我母亲强迫我和你分手。她独自一人把我带大，我无法忤逆她，我们先暂时分手好吗？等以后有机会我再来找你……”

当时的自己自卑于那样破败的家庭关系、自卑父亲得了那种病，自卑的同时却又格外自尊，收到分手短信，她断然做不出回电质问温智宇、苦苦哀求他不要分手的举动。既然他不要自己就不要了吧，她拉黑了一切他的联系方式，又一次深陷在被抛弃的负面情绪中。再然后见到温智宇，对方却是和纪雨桐亲密地在一起，她彻底心如死灰……

这次，苏小雨收到第二条短信后，立马回拨了电话。等了十多秒，电话才接通，却是一个中年女人的声音：“喂，苏小雨吗？我是智宇的妈妈。”

“智宇的短信你收到了吧？知道他分手的原因了吧？就算他再喜欢你，我也不会同意你们在一起的，所以你也另寻良人吧，不要再缠着我们家智宇了。”不带一丝感情的声音传来，间或夹杂着温智宇焦急的声音。

这一刻，未知的疑惑也有了确定的解答。就如他短信所说，温智宇的确没有嫌弃自己的家庭，他只是在爱情和亲情间，最终选择了亲情罢了。这的确无可厚非，只能怨他们之间有缘无分了……

听到这话，苏小雨却是格外地平静，淡笑着回复：“好的，阿姨，我知道了，现在我和温智宇不再是情侣关系了。”

“希望你说到做到。”挂断电话，李楠楠将苏小雨的号码拉黑后才将手机还给自己的儿子，看到他红了眼的模样，温声安慰，“智宇，妈妈都是为你好，你要真和她在一起，她的家庭就是一个负累。桐桐多好，家庭……”

“吃饭吧。”温智宇打断她的话低头隐忍地喝粥，只是攥着手机的手越收越紧……

3

再一次经历被分手的结局，苏小雨很平静地接受了，甚至还有多余的心力为那个白衣少年着想：他摒弃外界的目光坚决和她在一起，却不得不为一手带大他的母亲退让，孝义两难全啊！他一定很为难吧？

苏小雨掏出手机翻出表弟的电话打过去，听到对面迷糊的声音，她开口道：“航肖，起床了，姐请你B市一日游。”

“姐你在B市？”对方诧异的声音响起，随即揶揄道，“是来找姐夫的吧？我就不来当电灯泡了……”

“我要和他分手，你过来给我壮壮胆，我在火车站等你。”苏小雨准备和表弟会合后再详细和他说。

一听这话，还懒在床上的卢航肖瞬间跳起，怒气冲冲地道：“姐，你等着，我现在就过来！”

打完电话，苏小雨在早餐店吃掉最后一个小笼包，便起身直直地朝街对面徘徊的二哈行去。在对方离去前，她揪住它的脖颈，得意地道：“逮到你了吧，一切都是你搞的鬼对不？我现在可没想着改变过去，别再给我整幺蛾子了成不？”

“嗷呜！”被揪住命运后脖颈的二哈哀号着呼救，随即不远处一个拿着狗链的富态女人大步走来：“喂，你干啥呢？你抓我家宝宝干啥呢？”

苏小雨一怔，立马松手。她瞅着那只二哈急急朝富态女人奔去，当即讪讪地道歉："不好意思，不好意思，认错狗了，对不起对不起。"听着身后骂骂咧咧的声音，苏小雨赶紧开溜，太丢人了。

而隐蔽地站在大树上的正主二哈看着那一幕，忍不住歪了歪头，咧开嘴似乎露出一个好笑的表情。

卢航肖的大学就在B市隔壁，高铁半小时便抵达，早饭都来不及吃就匆匆赶来。见到等在出站口的苏小雨，他立马迎上前问："姐，到底怎么回事？我把我的双节棍也带来了，要不是安检不让带刀具……嗷，你打我干吗？"

"又不是让你去打架！"苏小雨上上下下打量着戴着眼镜一副儒雅绅士模样的表弟，性格却是和外貌极度的反差。算了，再过两年就有调教他的人出现了，自己就不操心了。

简单将事情原委和对方诉说，苏小雨叮嘱："到时候别露馅了，从现在就开始叫我'小雨'练习一下。"

卢航肖细细审视着一派云淡风轻的人，问："姐……"

"啧，你猪脑子吗？"

"小、小雨，"卢航肖不是很适应地改口，关心地问，"我妈都说了舅舅那病是小毛病，不过是心态不好导致的，得这种病的多了去了，也就那些无知的人如此小题大做。他们看不上你，咱还看不上他们这肤浅无知的家庭呢，我陪你甩了他去！"

听到表弟那宽慰的话，苏小雨踮脚摸了摸比自己高出快一个头的人，欣慰地道："我家航肖长大了啊，还知道宽慰老姐了。"

航肖比她小一岁，是姑姑的儿子。他们全家定居在A市，当初父亲得病转院到A市，他们一家帮了不少的忙。记得曾经自己和母亲闹掰，与她不来往后，基本都是姑姑一家照顾自己，还照顾病情不稳定的父亲。所以对他们，苏小雨很是感恩。

苏小雨打开QQ，把早已编辑好的一条信息发给温智宇："不要自责了，我都知道的，谢谢你，你已经做得很好了。等你母亲离开后，我们见一面吧，我就在B市。"

没多久，对方就回复："你在哪里？我来找你！"

B大附近的一家甜品店里，苏小雨见到早已等在门口的人，当即亲昵地挽住表弟把他当作自己的新欢，轻声叮嘱："别露馅啊。"

卢航肖看到门外那个只在照片里见到的少年本尊，当即沉下脸，挣开苏小雨的手转而越发亲昵地搂住她的肩上前："温智宇是吗？你家嫌弃小雨但我家不嫌弃，所以小雨正式由我接手了，以后你和她没一毛钱的关系了。"

此话一出，苏小雨的脸色一僵，偷偷掐了把不按自己剧本而临场发挥的人，而后搂着他的腰对同样脸色僵硬的温智宇笑着说："嗯，就是这样，正好你母亲不同意我们在一起，我也移情别恋心有他属了，他家也不介意我的家庭。所以我当面和你说一声，我们正式分手了，以后江湖再见。"

看到对方眸中伤心的神态，苏小雨强压住心底的不忍：这个恶人还是自己来做吧，他也不过是个二十岁的少年，不该为她背负那么多。

苏小雨扬着笑容继续说："正所谓爱情不在友谊在，以后我和航肖成婚了，欢迎来喝喜酒哦。"说完就拉着表弟走人，将头靠在他的肩头一副小鸟依人的姿态。

温智宇愣怔地看着如胶似漆远去的人，那般熟稔亲昵的模样，丝毫不像是假装的。心底震惊苦涩的同时，竟然有一丝庆幸，是庆幸她身边可以有人代替他好好陪伴她吗？一天经历了那么多的事情，温智宇心下的

情绪太杂乱，他需要一个人静一静理一理……

白衣少年离开的一刹，躲在甜品店立式招牌后的一个高大身影现身，脸色难看地盯着那逐渐远去的两人，不由得咬紧了后槽牙对他们竖了个拳头：好不容易赶走个小白脸，又来个小白脸。这个花心的女人，还不如学业事业来得靠谱……

我，穆炎阳，对着这个天、对着这个地发誓，以后再也不碰爱情，只搞事业！

直到走出老远，卢航肖才问道："姐，你还好吗？"

"还好，虽然有一点点难受，"苏小雨实诚地道，随即笑着拍拍身边的人开口，"好好学习啊，你们大二是不是有交换生名额的？争取争取，去国外镀镀金，那边的机械工业经验很值得学习。"

"姐，你怎么知道？"

苏小雨挑挑眉没有回答，继续玩笑般地说："说不定还能来段异国情缘呢！好好加油小伙子，前途无限。"

看着有点奇怪的表姐，卢航肖蹙蹙眉也没说什么，不知道她的笑容是装的还是真的。但她此刻周身明媚的气息和以前那灰暗的气息的确是大不一样了，希望她能继续调整好心态。

"姐，我陪你逛逛吧，前面刚好有个地下商场。"

"走。"苏小雨应声。难得来B市一趟就好好和表弟待一待，等他以后出国，几年见不着一面。只是刚迈上地下商场的阶梯，苏小雨突然感觉一阵眩晕，脚下一空，整个人便不受控地朝前滚去。

"姐！"伴随着耳边的纷乱与急吼声，眼前朦胧一片的苏小雨彻底陷入黑暗，隐约听见一奶声奶气的疾呼："趁现在！把她们的意识能量体换回来！"

第14章——有你的时空

1

又是那道熟悉的黑色隧道，苏小雨眼前迅速掠过往后多年的画面，在被吸入一道新的光圈前，苏小雨骤然停驻身形，朝同在此方奇异空间正忙碌着的两只狗狗望去：“喂，你们两只，是来自更高维度的生物吗？”

她看过各种科幻片，也浏览过一些新奇的推测，理论上更高维度的生物的确有穿越时空，甚至停止时间的能力。这些日子经历的一切，更加让她坚信高维空间与高维生物的存在。

“嗷呜嗷呜。”老大，她的意识怎么还在这儿？

“汪汪汪。”我怎么知道？

“你们能听懂我说话的吧？我经历的一切都是你们造成的吧？你们现在准备干什么？修复时空？抹去我的记忆？”看对面装傻一动不动地盯着自己的两小只，苏小雨兀自开口，“这可是你们的失误造成我回到过去，总该给些弥补吧？我知道历史不可变，别人我不管，好歹不要抹去我经历这一切的记忆，这个要求不过分吧？”

听到她的话，小奶狗查看了下往后关乎她的时空轨迹，她拥不拥有这些额外的记忆对轨迹影响倒是不大，遂回复：“我答应你的要求，你

回去吧。”

“最后一个问题，我回到过去导致的那些偏差，你们怎么处理？”那些和曾经不同的轨迹应该就是所谓的平行时空了吧。

“磨灭。”干脆利落的两字。

“别人都不会记得？”

“被磨灭的平行时空片段会以梦境的形式被逐渐遗忘。”小奶狗用三维生物能够理解的话回答。

苏小雨点点头：“记住你们答应我的啊，不要让我遗忘经历的那一切。”

“知道了。”

看到那个三维生物的意识回归本体，两只狗狗瞬间松口气，迅速修复好所有的时空偏差后，终于得以解脱地正式踏上体验低维时空之旅。

意识回归的苏小雨感觉自己躺在浮浮沉沉的小船上，脑海中一堆陌生的记忆涌来让她又晕乎了一会儿，等终于平静了后，她听到一道沉稳的女音传来：“只是普通的皮外伤，没有脑震荡。”

随即，一阵暴躁的男音炸响：“你们医院到底行不行啊？上次也说她没问题，结果到现在她记忆还是没恢复！这次也说没问题，那她为什么不醒？算了，懒得理你们了，我带她转院！”

听到那熟悉的暴躁声，病床上的苏小雨努力动了动眼皮，睁眼就看到床边脸色难看的医生在向同样脸色难看的穆炎阳解释，然而对方就是油盐不进，坚决要带自己转院。

“穆炎阳……”

“我告诉你们……”轻柔的声音让那狂躁的怒吼瞬间消声，穆炎阳侧头对上病床上小人儿睁开的双眸，立马又后怕又惊喜地坐到她身边，问，

“你醒了？感觉怎么样？有没有什么不舒服？脑袋疼不疼晕不晕？”双手无措得不知道该放哪儿，想去抓她又怕碰到她的伤。

一连串发自内心的急切问话令苏小雨不自觉地牵起嘴角。脑海中那些不属于她亲身经历的记忆，或者说学生时代的她在2019年经历的记忆，让她知晓固有印象里这个只知道公报私仇剥削自己的无良上司是如何全方位照顾维护自己的，倒映着他关切面庞的双眸也跟着泛起柔光：“没事，皮外伤而已，我想回家。”她需要一个人安静地消化一下这段时间经历的一切……

“好，我们回家。”

不给床上人反应的时间，穆炎阳的胳膊就穿过她的肩和腿窝，稳稳地公主抱起她，惹得失重的苏小雨一阵惊呼：“你干什么？”双手下意识地环住他的脖颈防止摔落在地。

“回家啊。”穆炎阳理所当然地回复，抱着对方就走出病房。

感受着那有力的双臂，一路上苏小雨愣怔地盯着他有型的下颌发呆，看惯了年少时分对方桀骜不羁的模样，一时间还有点不习惯现在他西装革履头发梳得一丝不苟的精英形象。先前经历的一切恍若一场梦，却又如此真实又深刻地储存在自己记忆深处，只是可惜这场奇幻的经历只有自己知晓……

穆炎阳停步在自己的车子前，一低头就见到怀里一眨不眨盯着自己的小人儿，性感的薄唇勾起，倏地凑近她问：“又被我的飒爽英姿迷住了？”

突如其来的气息吓得苏小雨瞪大双眸，在她慢一拍地后仰之前，穆炎阳已经哈哈大笑着抬起头：“开门。”

苏小雨一偏头，就见到熟悉的黑色轿车，伸手打开副驾的门。被抱进座位，瞅着俯身替自己系安全带的人，不等她开口，对方就笑着起身拍了拍她的脑袋，好心情地道：“说了我对小屁孩不感兴趣，别自作多情了啊。”

头顶还残留着对方大掌的温度，他那对待小孩的口吻惹得苏小雨哭笑不得：“我已经……”回来了。

“放心，伤你的人都会付出代价的，不要怕。”穆炎阳坐上驾驶位，脸色平淡，漆黑的眸底却涌动着一场危险的暗流。

听到那低沉却有力的话，苏小雨心头一震，紧跟着一暖。曾经年少的他维护自己的一幕幕瞬间浮上脑海，她点点头回复：“嗯，我不怕。”有你在，我不怕。

这一刻有太多太多想说的话，也有太多太多想问的话，最终却一句都说不出，就想这么静静地坐在他身边、静静地看着令人安心的他。

回到花园小区，瞅着牢牢扶住她，仿佛她就是个易碎瓷娃娃的人，苏小雨无奈地道：“我真没事，我休息一会儿就好了……”

“你慢慢休息，我在客厅等你。”穆炎阳说着掏出钥匙自来熟地打开她公寓的大门。

见到对方进屋熟稔地给她端茶倒水，苏小雨知晓这两个多月的时间，他基本把自己的公寓当成了第二个家，客厅的沙发也成了他的专属床铺。不过说来也是神奇，她在过去的时空即使快进，也绝对待了快两年的时光，结果在2019年只过了两个多月，如今才6月15日。见识过未知的高维生物所拥有的能力，苏小雨也就淡然了，也庆幸她所属的时空只过了那么些时间，没有什么大变化……

“睡吧，有事情叫我。”将人扶去卧室的床上，看到她躺下后，穆炎阳才关门回到客厅，拨出一个电话压着声音问，“盗用公章加上故意伤害，可以判几年？

“嗯，争取多判点。

“好，有进展随时联系。”

2

在卧室躺下没多久，苏小雨就被手机铃声吵醒，看到屏幕上那串熟悉得不能再熟悉的号码时，苏小雨百感交集地按下通话键，却没有出声。

“喂，请问是哪位？”记忆中慈爱的声音带着些许疲惫传来。

苏小雨久久没有回复，对方却是心有灵犀般激动地问：“小雨，是不是小雨？”

从国外封闭式培训回来，白翠琴打开那部旧手机就见到好几个未接来电，即使是陌生的号码她却直觉就是女儿打来的。现下回拨，对方不发一言，却让她更肯定了自己的猜测。

“小雨，是不是出什么事情了？和妈妈说，有妈妈在，不要怕。”

明明前不久才和她一起庆祝自己考上 A 大，现在再次听到她的声音，苏小雨却不受控地落泪，哽咽道：“妈妈……”

那么多年终于再次听到对方叫自己一声“妈妈”，白翠琴激动得手都在颤抖：“妈妈在，妈妈在！”

苏小雨吸了吸鼻子道：“妈妈你有没有空，我们一起吃个中饭吧？”

她来 A 大上了大学，母亲也跟着来到 A 市发展，便于照顾自己。但是曾经一无所知的自己对她只有怨恨，见都不想见她一眼，哪肯让她帮助。即使向姑姑家借钱付学费，她也没再用母亲的钱。那么多年，虽然她们都在一个城市，却没有见过一面。

“有、有空！”刚下飞机的疲惫瞬间一扫而空，白翠琴激动得不能自已，“你想去哪里吃？妈妈这就预订。”

“我来订吧，”苏小雨顿了顿，继续说，“祁叔叔有空的话，把他也叫上吧。”她还欠许多人一个道歉，曾经什么都不知道的她，将那些恶毒的言语全部加诸最亲的人身上……

感觉到对方的犹豫，苏小雨说了句：“妈妈就这么定了哦，一会儿我来接你们。”不给她反驳的时间，挂断电话。

起身换了套干净的衣服，苏小雨对着镜子照了照自己有点儿青紫的额角，拨了拨头发将其遮住，带着点激动与忐忑地出门。

“你干什么，不是休息吗？”卧室门一打开，穆炎阳见到一副出行装扮的苏小雨就从沙发上起身，蹙眉不满地盯着她。

“我中午要和妈妈一起吃饭，你随意吧。”

“妈妈？”穆炎阳声音陡然拔高，“你联系到她了？”

瞅见对方如临大敌的模样，苏小雨忽然恶作剧心起，一脸天真地问：“对啊，怎么了吗？我妈刚从国外回来给我回电话了，你紧张什么？”

“没，我没紧张。要不你明天再见她吧，她刚回来太累了，让她休息休息，明天我带你去见她。”他还没来得及和她母亲说明情况。

苏小雨拍了拍强装镇定的穆炎阳：“但是我已经和妈妈说好要去接她了。”掏出包包中的车钥匙晃了晃，问，“我的车在哪儿？”

“我家车库，”穆炎阳回答完后，忽然反应过来，“你会开车了？你现在几岁？”

“二十六岁啊，”见到他惊愕的模样，苏小雨终于忍不住高扬起嘴角，伸手在呆滞的人跟前挥了挥，“嘿，麻烦穆总带我去取下车。”

“哦，哦哦。”穆炎阳脑子还不是很灵光地回复。直到走出花园小区，他心底忍不住大惊：这就回来了？他好感度还没刷够啊！不知道这些日子的良好表现，能不能将功抵过一下自己剥削欺负她的罪恶……

余光瞄着身边神采奕奕的女子，穆炎阳心虚至极，僵硬着身躯同手同脚地前行着……

苏小雨显然也注意到对方的不自在，嘴角含笑却没有多说什么，取了

自己的车就赶往母亲的住所。老远就见到已经等在门外着装隆重的两人，苏小雨将车子停在他们身边，透过车窗笑着打招呼：“妈妈，祁叔叔，上车吧。”

两人明显有些局促，白翠琴也不知道是睡眠不足还是百感交集眼睛有点红红的，看着多年不见早已长大成人的女儿，心头纵然有千般言语最终却化成一句：“不来家里坐坐吗？”一出口，又觉着不妥，当初小雨如何排斥她现在的老公的画面跟着浮现。

苏小雨笑着开口：“现在11点多了，我们先吃好饭再回来坐，订的餐厅离这儿不远。”

看着一夕间大变样的女儿，白翠琴连连应声，拉着身边拘谨的人一起上车。

餐厅离他们的住所不过十分钟的车程，是一家古色古香环境清幽的中式餐厅。一间被古典桃花壁纸围绕的小包厢内，苏小雨抬头看向一直盯着自己点菜的人，问：“妈妈、祁叔叔，你们再点一些。”

“够了够了，点得够多了，”经过一路的缓和，白翠琴终于平稳了几分激动的情绪，服务员一走，就忍不住问，“小雨，这些年过得怎么样？最近有没有遇到什么困难？”

自己想问的话率先被对方问出，苏小雨细细打量母亲几许疲惫却闪着红光的面颊，显然她现在的生活很幸福美满。于自己而言，八年前的母亲前天才见过，两相一比较，现在的她脸色反而更光滑饱满，周身的知性气息和曾经的家庭妇女判若两人；只是那面对自己闪耀出的母性光辉还是一模一样……

“我很好，没有困难，”苏小雨将目光转向母亲身边一言不发只顾低头喝茶水的中年男人，欣慰又带着歉意地道，“谢谢祁叔叔这些年对妈妈的照顾啊，以前的我不懂事，说了些难听的话还请祁叔叔不要在意，

我以茶代酒道个歉。”回到过去的时光，她见过他，他是母亲公司的同事。他年轻的时候谈了个女友因病逝世便多年未娶，直到遇到离婚的母亲……

祁书衡听到自己被点名，连忙举杯与之相碰：“不客气，这都是我应该的，而且事情都过去那么多年了，小雨也不要在意。看着你能和你妈妈和解，我才是最欣慰的。”

听出对方语气中的真挚，苏小雨也没有多说什么客套话，直到三人各自怀揣着感慨的心情吃完这顿饭、她送他们回家，都没有再提当初的事情。坐在母亲和祁叔叔的家中，听着母亲这些年经历的种种，看到妈妈不自禁流露的笑颜和祁叔叔黏在她身上的视线，苏小雨心底那一团愧疚逐渐消融了一个角。

太阳西斜，看到母亲挂断了两个电话还要拉着自己说话，苏小雨终于出口打断她的滔滔不绝：“妈妈，公司的电话吧？你先忙，我也该回去了……”

“小雨……”正欲挽留的白翠琴突然被抱个满怀，只听耳边女儿低低的声音响起：“妈妈，过去的事情我都知道了，我和爸爸都对不起你。对不起，我曾经对你说的那些混账话，你永远是我最好的妈妈，我爱你。”

白翠琴愣怔地僵在原地，眸中再次不受控地泛起水汽，只听对方继续说：“这些年我也有想你的，现在看到妈妈和祁叔叔生活美满我也就安心了。过去的也就过去了，以后妈妈也要继续和祁叔叔幸幸福福的啊。”

苏小雨起身望着一旁的祁书衡：“对我妈好点哦，要是被我知道你欺负我妈妈，我现在可是会打人的。”

祁书衡打趣开口：“那我被你妈妈欺负了你会给我撑腰吗？总该一视同仁吧。”

本还被淡淡哀愁气氛笼罩的客厅，瞬间被这话冲散一切忧愁，苏小雨笑着回复：“我妈欺负你一定是你做错了呗，男子汉大丈夫多多受着就

好了。”

“唉，果然男人没人权啊。”

“扑哧——”白翠琴被逗笑，娇嗔了眼哀号的祁书衡，依依不舍地拉着女儿，“小雨，晚饭留在这儿吃吧，我们随便弄几个菜……”

“我这两天估计会挺忙的，落下许多工作，”看到母亲黯淡下去的双眸，苏小雨笑着说，“下周末我过来蹭饭啊，以后我会时不时过来蹭饭的，你们到时候可别嫌烦。”

一听到这话，白翠琴的眸子瞬间亮起来：“怎么会嫌烦呢？想来随时来，我可是你的妈妈啊！”

“对啊，这里也是你的家，一家人嫌什么烦。”祁书衡理所当然地接话。

苏小雨眨眨眼，憋回眸中的晶莹，转身摆摆手：“好嘞，那就这么说定了，我先回去了，下周见。”

启动车子，苏小雨透过后视镜看着并肩而立的两人，嘴角露出欣慰的笑容。

OK，下一站，畅畅家……

3

在别墅独自一人从白天坐到日暮的穆炎阳，终于被一阵“咕噜噜”声唤回神智，他拿出手机拨出一个电话，过了好几秒才接通。

“喂，找谁？”对方大剌剌的声音传来，间或夹杂着嬉闹声。穆炎阳也没注意，只是深沉地开口：“安畅畅，我穆炎阳。苏小雨她恢复记忆了你知不知道，就在今早……”

“我知道啊，她现在就在我家……”“滴滴滴”挂断声响起。

“我去，什么毛病。”安畅畅看了眼恢复主界面的手机，丢到一旁也没再理会。

瞅着和自己儿子玩得开心的苏小雨，安畅畅憋了多年的气再次上来，上前一把勾住苏小雨的脖颈，和以前在学校一样闹着将她放倒在地上，气哼哼地道："六年啊，六年！苏小雨你真是好样的！要不是你出意外失个忆，是不是就准备和我老死不相往来了？你的心是铁做的吗？"

被按倒在地上的苏小雨一滞，而后也不甘落后地握拳顶住她的脑袋："你不也不来联系我？说好婚礼让我当伴娘，现在连娃都有了，连个喜糖我都还没收到呢！我当初盼啊盼，就等着你的请柬，我准备到场就给你道歉，但是你呢？不遵守约定！"

"你好意思说我？"一听这话，安畅畅更来劲了，掐着她的脸气哼哼地道，"为个劈腿的小白脸和我吵，绿茶婊说的话都信就不信我的，你是猪吗？诬赖我那么多年，还好意思让我主动找你？你的良心不会痛吗？"

"大学毕业后我每年都组织同学会，还以各种各样的理由把高中的同学召集起来，你为什么一次不来？要不是为了你，我才懒得举办呢！这次同学会你也没来，那么多年，我想着法子让你现身你就避着我，你的良心不会痛吗？"

"这次我出差飞机延误，上次我宝宝生病了，上上次……"

"反正你就可劲儿找借口呗！"

"你还蹬鼻子上脸了是不？明明是你有错在先！"

两人互相指责着指责着就扭打在一起，儿童床上的单弘毅还以为她们在玩闹，拍着小手兴奋地道："干妈加油，干妈加油！"

分别六年多的女人在这一刻将心底隐忍的愤怒、委屈、思念通通化为暴力，纷纷使出了十成的劲儿对峙着。等两人终于分开时，均头发凌乱衣裳褶皱地仰卧在地板的海绵板上大喘气。互相看了狼狈的对方一眼，不约而同地笑出声："泼妇一样。"

"你也是。"

“哈哈哈……”随即又是一阵畅快的大笑。

安畅畅十指交握住苏小雨的手，盯着她开口：“以后都不要再分开了。”

“嗯，幸好我还没结婚，到时候你来给我当伴娘，让小弘毅来当散花童子。”

“我都结婚了还当伴娘啊？”

苏小雨挑眉反问：“在乎这个？”

“也是。”说到这个话题，安畅畅翻个身趴着问身边的闺密，“哎，你觉得穆炎阳怎么样？刚刚他还给我来电了。哼，这家伙，以前不是拽得很，现在连给你打个电话都不敢了？”

苏小雨也翻身双手撑着下颚趴在地上：“你以前不和他势不两立，怎么现在还给他说媒来了？”

“以前是以前，现在是现在，再说你的死对头都能变成你的爱慕者，我这点转变算啥？”安畅畅不以为意地道，“比起温智宇那种道貌岸然的，穆炎阳这种表里如一的倒是靠谱多了，这些日子他对你的照顾，你也记得的吧？”

“来吃饭了！”厨房里端着菜出来的单子墨呼唤着儿童房里的人，“老婆，先带儿子和小雨吃饭，吃好再聊。”

“好。”

趁着安畅畅和单子墨都在场，苏小雨将自己知晓的都告知两人，最后拿着筷子总结：“所以温智宇也是不得已才和我分手的……”

安畅畅丝毫不买账地道：“难道他就没错了？她妈妈让他分他就分，妈宝男呢？既然做了纪雨桐的男友，还吊着你，这不是脚踏两只船是什么？也多亏你们分了，否则你迟早要被他妈欺负，他只能夹在中间无所作为。”

比起火爆的安畅畅，还算理智的单子墨开口问出一个重要的问题:“现在关键的是你什么心思？还喜欢温智宇吗？想和他复合吗？”

回忆起那个记忆中的翩翩少年，苏小雨发现自己想到的，都是一袭白衣的少年对她莞尔一笑的画面。年少时分的喜欢很简单，也许只是初遇时的惊鸿一瞥；也许只是对方一个温柔的微笑；也许是在自己最无依无靠的时候，他的及时现身便成了她的一道光，成了自己追逐的对象。

喜欢一个人的时候，在哪儿他都是人群中最耀眼的光，一眼就能找到他；只是不知道什么时候起，自己眼里的光已经变了方位，开始下意识在人群中找寻某个不羁的身影，回忆起的也都是他中二却理所当然的酷拽话语……

苏小雨也有仔细想过，自己对温智宇究竟是喜欢多还是依赖多，但似乎现在这个问题已经没有什么意义了，她曾经是喜欢过他，但也只是曾经。在收到分手短信后，那份喜欢就已经在褪色，直到再次面对他心无波澜，直到再次遇到令自己恢复熟悉悸动的人……

“不会复合，但是我很感谢他，当初在我最脆弱的时候陪伴在我身边。”苏小雨肯定地回答。

“这就妥了，”安畅畅打了个响指，“那就是穆炎阳了呗。”

苏小雨一阵无语:“我为什么除了温智宇就只有穆炎阳这个选项了？”

“你真的一丁点都不喜欢他啊？正好，我有个同事让我给她介绍对象，那我把穆炎阳介绍给她了。”

“等等！他的事你这么操心干什么？”苏小雨急忙出声阻止，看到闺密眸中的戏谑，当即勾住她的脖子，“小样儿，还学会讹我了？你现在叛变得倒是彻底啊，成他的粉头了？”

“谁叫拿人手短呢？他给我们公司的新项目投资这个数呢！”安畅畅说着伸出五指，“我当然得抱紧金主大大的大腿了。”

“然后你就卖友求荣？”

“说那么难听干什么，这叫成人之美一举两得，你要真对他没意思我还能按着你们的头拜堂不成？”安畅畅开口。

小弘毅看到两人的互动再次拍手：“干妈棒棒，干妈棒棒！”自己总是被妈妈打，没想到干妈一下子就制伏妈妈了，真厉害了，以后他要抱紧干妈大腿！

挣扎着起身的安畅畅戳了戳自己儿子的脸：“这么小就胳膊肘往外拐，以后还了得？”

苏小雨却是笑出声：“确认过眼神，是我的亲亲干儿子。”

“干妈抱抱！”

在安畅畅不满的嘀咕声中，苏小雨笑着抱过儿童椅上的小弘毅，满室的温馨与欢笑……

当晚，苏小雨留宿在此。小弘毅和爸爸睡，自己又和闺密在被窝里说悄悄话直到深夜。最后困意袭来，安畅畅打着哈欠念叨了句：“小雨，我说真的，穆炎阳可以考虑试试，实在不行再找别人也不迟。”

苏小雨沉默半晌，开口：“嗯。”当然会考虑，也正是因为会考虑，所以顾及的事情也会更多。

4

这一晚，苏小雨做了个梦。

梦到两个月前的同学聚会结束，醉醺醺的穆炎阳语出惊人后，她开车回家的路上发生了一场可怖的车祸，在冷冰冰的医院躺了好多天，失去记忆不记得一切。来了很多看望她的人：有衣不解带照顾自己的穆炎阳，有红着眼关心自己的安畅畅，有隐忍着情绪的温智宇，有哭泣的母亲……

经过长达两个月的治疗后，她终于恢复健康，和曾经闹翻的闺密、母亲和好，对剥削自己的上司兼曾经处处和自己对着干的班霸有了改观，也让她知晓温智宇对其余情未了……

这个梦真实得仿佛她亲身经历过一般，就在半睡半醒间，身旁的安畅畅小声抽噎着抱住自己，含混不清地道："小雨，我对不起你。你当初特地和我说如果惹我生气一定要原谅你一次，我还信誓旦旦地保证绝对不会和你绝交，我根本没有做到，呜呜呜……"

苏小雨听到她的话，整个人一震，猜测到了什么赶紧拍拍她的背劝哄："没事没事，都过去了，我们现在不都好好的了？睡吧。"

"嗯。"低低地应了一声，再次入眠。

这一晚，许多人都做了一个长长的梦，说是梦却真实到不像话。从愤慨中醒来的穆炎阳，看到透过窗帘的微弱白光，拿起手机看了看时间：5点20分。他起身下床，打开书桌中间的抽屉，里面放着的平安扣和特殊的奖状已经消失不见，只留下一个精致的红木盒。

穆炎阳拿出盒子，拂去上面细微的尘屑打开，一张被揉得皱巴巴又被极力抚平的蓝色信封静静躺在里面，封面上"苏小雨收"几个被晕染的黑色字迹昭示了这封信的年头。信封里是一张和他风格极度不符的粉红信纸，也是皱巴巴的，上面用霸气的大体字霸气侧漏地写着一句话：苏小雨，小爷我正式通知你，我不准备再暗恋你了，我要正大光明地追你了！

中二气息满溢，即便当初收了那么多才华横溢的情书当作参考，他依旧只写出了这么一封不算情书的情书。只不过早该在八年前送出的情书一直被尘封至今……

"姐，姐！"

早晨驱车回小区的苏小雨，一从停车场出来，就见到单元楼门外一个

高大的身影朝自己急急奔来，瞬间惊喜地问：“航肖？你回国啦？”

来人顾不得回答，捧着她的脸就上上下下打量她一番，见到她额角的青紫时，瞬间瞪大眼眸：“姐，你受伤了！怎么搞的？我昨晚就做梦梦到你从楼梯上摔下来，一看就不是好梦，结果还真……你有没有找过那个小白脸？是不是他搞的？”

“你这还有预知梦的本领了啊？是我自己不小心从楼梯上摔的，和别人没关系，”苏小雨没有说真实原因，省得对方担心，又重复问，“喂，小子，什么时候回来的啊？回来多久了也不和姐说一声？”

“我凌晨到的，那么晚我就没和你说了，”已经在国外磨炼成绅士的卢航肖，体贴地问，“姐，去过医院了吗？没去我带你去。”

“我没事，不用担心……”苏小雨说着挽住对方的胳膊就欲带他进楼，忽而背后漫起一阵瘆人的凉意。她侧头一看，就见到不远处拎着餐盒的穆炎阳脸色黑沉地盯着自己。

穆炎阳凛冽的目光落在苏小雨挽着卢航肖胳膊的手上，薄唇紧抿，显然在压抑怒火。

就是这个小白脸二号！当初小白脸一号退出后，他就见到苏小雨和这个小白脸二号在一起，气得他差点儿遁入佛门。昨晚的梦里出现的也是他！苏小雨口口声声说要和他成婚！那么多年没出现，现在竟然又出现了！拳头痒！

注意到对方青筋直暴的手背，苏小雨不免被他这一副几欲暴走的模样吓到，不等她开口说什么，穆炎阳大步上前一把拽过她，粗鲁地将其扯远几步，大吼道：“苏小雨，你这个花心的女人！你这都已经交了几任男友了！”

不顾苏小雨黑下的脸色，穆炎阳继续愤怒地大吼：“你知不知道我喜欢你十多年，四舍五入就二十年了！要不是怕耽误你学习、怕连累你冠

上早恋的名声，温智宇那小白脸能捷足先登吗？你不记得我就算了，这个突然冒出来的小白脸又算老几？他有我了解你吗？他知道你家的状况吗？他能……唔！”

瞅着身边渐渐聚焦的围观者，苏小雨一把揪住眼前人的衣襟往下一拉，仰头封住那张咆哮不断的嘴。

很好，世界瞬间清静了。

苏小雨心跳如雷，看着惊愕地瞪大眼盯着自己的男人，佯装嫌弃地开口：“太吵了。”

终于反应过来的卢航肖跑到苏小雨跟前隔开两人，问：“姐，你没事吧？他是谁啊？”打量着定身在原地的人，他一脸不满，“竟然敢这么骂我姐，信不信我揍你啊！”

回神的穆炎阳再一次经受不小的打击，震惊地问怒瞪着自己的男人：“你……刚刚叫她什么？”

“姐啊，”卢航肖怒视着对方，“你又是谁？这么欺负我姐。”

注意到穆炎阳那红了白白了青青了红变幻不定精彩纷呈的脸色，一大早被无缘无故骂了一通的苏小雨顿时舒爽了几分，淡淡开口：“他是我表弟，穆总有何指教？”

听到女人生疏的口吻，想到刚刚自己的口不择言，穆炎阳彻底慌了。面对身前一个气愤一个冷淡的身影，他强撑起笑脸：“呵呵，误会，误会。我……”看了眼手中安在的食盒，立马递给对方，“我是来给你送早餐的。”

见苏小雨不收，穆炎阳转而塞给卢航肖：“给你姐的，你们聊，我先走一步。”说完立马转身逃也似的离开，心里咆哮道：这下子未来老婆、未来小舅子都一起得罪光了……

看到前方慌不择路的男人被地上的坑洼绊得一个踉跄，又连忙稳住身形离开的狼狈样儿，苏小雨忍不住收回视线笑出声：“走吧航肖，一起

上去吃早饭，这量够两人份了。”

“姐，他……”

“别问，问就是不知道，”苏小雨先一步堵住对方的话，看到对方闷闷不乐的样子笑着道，“等八字有一撇了我再和你说。”

“所以那是你新欢？”卢航肖不由得瞪大双眸，“看着脾气不太好是会家暴的类型啊，姐你这眼光转折得有点大啊，该不是被之前那个伤到了吧？”

“别胡说。”

“本来嘛，你们俩到底什么情况，我都没听你说过这号人物。”即使远在国外，卢航肖每月都会和表姐视频一次，了解对方的近况等等，两人从小一起长大，虽是表姐弟却胜似亲姐弟。

苏小雨一边开门一边回复：“和你提过，我新上司。”

“就你和我吐槽的周扒皮？总是给你穿小鞋那个？”

看到表弟那越发不满对方的表情，苏小雨岔开话题：“说来话长，以后再说……”

姐弟俩叙旧的同时，慌忙逃回别墅的穆炎阳瘫坐在沙发上晃神，脸色依旧反反复复。

小白脸二号竟然是她的弟弟？所以这么些年他独自赌气个什么劲儿啊？六年，整整六年啊！要是当初让二哥调查一下对方多好，至于现在才下定决心把她夺回来吗？㞞啊，每次遇到她的事情就犹犹豫豫思虑再三，导致两人错过这么多年……

不过也多亏这心无旁骛、发狠闯学业闯事业的六年，让他能够成长为现在更好更成熟的自己，足够有能力担负她的一切，而不是以一无是处、莽撞无知的少年模样出现在她身边。虽然错过一个六年，但今后他们还

有许多个六年不是吗？

想通了的穆炎阳终于舒展俊眉，伸手抚上唇畔，上面似乎还留有刚刚那温软的触感。忆起对方那大胆的举动，穆炎阳耳根微红，扬起一边嘴角邪魅地道：“调戏小爷我，后果自负啊。”

5

苏小雨接到穆炎阳电话的时候，正在昱玮公司综合办和小刘了解近况。

从小刘口中得知姬海英盗用公章故意盖了好几份被私自改动数据的文件而被公司起诉时，苏小雨真的是惊了，这对她又没有任何好处为什么要那么做呢？

“姬主管她这就是偷鸡不成蚀把米，我那天准备找穆总，结果在办公室外面听到他们的对话，姬主管就是为了陷害苏主任你才这么做的。她都趁着我外出的时候让你盖章，那些文件审核的是你，盖章的也是你，最终查下来第一个担责的就是苏主任你。但是她没想到这些文件穆总全部过目过，英明的穆总还让监控室白天开了综合办的监控，把姬主管下班后趁着没人偷拿公章盖、调包文件的视频全部录下来了，人证、物证俱在，想狡辩也无法。”

对哦，那段时日学生时代的自己在这儿什么都不懂，需要审核的全让穆炎阳过目，也得以轻松证明自己的清白。

“啧啧，什么仇什么怨哦，要这么冒险地对付我，最终却把自己赔进去了。”

“她就是嫉妒苏主任你，”小刘义愤填膺地道，“她来昱玮的时间早，喜欢穆总也不是什么秘密，后来苏主任你来了，穆总的目光就都在你身上了。我好几次听到姬主管在那儿生气吃醋，没想到她竟然还丧心病狂

地企图陷害你。现在好了吧，要吃官司了，都是自找的。”

苏小雨幸灾乐祸地附和：“的确，自作孽不可活。也好，走了这尊大神，综合办的日常可以融洽多了。”对方也是有点后台，自己初来乍到想指挥她那是一个难；指挥不动许多事情只能自己动手了，也让她对对方的工作了解更多。

“小刘，她那边的人事工作都交接给你了是吧？你交接给我吧，前阵子我身体不舒服也没做多少工作，辛苦你们了。到时候，半年奖励我会给你们申请多一阶，以后继续好好合作。”

熟悉的苏主任回归，主心骨的归来让小刘开心不已，连忙点头：“嗯，我一定会努力的！”

和对方交接工作之际，苏小雨接到穆炎阳的来电，定了定神接通：“喂？”

“在哪儿？”

“公司。”

“等我。”利落迅速地结束对话。

他也要过来？苏小雨放下手机，想起先前自己那不忍直视的举止，真想捶爆自己的狗头：她当时一定是被什么附身了，才会做出那样失心疯的行为。呼，赶紧调整心态，到时候就当什么都没发生过地面对对方。

好在穆炎阳到来后，也没有多说什么，完全一副公事公办的模样，将这段时日他接手的综合办事务交接给她，然后又交代了后续的重点工作便起身离开综合办。对方一走，小刘偷偷瞄向后方的苏主任，看到她绯红的脸色时，不由得讶异：“苏主任，你很热吗？脸怎么这么红？”

“嗯？好像有点，我开个空调。”

刚出门没走远的穆炎阳听到她们的对话，嘴角不由得勾起一个性感的弧度。

日暮西山，桌案后的穆炎阳看了看表，合起文件起身离开总经理室。见到综合办里依旧对着电脑工作的人，他上前敲了敲她的桌子，不容置喙地道：“可以了，剩下的明天再处理，回去休息。”

“马上，你先回去吧。”她想尽快把这两个多月落下的工作补上。

啧，还是高中时期的她可爱。穆炎阳捏住她的下颚强势扳过她的脑袋，在对方的怒视中，俯身威胁：“现在立刻马上，回去休息，否则我就以牙还牙了。”

“以牙还牙？”

穆炎阳挑眉：“怎么，忘记你早上对我做什么了？”

感觉到对方的大拇指暧昧地摩挲着自己的下唇，反应过来的苏小雨瞬间脸色爆红，推开对方急急保存文件关电脑：“好了，回去了！”拿起自己的包包就跑出办公室。

“把门锁了！”

听到喊话的苏小雨又红着脸回头将办公室门锁上，低头不去看对方一眼，快步走人。

“啧，跑什么跑？”穆炎阳蹙眉拽住从自己身边跑开的人，“我是洪水猛兽还是咋的，能吃了你不成？”

苏小雨不作声，想甩开对方却无法。

穆炎阳将她拽到自己身边，瞅着她僵硬心虚的模样，心情瞬间大好：“你还记不记得欠我一个要求？我欠你的已经做到了，现在该轮到你兑现承诺了吧？”

听到这话，苏小雨倏地抬头看向他，震惊地问：“你记得？”自己重回过去，和他的约定、和他经历的一切他也都还记得？

见到她的反应，穆炎阳牵了牵嘴角：“所以说这是真的？我们一起

翻墙、一起智斗小混混、一起参加运动会……都是真的？”

苏小雨直直地盯着他，眸中闪烁着激动又庆幸的水光，即使知道一切终将成为梦境被遗忘，此刻听到他求证的话，她哪里否认得了，心底大声应和：对，这一切都是真的！都是我们真实经历的！

和她盛满了复杂情愫的杏眸对视，穆炎阳嘴角的弧度更大：“所以你因为我收别的女生情书而吃醋也是真的喽？”

苏小雨一怔，满溢的感慨瞬间收敛，回头再次快步走人，找场子地回应：“那你说暗恋我是不是真的啊？”明明该是自己占上风才对，怎么感觉还是处处被他压一头？

不想穆炎阳跟在她身后大大方方地承认：“是真的，要正大光明地追你也是真的。”

苏小雨脚步一顿，再次加快步伐下楼走到自己的车边，看向身后的人听不出情绪地开口：“要追我是吧？上车。”说着率先进入驾驶位。

穆炎阳不确定地问了句：“上你车？”

“对，带你去个地方。”

得到肯定的应答，穆炎阳当即屁颠屁颠地去副驾驶位坐好，笑眯眯地问：“带我去哪儿？”结果却发现对方绷着一张小脸，粉唇紧抿，一副破釜沉舟的深沉模样，不由得心底一咯噔，“你怎么了？”

苏小雨没有回话，踩下油门一路朝位于郊区的A市精神病医院行去。

将车子停在医院的停车场，苏小雨拉下手刹望向住院部：“我爸爸就在里面，患者。”毫无起伏地说完这话，便偏头紧紧盯着对方的表情，握在方向盘上的纤手不自觉地收紧。只要他有一点点的嫌弃，她就会立马载着他离开，努力断却心底复苏的悸动……

但是身旁的人愣怔了一下后，随即却不知所措起来，又惊又喜地道：

“这、这就带我来见未来岳父了？”

苏小雨：？？？

“我、我这都没任何准备，礼物也没买，衣服也没换，这发型还可以吗？”

苏小雨一脸惊愕地看着慌张照镜子却满脸喜悦激动的人，好半晌才找到自己的声音：“你是不是找错重点了？”关键不该是自己父亲有精神疾病吗？

然而，穆炎阳就和听不到她的话似的，兀自陷在自己的世界中：“不行不行，初次拜访一定要带礼物！我去附近买点水果，你等我一下……”

“喂！”

不等苏小雨伸手拽他，穆炎阳又顿住身形，恢复一丝理智：“不对啊，现在已经过了探视的时间了，我们进不去，要不明天再来吧！我好好准备准备。”

在重遇苏小雨决心追求她后，穆炎阳就已经把她家人的情况都了解过。在她意外去了2009年的时空后，他也来过这里问询医生苏天磊的状况，他当然不会这么冒冒失失地进病房探望，让住院中的苏天磊难堪，每次去都只是远远看他一眼便走人。想等着以后对方出院了，再找一个合适的机会拜访。不想，今日苏小雨直接带他来这儿，她愿意把深藏的秘密告诉他，带他来见家人，欣喜过度早已忘了其他……

苏小雨一脸不可名状地盯着身边的男人，更加直接地道：“我父亲有精神疾病，医生说过这种病由很多因素造成，也可能会有遗传。所以我身上也许也会带有这种基因，我的后代也有被遗传到的概率。”

苏小雨想着这下子自己说得够直白了吧，不想穆炎阳却是越发激动了，满眼炙热地盯着她，连说话声音都颤抖起来：“没想到小雨你考虑得这么周到，连我们以后孩子的事情都想到了啊。”

“喂，”苏小雨终于忍不住了，“穆炎阳，你脑子是不是有坑啊？简直没法和你沟通！”

“干什么骂我？我说的不对吗？”穆炎阳满脸委屈地问。

苏小雨深呼一口气继续说：“我父母离婚，我现在是单亲家庭。”

“我知道啊。”

“我爸爸生这个病，很多人会对我们有异样目光。”

“没事，我不会有的。”

“那你家里人呢？”

“他们早知道啦，他们要是介意，我就立马和他们断绝关系，”穆炎阳笑着挑眉，“我到时候带你私奔啊。放心，现在的我养你们轻松得很。”

听着那不着调的话，苏小雨心累地揉揉眉心：“下车。”

穆炎阳乖乖照做。

苏小雨将车开出停车位，经过一脸疑惑盯着自己的人的身边时，掏出一张名片给他：“我父亲的主治医生，推荐你也去看看。”语毕一脚踩下油门，直接朝医院大门驶去。

正低头看名片的穆炎阳听到响动，当即拔腿朝车子追去：“喂，苏小雨，你干什么？我还没上车呢！

“喂，你忍心把我一个人抛弃在这里？这里打车都不方便啊！”

听到后方越来越轻的喊声，握着方向盘的苏小雨早已控制不住地泪流满面，嘴角的笑容却耀眼无比。此刻她的心情就和被猛烈摇晃的汽水被突然打开一样，开心、激动、庆幸……以澎湃之势喷发而出，挡也挡不住。

直到缓和好自己的情绪后，苏小雨抹去脸上的湿濡，才一打方向盘，返回去接那个正在路边骂骂咧咧打车的人……

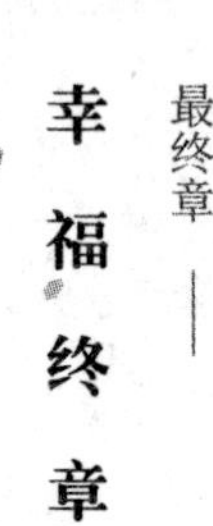

最终章 幸福终章

1

半年后。

天空中飞舞着纯白的雪花，这一年的初雪降临。坐在温暖的办公室里，苏小雨瞅着父亲发的微信，不禁扬起笑容——“小雨你看，菜地里也都是雪啦！瑞雪兆丰年，来年一定大丰收。”

父亲出院后，苏小雨开诚布公地和他彻夜长谈了一番。当初自己根本就是找错了方向，每一次对母亲的愤慨、对父亲的安慰都越发累积了他的歉疚与负罪感。知道真相以后，她也没有遮遮掩掩，直白地告诉父亲他做错了，辜负了母亲。但是纵然有错，这么多年的惩罚也够了，母亲找到新的归宿，生活幸福；而他也为曾经的过错陷入负罪的牢笼长达八年之久……

心底深埋的秘密被挑破，背负的糊涂账重见天日，父亲堵在内心令他无法承受的情绪终于找到了突破口，抱着自己大哭了一场，将那么多年的愧疚与歉意通通阐述。他也终于愿意放下负担接受心理治疗，对症下药，疗效甚佳。

父亲卖掉了C市的房子，在乡下老家置办了一个有田有地的民房，

剩下的资金都给她来还房贷。解甲归田，每天种种地、养养鸡鸭，和邻里说说话，小日子过得很是舒心。

“苏小雨，到我办公室来！”就在苏小雨回忆着这半年祥和的生活时，一道冷冰冰的话打断了她的追忆。

一抬头就见到铁青着脸色的穆炎阳站在综合办门外冷声命令，紧绷的下颌明显在隐忍怒气。说完，他头也不回地离开，令人窒息的压迫感瞬间消失，众人纷纷担忧地望着被点名的主任。

苏小雨拿上笔和笔记本前往总经理室，心底已然猜测到他爆发的原因。果不其然，一进门对方就拍着桌上的一张表格生气地问:“这是什么？”

面对他的怒火，苏小雨淡然回答：“离职申请表。”

“用得着你说！”穆炎阳分贝陡然提高，“我问你给我这个干什么？是昱玮亏待了你不成？”

“辞职报告上写得很清楚，我要去追寻我的梦想了。距离春节放假还有一个多月，留有足够的时间找人对接我的工作。”

对方云淡风轻的模样，看得穆炎阳胸口的火气更甚，指着她义愤填膺地道:“苏小雨，你这根本就是卸磨杀驴、兔死狗烹、过河拆桥、翻脸无情、用了就丢！仑衡那对夫妇进监狱了，我就没利用价值了是吧？待在我身边就这么难受是吧？”

苏小雨听着他暴跳的话，依旧只是静静望着他。

仑衡已经四分五裂了，那对让她当初恨得牙痒痒的夫妻也成功入狱。眼前的男人一年多前就已开始对其布局，接触仑衡的高层掌握仑衡多项违法乱纪的事实与证据。而仑衡那不管不顾狠戾的作风，早已成为多家企业的眼中钉，只是可惜有苦说不出，他们干不过他；直到仑衡承包的一项政府项目因为偷工减料造成重大伤亡事故，上面的人彻查下来，穆

炎阳趁机抛出了手中掌握的种种证据，至此墙倒众人推……

多行不义必自毙，正义或许会迟到，但永远不会缺席。

瞅着眼前女人淡然的模样，穆炎阳忽然就和泄了气的皮球一样，无奈地道："苏小雨，你好歹给我个进度条吧！先前我近水楼台地追你都遥遥无期，你一走，山高皇帝远的，我见你的时间就更少了，怎么刷好感度？找谁献殷勤啊？"

"扑哧！"直白的话终于令苏小雨笑出了声，她戏谑道，"穆总，我不是还欠你个要求吗？你可以用呀。"她一直在等着对方用这个要求，没想到他耐心还不错，到现在都只字不提。

"不用，"穆炎阳利落拒绝，"我可是要真心实意感化你的，不屑用这种承诺绑住你。"

不管这话几分真几分假，反正苏小雨被他严肃的模样感动到了，勾勾手指让他倾身向自己，而后在对方疑惑的目光中直直地袭向他的薄唇。瞅着再次震惊在原地的人，她挑眉问："知道我的答案了吧？我可不是随便的女人，什么男人都会亲的。"

心底的憋闷瞬间化为掩不住的狂喜，穆炎阳眸中蹦出灼人的光亮，努力保持镇定地问："所以我算是追到你喽？"

"还差最后一项，"苏小雨拿起那张离职申请表隔开两人，"签字，昱玮不允许办公室恋情。"当初因为自己无力拯救父亲的病而挫败不已，抛弃了自己最爱的职业，现在心结已解，她也该重拾自己的梦想了。

穆炎阳气哼哼地拿过表格："奸诈，太奸诈了！"一边愤愤嘟囔，一边利落地签下同意二字。

"真乖。"苏小雨满意地摸摸他的头，拿上表格就离开。

然而不等她伸手开门，腰间就圈上一只有力的臂膀，将其一带一转，伴随着高大的身躯压下，整个人便被他压倒在沙发上："穆炎阳你……

唔！”所有的惊呼都被堵在相贴的唇畔间。

狂风暴雨般毫无技巧的吻带着狂喜和多年隐忍的情绪直直地传递给苏小雨，嘴唇被啃噬得肿痛，肺里的氧气也告急，脑袋晕乎之际只听得一道沙哑磁性的声音在耳畔响起：“来而不往非礼也，你都亲了我两次了。”说完，他再次低头朝那粉红的唇畔袭去。

“唔！”感觉到身上的重量越来越重，覆在腰间的胳膊也越收越紧，苏小雨难受地挣扎着。

用力推开身上的男人，对上他带着暗芒的黑眸，那一副几欲将她拆吃入腹的模样吓得苏小雨起身和他保持距离，并严正声明：“穆炎阳，你给我注意点儿！我们才刚成为男女朋友！”

见到她如临大敌的样子，穆炎阳深吸一口气，压下胸口翻涌的情绪，遗憾地道：“好吧，那我们什么时候结婚？”

苏小雨狠狠地翻了个白眼，忽视他转身出门。触到自己充血的唇畔，她暗咒一声，捂着嘴朝卫生间奔去。

而综合办的员工看到苏主任红着脸捂着嘴跑向厕所的模样，不禁人人自危：天哪，到底发生了什么事情，穆总居然把苏主任给训哭了！可怕，希望不要叫到自己……

2

2020 年，因为疫情，大家度过了一个难忘的春节。

没有一个冬天不可逾越，没有一个春天不会来临，在全国上下的齐心抗疫下，胜利的曙光终究到来。

又是一个蝉鸣的盛夏。

A 市一家心理咨询机构外，一辆黑色的轿车准时停在门口。

苏小雨下楼，一眼就见到身披夕阳余晖而站的男人，似乎是等人等得

无聊了，正低头研究着车窗。

“苏老师下班啦。”

“嗯，阮老师明天见。”

听到声音的穆炎阳迅速抬头转身，笑眯眯地朝来人走去：“下班了。”熟稔地接过她手中的包，绅士地为她打开副驾的门。

听到周围起哄的笑声，苏小雨早已见怪不怪。从昱玮离职到成功入职这家心理咨询机构后，穆炎阳天天送她上下班不说，有时候出去办事还要特地来这儿绕一趟，给她带些小甜点；每次分别，对方那黏糊劲儿，让她都要怀疑那个一言不合就拳头相见的暴躁男人被调包了。但是这却惹得同事们大呼羡慕她有这么个忠犬男友。

“晚上我买了虾仁和排骨，到时候给你烧龙井虾仁和糖醋排骨。”穆炎阳说完，就双眸亮亮地望着她，一副邀功求表扬的模样。

苏小雨了然地凑过去，在他颊上亲了口：“果真变得越来越忠犬了呢。”

穆炎阳这才满足地启动车子。

听到车内的乐声，苏小雨挑眉问：“这是李斌新出的专辑吧？”

“是啊，这小子拽得很哦，现在找他都要预约了。”

苏小雨忍不住笑出声。

学生时代就颇有音乐天赋的李斌，如今已经是小有名气的歌手，每次新出专辑，销量都在排行榜的前十，收获一堆小迷妹为之疯狂。

能说会道极具人缘的包立轩，成功化身金牌销售，涉及的行业横跨食品珠宝房产等等。有需要购置什么大型物件或奢侈品的，找他就对了。

一直不懈追求漫画梦的张叶，在这条路上也是越走越远，他光在抖音微博上的粉丝就有百万了。

连混迹人生的富二代丁路，不知道是不是看到身边狐朋狗友的奋斗，也不甘于后地开始创业，立志做个富一代！虽然前期亏得很惨，但屡败

鏖战，一点点积累经验……

谁能想到当初围在穆炎阳身边的学渣小弟们，一个个都成了令人仰望的存在呢？

苏小雨侧头，细细盯着身边男人沐浴在夕光里的侧颜。

谁又能想到曾经威名远扬的班霸、对她百般折腾的上司，最后竟然会成了她的忠犬男友呢？如果不是那场奇幻的经历，苏小雨想她和他之间永远会横亘着一条长长的青春之河：她永远不会知道他曾经是那般温暖，也不会知道他为她做了那么多，更不会知道他有多努力地为了自己而变得更好……

就在苏小雨沉浸在对方俊逸的侧颜中时，一道隐忍的声音响起：“喂，女朋友，能不能不要这么赤裸裸地盯着我看？没法专心开车啊。”

听到他调侃的话，苏小雨尴尬地收回视线，望着窗外急速倒退的景物，嘴角忍不住泛起温柔的笑意。

余光瞄见了她的表情，穆炎阳也不由得柔和了眉眼。大千世界纷纷扰扰，都抵不过她微微上翘的嘴角……

很多年以后，穆总已经成为苏小雨专属的穆先生，当她问对方究竟什么时候兑现自己欠下的要求时，他用那双承载满深情的黑眸紧紧盯着她，说：就要让你一辈子都欠着我，等下辈子下下辈子下下下辈子我再去找你兑现。你答应过我的，在我兑现前，我随时都可以找到你。

听到这样的回答，苏小雨无奈地耸耸肩：好吧好吧，谁让她是个守信用的人呢？

这天阳光正好微风不燥，窝在书房地毯上的两人各自捧着一本书，低头便可看见成双的剪影。屋外，一只二哈背着小奶狗一齐注视着屋里背

靠背的两人，欣慰地结束了他们的低维之旅。

虽然回到过去，我们依然无法改变曾经的悲剧，但是我们可以从现在开始努力；珍惜当下，珍惜眼前人……

番外1——

都是嘴瓢惹的祸

那是苏小雨回归现时空不久，因为耽搁许多工作而不得不整天满负荷地赶进度。偏偏某人非得在这种时候找存在感，假公济私地内线电话一个接着一个。

终于，苏小雨被骚扰得烦了，顾不得什么上级不上级，暴躁开口：“穆炎阳，你一整天闲得慌是吧？你要这么闲，年中会议的发言资料自己写去啊！我们综合办已经够忙了，别再来添乱了成不？”

此话一出，综合办的姑娘们瞬间用崇拜的目光望着苏小雨，心底摇旗呐喊：主任威武！

那头被吼了的穆炎阳，讪讪地摸摸鼻子开口：“我说了我要追你的，你总得腾出点时间感受我的心意吧？”

“没时间，以后再追！”

又一次被挂了电话的穆炎阳，周身怨气满满。

自从苏小雨载着他去看了未来岳父后，穆炎阳以为自己的春天终于来了，结果除了工作上必需的联络，她都已经三天没有理他了，三天！这好不容易让她知道了自己的心意，怎么着也得乘胜追击不是？

行动派的穆炎阳当即起身来到综合办，佯装一本正经地视察工作：

“嗯，不错，都挺认真的。”

“穆总好。”

越过一众打招呼的人，穆炎阳悄咪咪地挨到苏小雨身边，问：“很忙哦？想吃什么，我去食堂亲自下厨给你烧。”他记得她对自己的厨艺还是很认可的。

正头秃发言文稿的苏小雨，瞟了笑嘻嘻的人一眼：“很闲？”

“为了你，再忙也得抽出时间啊。”

苏小雨点点头，毫不客气地开口：“那去催一下财务，让他们抓紧把上半年的报表数据给我。”

“好嘞。”穆炎阳听话地去财务部。

没一会儿，他就捧着资料胜利而归，一脸的期待就和捡了球的狗狗等着主人夸赞般。只不过没等来表扬，等来的又是一道命令：“去找工程部要一下上半年及正在进行中的重点工程，还有研发申报的专利……”

“这就去！”穆炎阳再次任劳任怨地跑向工程部。

“去拿一下经营部投标成功的项目清单……”

“马上！”

于是，曾经穆炎阳对着苏小雨颐指气使的一幕，完全颠倒了角色。

众人瞅着堂堂总经理像跑腿小厮一样被使唤，纷纷感慨一句：这出来混，总归是要还的啊！穆总这次算是彻底栽喽……

年中会那天，苏小雨作为穆炎阳的助理一起参会。当看到主席台上的薛雅茹时，苏小雨总算知道当初为什么会觉得她眼熟了，原来她就是总部集团的董事之一啊！

会议顺利结束，穆炎阳领着苏小雨和总部的高管们一一相识打招呼，最后来到薛雅茹跟前，脸上的笑容更加灿烂：“妈，这是小雨，你们之

前见过的。小雨，这是我妈，有印象吧？”

他没有和对待其他高管一样喊薛雅茹一声薛董，也没有唤身边的人为苏主任，完全一副带着女朋友见家长的架势。

苏小雨也不知道是不是被穆炎阳给带偏了，下意识唤了声：“妈。”

这个字一出，闹哄哄的现场瞬间安静如鸡。

不等苏小雨反应过来，薛雅茹立马乐呵呵地应下：“哎，乖孩子！你这一声唤得我瞬间精神气爽，来，再叫一声听听。”

“不是，薛董，你听我解释……”

一旁的穆炎阳也乐得咧开嘴，拉过慌忙解释的苏小雨，打断她开口：“妈，这里人这么多，我家小雨脸皮薄。我先带她回昱玮了，还有工作呢！”好了，这下子他和苏主任的关系可是实锤了，她想赖账都不成了。

被晕乎乎拽走的苏小雨，听到身后领导们对薛雅茹一口一个的恭喜，懊恼地拍了拍自己的嘴：都是嘴瓢惹的祸！

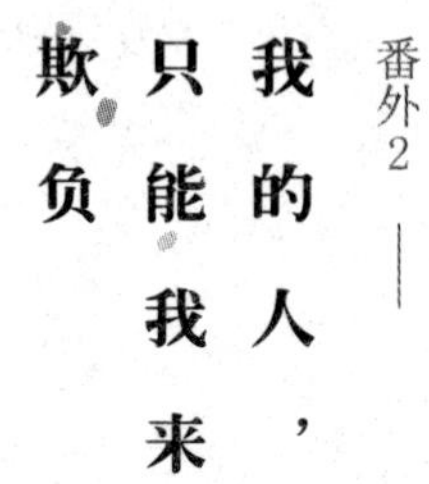

番外2——我的人，只能我来欺负

苏小雨和穆炎阳正式成为男女朋友后，两人的感情不断上升。在穆炎阳的坑蒙拐骗下，终于说服苏小雨和自己同居，当然是分房睡的那种，美其名曰婚前磨合。

一个美好的周六，化身家庭煮夫的穆炎阳正美滋滋地为苏小雨洗手做羹汤，忽然一张粉色的信笺在自己眼前晃荡。

“瞧瞧，瞧瞧，我发现了什么？有人小小年纪不学好，就知道写情书哦。”这开心的语气就和抓到他什么见不得人的把柄一样。

穆炎阳迅速关火，反手就去抢她手中的情书，羞恼地道：“苏小雨，你竟然擅闯我的卧室！”

苏小雨矫捷地转身避开他的抢夺，笑眯眯地回应：“当初是谁说，这里的一切都是我的？那我进自己的卧室还不行？”

最初的羞赧后，穆炎阳逐渐淡定下来。瞅见她那得意扬扬的小样儿，心底止不住地柔软。

现在的她反而越来越少女，越来越有活力，不再和之前一样整天心事重重死气沉沉的。那灿烂的笑容，是他这一生最想守护的光芒啊。

穆炎阳迈步朝她走去，在对方撤退前，一把将她壁咚在厨房的墙壁上，

低头邪魅一笑："那你还记不记得我的后半句话，这里的一切都属于你，包括我？你准备什么时候把我彻底变成你的啊？"

温热暧昧的气息喷吐在苏小雨耳边，惹得前一刻嚣张的人瞬间败下阵来，绯红着小脸推拒着他："起开，好好烧你的饭去！"

穆炎阳趁机夺过她手中褶皱的信笺："这个太旧了，改天给你新的。"说着将人往外撵，"出去等，油烟大。"

苏小雨没有出去，反而搬了个小板凳来坐在他身后，欣赏着围着围裙认真下厨的他，怎么也挪不开目光。

"当初为什么不把情书给我？"

"给你你会收？"穆炎阳挑眉反问。

苏小雨沉默。

的确，如果没有那趟奇幻的经历，突然收到死对头的情书，她估计肯定会把它当作恶作剧乃至恐吓信丢了。而她也根本不会想到，处处和他作对的浑小子，竟然暗恋她十多年！

"对哦，你之前说喜欢我十多年？我们不是高中才认识吗？为什么会十多年？"苏小雨突然想到大学时期他就说过这话，忍不住疑惑地问。

穆炎阳滞了滞，眉眼温柔："还记得小学一年级，有个小胖子被一堆人欺负，你帮他出面的事情吗？"

"记得啊！"苏小雨立马接话，看到他那一脸怀念的笑容，忍不住惊愕地瞪大眼，"你不要告诉我那个小胖子是你！"

当初下课看到一堆人在嘲笑一个小胖子，她看不下去就出面了。那个小胖子唯唯诺诺的也没有朋友，她看着可怜就主动和他交朋友，问他名字也不肯说，就每天和跟屁虫一样跟在她身后……直到搬家转校，她都不知道他叫什么名字。

"就是我。只不过忽然有一天，再也没有见到你了……"穆炎阳说

着有些失落，“好在到了高中，我再次遇到你。你还是和小时候一个样，我一眼就认出你来……”

正好因为误会被原来的高中开除，穆炎阳就趁机要求转去C高，和她同一个班级……

“你竟然是因为我转来的？”苏小雨再次震惊，“那你还处处和我作对？”

“你没发现，班里不服管教的就我一个，”穆炎阳回复，“其他和你作对的浑小子，可都已经被我拾掇得服服帖帖的了？我的人，只能我来欺负。”

听到他那骄傲的语气，苏小雨忍不住给他一个眼刀子：“你还很自豪？”

“嗯咳——”穆炎阳尴尬地道，“我的错我的错，所以我准备用余生好好弥补我当初的恶行。”

苏小雨傲娇地回复：“记住你说的话，这些债我可是会一点一点向你讨回来的。”

“遵命！”

笑闹间，她才知道原来他们之间的缘分那么早就已经埋下。虽然有错过、有失去过，但兜转间，你我终究还是走到了一起。我尚年少，你还未老，我们还有足够的时间把握以后的每一分、每一秒……

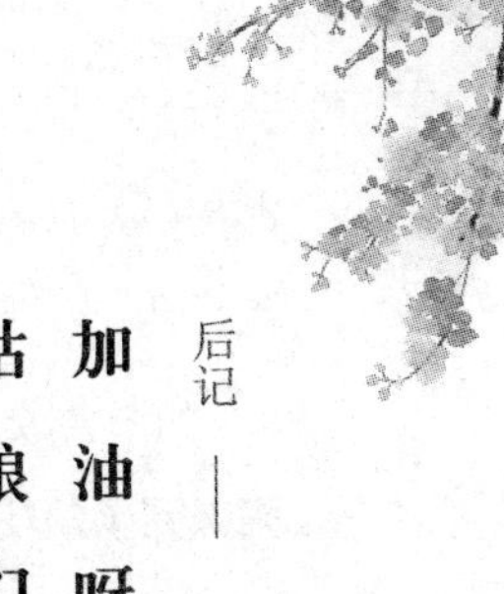

后记——加油呀，姑娘们

受疫情的影响，上个冬天似乎格外漫长，但终究还是迎来明媚的春光。而这篇文也在这么个充满希望的日子里定稿。曾经做过很多有关学生时期的梦，或许有太多的遗憾也有太多值得回忆的，于是开始提笔写下这篇文。

文里的很多人物、事件都有现实的缩影，比如我的闺密，就是大大咧咧却心思细腻的人，凑巧也是我的同桌，于是安畅畅这个形象就诞生了。

一直很喜欢那种表面放荡不羁实际却拥有赤子之心的“坏男孩”，文里的穆炎阳就是如此，即便他被污蔑被误解，却始终保持着他的初心，以他的方式行侠仗义。在不懂爱的年纪里，以他的方式默默关怀着苏小雨，哪怕他的付出依旧不被对方知晓。

苏小雨也是现实的缩影，她的经历背景有本人也有她人的，具体就不多阐述了。但她无疑是幸运的，身边有一心为她着想的闺密，有默默守护她的穆炎阳。

总有些遗憾失去后才会醒悟，想着能够重来一次就好。于是，苏小雨重新回到了最美好的青春年华，得以有机会认清曾经的真相，重回现时空也得以挽回曾经失去的友情和亲情，更让她知道在曾经那艰难的岁月里，一直有个被她忽略的人，在背后默默守护关心着她。即便历史无法扭转，

即便苏小雨和穆炎阳错过了十年，但好在他们还可以把握以后的每一分每一秒。

年少时分大家多多少少也有许多青春的小烦恼，于是学生时代的苏小雨来到了现代，有已经成长为成熟男人的穆炎阳陪伴着她、鼓励她。

因为这段神奇的经历，苏小雨得以解开横亘多年的心结，这也从某种程度解开了我的一些心结。

这是我的第一个出版故事，在此特别感谢我的喵团编辑，一次又一次耐心地指导我，改文的过程虽然挺头秃的，但是如果有缘翻开这本书的你们，能在书里看到一些似曾相识的小片段或者小心思，能在朴素的言语里得到一些启发或者欣慰，那就值得了。

最后的最后，想再说一句，没有什么事情是过不去的，笑一笑咬咬牙，总会迎来胜利的曙光。加油呀，姑娘们，一起努力奋斗，成为更坚强更好的自己！

阎阎

于充满希望的春日